ZHUAN SHEN YANHUA CANLAN
转身烟花灿烂

紫百合 ◎ 著

重庆出版集团 重庆出版社

图书在版编目（CIP）数据

转身烟花灿烂 / 紫百合著. — 重庆：重庆出版社，2014.8
ISBN 978-7-229-08074-7

Ⅰ.①转… Ⅱ.①紫… Ⅲ.①长篇小说－中国－当代
Ⅳ.①I247.5

中国版本图书馆CIP数据核字（2014）第107423号

转身烟花灿烂
ZHUANSHEN YANHUA CANLAN
紫百合 著

出 版 人：罗小卫
责任编辑：陶志宏　汪晨霜
责任校对：胡　琳
装帧设计：弗工作室

重庆出版集团 出版
重庆出版社

重庆长江二路205号　邮政编码：400016　http://www.cqph.com
北京兴湘印务有限公司制版
北京兴湘印务有限公司印刷
重庆出版集团图书发行有限公司发行
E-MAIL fxchu@cqph.com　邮购电话：023-68809452
全国新华书店经销

开本：710mm×1000mm　1/16　印张：14　字数：215千
2014年8月第1版　2014年8月第1版第1次印刷
ISBN 978-7-229-08074-7
定价：28.00元

如有印装质量问题，请向本集团图书发行有限公司调换：023-68706683

版权所有　侵权必究

目录

Chapter 1 酒醉的探戈 / 001

Chapter 2 是你？ / 009

Chapter 3 偶遇 / 018

Chapter 4 上司 / 024

Chapter 5 漏洞 / 031

Chapter 6 重要报告 / 036

Chapter 7 巨大陷阱 / 042

Chapter 8 办公室风云 / 059

Chapter 9 多人对质 / 066

Chapter 10 巴厘岛之行 / 083

Chapter 11 朋友的安慰 / 091

Chapter 12 网络暴风雪 / 104

Chapter 13 辞职 / 122

Chapter 14 噩梦难消 / 129

Chapter 15 "德普斯"的秘密 / 137

Chapter 16 新工作却不是新开始 / 150

Chapter 17 他的未婚妻 / 157

Chapter 18 车祸 / 165

Chapter 19 她想干什么？ / 172

Chapter 20 再见又如何 / 177

Chapter 21 被忽略的爱 / 185

Chapter 22 正面交锋 / 194

Chapter 23 爱之疯狂 / 201

Chapter 24 新生 / 210

尾声 重逢 / 216

Chapter1
酒醉的探戈

  影影绰绰的灯光下，所有人的脸色都显得迷离，酒吧DJ打出的蓝调音乐悠扬婉转，仿佛一缕魅力极强的芬香，在空阔的厅堂内打着旋儿来来去去，渐渐上升，又渐渐沉淀下来。

  斑驳流转的光影从来来往往的人群身上扫过，慵懒又暧昧。

  沈茵茵掠了一下乌黑的长卷发，她觉得自己有些醉了，或许是因为酒精的作用模糊了视线，她感觉眼前的莫之航看起来有些怪怪的，与平时大不相同。年纪不过二十八岁，就已经坐上"德普斯"国际投资公司财务总监CFO的宝座，人又长得高大帅气。莫之航最忌讳的就是被人称做"白面书生"，因此在办公室里对谁都是一副冷冰冰的模样，沈茵茵作为新进财务助理，没少遭遇他的黑口黑面。所以，面对此刻一团和气的那张面孔，她反而有些不习惯。

  此时，莫之航的目光如同一潭幽深的池水，漆黑的眸子望不见底，脸上的笑容也夹杂着一丝奇异之色，正饶有兴致地看着她。

  红色的光影逐渐暗黑，隐没了莫之航明暗莫辨的脸，他的表情有些看不真切。

  沈茵茵用半迷醉半清醒的眼神看着前方喧闹的人群，直到莫之航那高大魁梧的身影逐渐消失重叠在众多端着酒杯的男士身影里，她忽然觉得，刚才他那一眼，仿佛有些别的意味……

  她暗自吓了一跳，恰好此时厅中灯光大亮，麦克风里传来主持人甜美的声音："大家安静一下，现在我们隆重邀请哈尼先生给大家致辞！"

今天是"德普斯"国际投资公司中国办事处一年一度庆典的日子，典礼在上海外滩最著名的香格里拉大酒店二楼宴会厅举行，整座大厅被打扮得颇为喜庆，张灯结彩，耀眼迷离。

"德普斯"中国办事处和其他诸多外资公司一样，是美国公司来到中国设立的办事机构，但是他们与其他公司有些不同，公司年会既不在圣诞节，也不在春节，而是一个非常富有中国传统文化气息的节日——中秋节。这个日子是创始人乔治定下来的，据说是因为这个节日对他有着特殊的意义，所以要求哈尼每年坚持在这个节日举行公司年度PARTY。公司年会的意义不仅仅是庆祝，公司人事部更希望员工之间能够借机加强联系和沟通，让他们感觉到公司的人性化与温暖。

"德普斯"国际投资公司中国区CEO、美国人哈尼站在临时搭建好的会台中央，用不甚流利的中文大声讲着话，他情绪高扬，涨红的脸上泛起微笑，号召大家端起酒杯庆贺。

"Ladies and gentlemen, 欢迎大家来参加公司的庆祝年会。这一年里因为大家的共同努力，公司的业绩不断攀升，这是我们共同的荣耀！现在，请大家举杯同庆！Cheers！"

"Cheers！"大家异口同声，很配合地举杯相庆。

沈茵茵举起杯子看向主席台，却正好与站在哈尼身边不远之处的莫之航的眼神相撞，他很绅士地笑了笑，似乎是很刻意一般对着她举杯。她脸一红，顿时低下了头。

她啜饮了一口红酒，品着法国拉菲红酒入口时候独有的夏湾拿雪茄盒香味，这种酒确实很好，唇齿间的美妙滋味挥之不去。当悠扬的乐声缓缓响起时，她的脑子顿时清醒了许多，是缓慢悠扬的音乐，看来是要跳舞了。

跳舞是沈茵茵的强项，作为J大的优秀毕业生，她以前可没少参加过社团活动，跳舞的机会也很多，她喜欢舞蹈，那种有节奏的跳跃感让她感觉精神百倍。因为天资聪颖加上适当的勤奋，她是J大金融学院有名的品学兼优一等奖学金获得者，也是会计系里为数不多获得国际STEC资格认证的研究生之一。因为有STEC这个含金量极高的PASS，加上之前在上海"四大"实习半年的工作经验，她很顺利地进了"德普斯"这家著名国际风险投资公司的财务部，担任一名会计核算人员，她的主要工作是负责"德普斯"投资公司下属的几家风投资金的财务管理审核问题，对上则直接向财务总监莫之航汇报。

沈茵茵半仰起头，下意识地看着喧闹的人群，该和谁跳下一支舞呢？

如果让她自由选择一个男舞伴的话，她内心其实跟很多女同事一样，都很想选择自己直属男上司或者是职位更高的公司高层管理人员。财务部女性职员非常多，对她们来说，最好的选择当然是莫之航无疑。

平心而论，沈茵茵对莫之航的印象相当好。

她进公司大概快两个月了，和莫之航打交道的机会不算少，也许因为这个原因，刚刚莫之航才会特意多看了她几眼，毕竟他们已经合作了这么久，大家相处还算愉快，沈茵茵很少让自己犯错误，按部就班地工作对她来说，也并没有什么难度。莫之航虽然为人冷酷了一些，但是作为一个年轻的单身男人，处事低调也未尝不是优点，更何况他棱角分明的脸庞，大理石般光洁的额头，高贵笔挺的鼻子……他浑身散发出来的男人气息让人无法错开目光，包括沈茵茵都有种说不出道不明的感觉。她一向自诩为面对帅哥心不跳脸不红的人，也会在他神秘莫测的目光中感到无处可藏，心里多多少少会有他的影子。虽然他看起来有点冷，但是他沉静如同深潭的目光里透出的光辉，总是隐隐约约给人一种错觉，他的感情只是没有爆发，或者是在隐忍，又或者是没有遇到合适的人……

沈茵茵想到这里，脸有些发红，情不自禁地想要搜寻那个潇洒挺拔的身影。她抬头张望了半天，却没有发现莫之航的踪影，他早已不知道游离到舞会的哪个地方去了！

沈茵茵仰头张望了一阵，灿烂的金光忽而绽放全场，刺得她一阵眩晕。

"啊……"因为强光刺激暂时视线模糊的沈茵茵，肋下不知被谁给突撞了一下，她突然重心不稳，身子不受控制地向后倒去，她刚喊出半声，又迅速地收声。说实话，她可不想以这种方式吸引公司同仁们和上司们的注意力——在公司舞会上跌倒，意味着她是多么不优雅、不庄重的一位女性，和她目前"财务助理"这个需要谨慎和稳重的工作身份实在不相符合。

"茵茵，你没事吧？"耳边传来一声低沉又富有男性气息的声音，沈茵茵向后倾倒的身子忽然被一双有力的臂膀扶住了，男性特有的呼吸气息扫着她的耳垂，让她感觉浑身不自在。

沈茵茵借力站稳，她猛然回头看去，映入眼帘的竟然是莫之航的脸，他深邃的眼底藏着一丝不易察觉的笑意盯着她，像是漫天的星星都撒到他的眸子里去了。

"谢谢你，是我自己不小心没站好。"沈茵茵很有礼貌地点头致谢，动作中多少有些慌乱和尴尬。她还有些恍恍惚惚，好巧，为什么偏偏是莫之航扶住她了呢？难道他一直都站在她的附近，看到她快跌倒的时候才能及时伸手相助？看来，她或许还要感激一下那个不小心撞到她的人？

一向冷面的莫之航看着她的窘态，竟然一反常态地扬起唇角，态度和蔼地盯着有些发窘的沈茵茵，带着一丝开玩笑的口吻说："你岂止不小心，简直就是在梦游。你知不知道，刚才你发呆的时候，我们部门的欧阳诺文在你面前站了多久？他一直想邀请你跳舞，但是你却视而不见，我想你已经完全伤害到他的自尊心了。"

"是吗？我刚刚真的没有发现，等会儿我向欧阳诺文道歉吧。"沈茵茵有些发窘，他说的是真的吗？欧阳诺文，财务部里公认做事超级认真的男同事，她实在没有想到他竟然会邀请她跳舞，不过她真的不是故意的，因为刚才确实有点走神，她今天喝得太多了。

她说完这句话，转过身东张西望寻找欧阳诺文的身影，虽然进入公司的时间不太久，但是沈茵茵知道，很多人是不可轻易得罪的，今天这件事务必向欧阳诺文解释一下，免得他以为自己身为新人却不给资深职员面子。她很快就在人群里发现了欧阳诺文，他正端着一杯鸡尾酒和行

Chapter 1
酒醉的探戈

政部的安娜说话，不过表情看起来并不是很开心。

沈茵茵发现了目标，欠了欠身向莫之航笑了笑："William，没事的话，我就不打搅你了。"

"这么快就想去跟欧阳诺文'道歉'？"莫之航挑挑眉，晃动了一下酒杯。

"没有，我只是不想让人误会……"沈茵茵试图解释。

"也不用那么着急。不知道你是否肯赏脸跟我跳一支舞呢？"她的借口还没有说完，对面的男子突然打断她的话，莫之航微倾一下身子对着她邀舞，绅士十足的味道，隐隐带着一点西方气质。

沈茵茵愣了一下，紧接着点了点头，跟莫之航跳舞，她没有拒绝的理由。

莫之航牵着她的手，当她还没有反应过来的时候，身子就被一只粗壮的胳膊往前带，整个人不受控制地"飞"了起来。

沈茵茵紧张地呼出一口气，幸好这种舞蹈她跳得娴熟，才不至于在他面前露怯，莫之航的身体像是有股魔力，他的手臂托起她的腰身，每一次旋转和回环都是他在带动。莫之航的手臂很有力量，步调更是协调，踏着恰到好处的节拍，探戈的音乐在耳边环响。她沉浸在曼妙的飞翔中，音乐节奏突然加快，她的身子不由自主地在舞场上旋转出去，她心情紧张又激动，还有一点点……兴奋。

莫之航低头看着她，沈茵茵在J大校园的出色表现与传奇故事，莫之航早有耳闻，在她没有入职"德普斯"的时候，只看到她个人简历的他，甚至将她想象成戴一副黑框眼镜、衣着过时、性格刻板古怪的女子，然而她的真人却远非如此。这个已经二十五岁的女孩子，身上竟然带着一种少女的青涩和娇赧，这一点真是让人好奇，更让他对她产生了浓厚的兴趣。

眼前的沈茵茵看上去很娇小，细长肩带下裸露的肌肤似雪，比牛奶还要滑腻，精致娇小的五官，算不上惊艳，但是很耐看，小脸上有点婴儿肥，所以看不出她的真实年纪。可是这个女子似乎一直想把自己打扮

Chapter 2
是你？

一件风衣么，太不MAN了！"宁曦一向干脆利落，当然也不考虑李辰逸的感受。

"不用，外面太冷，你披着衣服回去吧，我从不跟女人抢衣服。再说，你要真是感冒或者生病什么的，你妈妈估计又要恶性骚扰我了。"李辰逸很无辜地扭过脸。

扑哧一声，沈茵茵忍不住笑开了花，要知道李辰逸天不怕地不怕，就是怕女同学的妈妈打电话。也不知道为什么，沈茵茵的妈妈从大学时代开始就认准了李辰逸和宁曦两个人是她的"贴身保镖"，每次电话找不到她就转而打给他们俩，还反复追问她的行踪。

"嗯嗯，茵妈果然厉害。你以后的丈母娘如果也这样，你就会长进了。"宁曦坏坏地一笑，用手从盘子里抓起一颗花生往嘴里丢。

"你洗过手没有？脏女人。"李辰逸嫌恶地摆摆手，"看到你，我真吃不下饭。"

"火锅来了，你们俩继续斗嘴吧，我可饿坏了！今天公司PARTY上那些冷盘点心蛋糕实在不对我的胃口。"沈茵茵举起筷子夹走了最大的一个鸭腿，蘸上香香的醋和芝麻酱，很欢快地吃了起来。

"茵茵真是很不够义气啊！赶快赶快！"宁曦连忙拿起筷子往锅里捞，李辰逸看着她们俩狼吞虎咽的模样，叹了一口气后也加入了战阵，不甘人后地抢着吃起热腾腾的火锅来。

"茵茵，你新公司里的男上司长得帅不帅？"宁曦满嘴鸭肉，眯着眼睛碰碰沈茵茵的胳膊肘，还不忘了打趣她，粉扑扑的脸上尽是坏笑。

"还入得了眼吧。"沈茵茵垂下头吃东西，嘴里敷衍着，看见死党一脸恶作剧般的笑容，不由得推了她一下，"你脑袋里在想什么？不要笑得那么坏！"

"看，某人不打自招了！"宁曦一阵狂笑。

李辰逸放下筷子，优哉游哉地抱着胳膊盯着对面的两个女人，氤氲的白色雾气下，她们年轻美丽的脸看起来如梦如幻。

"干杯！为了庆祝茵茵研究生顺利毕业并且找到新工作！"宁曦已经喝得半醉了，她眯起双眼，高领的毛衣衬着她尖尖的下巴，白皙耀眼的肌肤在灯光下反射出细腻的光泽，细长的单眼皮总是带着一股子艳劲儿。她人看起来小巧机灵，其实骨子里有着狂热和奔放，外表和内在的极不相称让她受了不少委屈，要不然她也不会待在一个岗位上那么多年没有升职，当然其中缘由只有她自己知道。

"干杯。"沈茵茵看了一眼微醉的宁曦，将手里的啤酒一饮而尽，其实今天她在公司PARTY上已经喝了不少红酒，肚子里尽是酒液，翻腾着难受。可是看到宁曦这么有兴致邀她喝啤酒，她实在不忍心坏她的兴致。虽然她的脸上赔着笑，心里却替宁曦难过，自从她最爱的男孩子抛弃她去美国留学之后，她整个人都变了，虽然她总是用积极乐观的笑容来伪装自己，但是只有她知道，宁曦内心依然非常脆弱。

"小曦，你少喝点。"李辰逸十分理智地制止宁曦往嘴里灌啤酒，他一把夺下她手里的酒杯，"年轻女孩子哪有像你这样酗酒的？太没形象了！"

作为一个男人，能够与两个女人保持这样"纯洁"的友谊，确实是件不容易的事。

李辰逸记不清自己是怎么认识沈茵茵和宁曦的，好像是大一的时候那次跨系圣诞联欢晚会，他们一起演了一个白雪公主的话剧，因为他扮演的小矮人之一不慎踩掉了跳舞的白雪公主也就是沈茵茵的鞋子让她不慎跌倒，事后他遭到了另一个小矮人宁曦的白眼和鄙视，逼着他向沈茵茵道歉，然后就是没完没了的纠缠，然后不打不相识，竟然成了好朋友。大学毕业三年多了，在这个浮躁的大都市里，一切都在变，只有他们的友谊还有点当年纯洁的气息。

"别管我，今天是给茵茵庆祝她发工资，你不要扫兴好不好！"宁曦甩开李辰逸的胳膊，大声说。

"好吧，那你喝吧！"李辰逸说着话，顺势把酒杯搁在宁曦面前，没有想到，宁曦一把端起来，一饮而尽。

"你们俩别较劲了好不好？"几杯啤酒下肚，加上原来的红酒作用，沈茵茵感觉自己两眼昏花，什么都快看不清楚了。

Chapter 2
是你？

"我才没有跟她计较。还有你，也不要喝太多。"李辰逸看到宁曦满脸通红地放下啤酒杯，整个人扑通一下歪倒在桌子上，不由得叹了一口气，都不知道她是第几次喝得烂醉了。

"我当然不会，你以为谁都跟宁曦一样没酒量。"沈茵茵迷迷糊糊地回应着，只感觉眼前全是星星，身上一阵燥热，心里很清醒，可是脸上的哭笑有些不受控制。

"该死的混蛋，张伟东！你这个王八蛋！你不要本小姐，本小姐还不要你呢！什么混账摄影师，难道你以为我是为了你才学摄影的吗？你以为你是谁？男人……全都是王八蛋！王八蛋啊！"

李辰逸叫着"埋单"的时候，原本趴在桌子上的宁曦站起身子，晃晃悠悠地抬着脚步，向着门外走去，嘴里含含糊糊地念叨着前男友的名字，她一路走得跌跌撞撞，似乎要摔跤了。

"喂，你去哪里？"李辰逸连服务员送过来的账单都顾不上看，他迅速冲过去追宁曦，早知道就不应该带着宁曦一起来喝酒，他竟然忘记了去年张伟东就是这个时候不声不响逃去美国的，怪不得宁曦会这么难过。

"茵茵，你在这里等一会儿，我去把宁曦拉回来，你不要乱走！"李辰逸回头叮嘱了沈茵茵一句，转身火急火燎地去追宁曦。然而就这一点儿工夫，宁曦已经摇摇晃晃地走出了火锅店，整个人弱弱的像是一棵芦草。

"小曦……这个傻瓜！"沈茵茵叹了口气，那个张伟东有什么好的？不就是仗着他老爸么？她抬起眼皮一看，发现穿着米色高领毛衣的宁曦正试图穿过马路，门前的大马路上车来车往，太危险了！

沈茵茵再也坐不住了，她着急地站起身来向着门外奔去，心想：宁曦你可千万不要出事啊。

路上的风有点寒冷，沈茵茵慢慢走出门，完全没有意识到火锅店的服务员正大声叫她付钱的吆喝声，她满心焦急，担心宁曦可能会遇到危险，她刚才喝那么多酒，真是让人不放心。

擦！一声刺耳的刹车声滑过耳膜，沈茵茵吓了一跳，猛地定住脚，看向路口处穿着高领米色羊毛衫的"宁曦"，心里猛地一抽。她加快脚步冲了过去，伸手去拉那个女孩，"小曦……"可是话还没有说完，那人猛地把她甩开，还杏眼怒睁地用上海话叫道："你干什么？"

那女孩并不是宁曦，而是一个时髦大姐，看她的唇形明显是要骂"色狼"的，但是一看是个女子，只好收了回去，她怒气冲冲地瞪了她一眼，头也不回地跨到马路对面去了。

沈茵茵看到不是自己的好友，放在嗓子眼的心又缓缓落了下去，她正要转身回到火锅店去，忽然感觉一阵头晕目眩，隐约在灯火中看见了一个闪亮耀眼的招牌，像极了她吃饭的餐馆，她对着灯光微笑了一下，迈着摇晃不定的步子走了过去。

"该死！"李辰逸揽着呕吐得七荤八素的宁曦，终于回到了火锅店。

宁曦喝醉之后走路的速度比平时快三倍还不止，他沿着大马路追着宁曦跑了好久才把她给抓回来，现在他喘着气盯着已经人去桌空的火锅店，顿时傻眼了，沈茵茵哪里去了？追回一个又弄丢一个，他交往的这些女人都是些什么朋友啊？

女服务员一见到回来的李辰逸，几乎绝望的两只眼睛冒出火花来，赔着笑说："先生你总算回来了，刚刚那位小姐在你们走后也跟着奔出去了，我怎么叫都叫不住，刚才你叫埋单的，这一桌总共是三百四十八元……还有，那位小姐的包也落在这里了，我可是一点都没动，就等着你们回来拿呢！"

"我问你，我朋友她去哪个方向了？出去了多久？"李辰逸看到沈茵茵的手提包也落在座位上，心里更着急了，虽然只穿了一件衬衫，但他的额上早已布满了汗珠，后背也湿了一大片。宁曦挂在他的脖子上，浑身软绵绵的，一不小心又要吐，李辰逸手忙脚乱地从桌子上抽出几张纸巾，捂住了她的嘴。

"你们出了门之后，那位小姐也跟着出去啦，应该有一刻钟时间了吧？"女服务员认真想了一会儿说。

李辰逸听了她的话，俊脸一下子变得苍白，他迅速从夹子里掏出四色风衣,这是他为她准备的吗?昨天晚上他整整照顾了她一夜……不知道为何,沈茵茵手指摸着柔软的衣服,心似乎也跟着变得异常温暖,如果可以跟这样的男人在一起,也会十分值得和幸福吧?难道真的老天有眼,让她一进"德普斯"就遇到了命中的Mr.Right?她期盼已久的爱情和男朋友,是不是就要到来了?

时钟当当当地敲了几下,沈茵茵火速换好了衣服,抓起李辰逸那件风衣,飞快地窜出了莫之航的家门。

这种高级住宅小区不但贵,而且十分偏僻,好在业主们大多有车。但是这样一来害得她不得不花钱坐的士,一路上只担心老板会炒她鱿鱼。如果真的被哈尼逮个正着就太惨了,她三个月的实习期,眼看就要结束了,可千万不要出什么岔子!

到了公司门口,看着烫金的"德普斯"股份有限公司的招牌,从前她都是骄傲地走进去,可是今天她看着高照的日头,真恨不得自己变成一只蝴蝶小虫之类的不显眼生物偷偷飞去打卡,然后乖乖地出现在自己的工作岗位上。

"你来了?"一个熟悉的声音从公司门口传出。

沈茵茵抬起头,只见公司银色的廊柱前靠着一个高大的影子,正是莫之航。他斜靠在廊柱上,背光下他的表情让人看不真切,不过她自己只感觉脸上瞬间滚烫,她心里犹豫着不知道是逃走还是跟他赔个笑脸,说一句谢谢。

事实上却是,沈茵茵的鞋子仿佛被直接钉在了地上,她一步也动不了了,连说话都结结巴巴:"我……刚到公司。"

"不用紧张,我刚跟行政部艾丽丝说财务这边派你出去拜访客户了,回你的座位去上班吧。"莫之航的眼神由明亮变得晦暗,他转过身不动声色地说,"过会儿,来一趟我的办公室。"说完身子就隐在了光影中。

沈茵茵重重地呼出一口气,在公司的他看起来真是深不可测,让人觉得距离好远……没办法,谁让他是她的上司呢?

Chapter 3
偶遇

她按照他的指示，假装拜访客户刚回来的模样，大模大样地走进了公司，溜到了自己的座位上。她擦了擦额前的冷汗，一边暗自庆幸自己人小位微，平时不招人注意，公司里一片忙碌的人们都没工夫搭理她，就在她刚喘了一口气的时候，却发现财务部高级主管林芷珊意味深长地盯了她一眼。

"林芷珊，我上午出门拜访一个老客户，所以刚刚回来。"沈茵茵友好地朝林芷珊笑了笑。

林芷珊的眼神却像是要把她的皮剥掉般，足足看了她一分钟才说："噢，刚才William已经说过一遍了。"

沈茵茵有些泄气地看着林芷珊风姿绰约的背影，毕竟她是真的迟到了，有些心虚，但是看林芷珊这副态度就像是知道莫之航在帮她撒谎一样。林芷珊一向精明能干，在"德普斯"是出名的厉害，一双眼睛就像探测仪，简直比行政部的艾丽丝还能洞察人心。

沈茵茵有些坐立不安地坐在办公室桌前，隔着玻璃窗挑起眼皮偷看埋头工作的莫之航。他的侧影确实很帅，尤其是当他认真工作的时候，很有男人味，大概事业有成的男人都是如此有气场的吧！

突然，一身西装的莫之航抬起头，变幻莫测的眸子里闪过一丝狡黠的光芒，接着抓住她愣住的眼神，他一脸刻板的脸上突然绽放出一抹淡淡的微笑。

意识到自己的失态，沈茵茵连忙垂下头，强作镇定地整理资料。

"叮铃铃……叮铃铃……"

突然响起的电话铃声差点没把她吓晕，她差点尖叫出来，有种被人识破内心的恐惧感，深深地吸一口气再接过电话："你好，我是德普斯国际投资公司财务部……"

"茵茵！"那边男子的声音很耳熟，他打断了她的话。

"李辰逸？"沈茵茵强压着心头的震撼，手紧张地捂着电话，"你们昨天晚上去哪里了？"

"你来上班就好了，你的电话和手提包都在我这儿，下午要不要我送去公司给你？"电话那边李辰逸长叹了一口气，"你昨晚还好吧？"

昨天晚上，昨天晚上……真丢人呀。沈茵茵的脸又开始红了。

"不用到公司来，你送到我家交给我妈妈，来公司不太方便。"她的话还没说完，又想起一件事，"李辰逸，如果我妈问我昨晚在哪儿，你就说我在宁曦家，我这里事情好多，我们有空再聊，拜拜！"

"茵茵……"根据"德普斯"公司的规定，上班时间办公室禁止接听私人电话，沈茵茵早已养成了好习惯，她说完随手挂断了电话，准备找个时间再和李辰逸解释，反正昨晚的事情也不是一句两句话能说得清楚的。

"叮铃铃……叮铃铃……"

这个家伙，还真是不让她省心啊！沈茵茵知道按李辰逸的性格，一定会打破砂锅问到底，可他不是不知道"德普斯"公司规矩多，现在是她的上班时间啊，他什么时候变得这么没眼色了？

"拜托！大哥，我现在超级忙，我们下次聊好不好，昨晚那顿算你的，改天我赔你一顿饭总可以吧！"沈茵茵接起电话，压低声线，一脸苦涩地敷衍着。

奇怪，电话那边怎么没有声音？

"喂？说话啊！装什么装！"沈茵茵有些不确定催促着，难道李辰逸生气了？

"是你自己说的要请我吃饭，可不许耍赖。"电话那边充满男性磁性的声音低低摩挲着，刺激着她的耳膜，还没有等她回过神来，他又接着强调说，"茵茵，忙完手头的工作，请来一趟我的办公室。"

她对着电话里的"嘟嘟嘟"忙音愣了一秒钟，紧接着吸了一大口气，打电话的人不是李辰逸，竟然是他！

沈茵茵故作镇定地走到财务总监办公室，心里还是七上八下的。

她承认，刚刚听到那个电话让她的脑电波一下子接受不了，还有点小小的担忧，莫之航应该没听出来她是在跟别人讲私人电话吧，或者是因为职业惯性，她欣赏他的同时，还有点畏惧他。

Chapter 3
偶遇

她一步一步地走进了他的办公室，闷着头不说话。想起昨天晚上留宿莫之航家的事情，她觉得实在太窘迫了！

沈茵茵觉得全身都像被火在烧，她强作镇定，第一次如此认真地环视这间CFO专用办公室四周的装饰，黑白简约的色调，墙上挂着各种商业投资分析图，质感很好的皮质办公椅很好衬着他笔挺的高级西装。

莫之航将眼睛盯着电脑，假装没有看到沈茵茵进来。

时间一分一秒地过去，沈茵茵从冷静忍耐到了站立不安，她不确信地时不时抬头看他一眼，却发现正好遇上他英俊沉着的侧脸探寻的眼神，老天，他难道想要她杵在这里罚站？

"前天叫你清理的资料准备好了吗？"等到沈茵茵快失去耐性，莫之航才把眼神从电脑屏幕上错开来，直挺的后背舒适地贴在小牛皮办公椅上，用典型上司对待下属的口气发问。

"是的。"沈茵茵点头回应，将手里拿了许久的财务资料双手递给了莫之航。

"好，你可以出去了。"莫之航把头埋在资料里看了好一会儿，发现沈茵茵还愣愣地在那里，不由得抬头看了她一眼，"你还有事？"

"没有！"沈茵茵被他质疑的眼光一扫，只觉得自己的脸烧得发烫，似乎一直热到了脖子根，她满脑子想的都是该怎么解释昨天晚上的事情，还有……昨天晚上到底发生了什么没有？可是她思来想去都不知道该怎么开口，他竟然也只字不提！算了，就当吃了个哑巴亏，不要问了，赶紧逃出这个令人尴尬的房间。

淡定，淡定。沈茵茵努力告诉自己镇静，用力地呼气，装做什么都没有听见，她几乎是迈着机器人特有的步子挪出了上司的办公室。

莫之航假装低头继续看材料，嘴角却忍不住抽动，他早已料到她会有这样的反应，但是她刚才窘迫又强作淡然的样子，生气得涨红了脸却不知所措的表情，都可爱到了极致，他觉得很开心。

在"德普斯"公司的女职员里，她确实是一个很特别的女孩。

Chapter 4
上司

漏洞，你不要说，你只是在统计的时候少写了两位小数点！"林芷珊的唇角勾起一抹淡淡的冷笑，"还是你故意想害William和整个财务部？马上就到年终考核的时候了，你是不是想要我们每个人都拿不到公司的年终奖？"

沈茵茵从来没有见过林芷珊这样一副凶悍激愤的表情，她迅速思考着那份资料当中的漏洞，200万的资金漏洞，200万可不是小数目，她没理由这么粗心，照说也完全不可能呀！

"你最好找个好的理由向哈尼解释，否则就做好迎接警方调查的心理准备，如果真的有人捣鬼，坐牢也不是没可能的。"林芷珊忿忿地甩下一句话，紧接着大步向着办公室走去。

坐牢？沈茵茵掌心开始冒冷汗，她一下子慌得不得了，这种工作失误，公司外部担责任之后还会找她追偿，她虽然是重大失误，但是也无法免责！两百万元啊！这对她来说简直是天文数字。难道说她那天的统计数据出了问题……难道在她刚刚离开的时候，有人动过她的电脑，修改了数据？

她越着急打开电脑文件，滑动的鼠标越发不灵便，等到她终于打开了那份存档文件，却又傻眼了——电脑上显示"文件破损无法查询"，这个破电脑！她之前从来没有遇到这样的情况，今天怎么会这么倒霉！幸亏她曾经有做过磁盘备份，这个好习惯还是她实习的时候，在那家大型国营企业的财务经理督导下养成的，今天竟然帮到她了。

沈茵茵连忙打开自己私下里备份的另一张磁盘，还好这次她终于幸运地打开了，她对着报表一点点地核实检查，暗自祷告着千万不要有什么纰漏。

电话突然响起的时候，沈茵茵感觉自己的眼睛都快要迸射出来了，冷汗从脊背上冒了出来，她从那份长达100页的财务资料里转移视线，才发现早已过了下班时间，整个办公室里已经人去楼空，就剩下她一个人了。

好奇怪，下午哈尼他们开完会之后竟然没有找她麻烦？她没有被公司报警调查吗？还是公司方面决定先缓和一下，过两天再起诉她？

沈茵茵有些麻木地拿起电话，竟然是莫之航打来的。"William……"她忍住发颤的声音，不知道怎么和他解释。

"茵茵你还在公司吗？"电话那边，莫之航的声音有种掩饰不住的疲惫感。

"我在检查我的存盘档案资料，查那些数据的原始版本，你……你还好吧？我听林芷珊说，下午你们的PPT出问题了，会不会影响到你？"沈茵茵的眼泪很不争气地落了下来，真是倒霉，不但她自己脱不了身，还连累了莫之航，遇到这种事情真是跳到黄河都洗不清了。

"你下来吧，我现在就在公司对面的咖啡馆，你立刻过来，我等你一起吃饭。"莫之航避开她的问题，仿佛什么事情都没有发生过一样，语气轻松地邀请她共进晚餐。

"我吃不下，我现在只想把这份财务报表再核实一遍。"沈茵茵只觉得不安，心里很没底，根本没有心情吃饭。

"你听到什么风声了吗？"莫之航有所保留地询问着。

"林芷珊告诉我，资金出了200万元的漏洞，我不知道是怎么回事。"沈茵茵觉得这件事实在太莫名其妙了。

"那件事我已经处理好了，跟你没关系的，你不要管什么财务报表了。"莫之航的声音很温柔，似乎带着水，"先吃饭最要紧。"

"你已经处理好了？"沈茵茵顿了一下，像是突然抓到了一根救命稻草，难道公司那帮人突然之间又查清楚了真相？所以下午才没有送她去公安局？她有些不确定地追问着，"真的？你确定不会有事吗？我真的觉得我没有做错什么，电脑资料照说也不会出这种故障的。"

"既然没做过，你又何必怕？看看你，现在紧张到了什么程度，连我的话你都不相信。如果这件事真的与你有关，恐怕公司不会轻饶了你吧，你又怎么可能稳稳当当坐在办公室里？"莫之航在电话那边轻轻地说。

沈茵茵听到他肯定的答复，总算是松了一口气，她小心翼翼地将资料加密，又将备份磁盘做了一次全面杀毒维护，这才关掉了电脑，走出了公司。

Chapter5
漏洞

夜晚的灯火依然辉煌灿烂，隔着车水马龙的公路，沈茵茵远远地看见莫之航坐在一个咖啡馆的最里面冲着她招手。

她刚走到咖啡馆门口，莫之航却拿着公文包走了出来，向着门口停着的车走过去。

"William，那件事你是怎么处理的？究竟是哪里出了问题？"沈茵茵还因为那两百万的事情而心神不宁，看莫之航的神情也并不轻松，她更加不安了。

"上车吧，咖啡馆里有几个公司客户，我们换个地方再谈。"他示意她跟着自己上车。

"我真的不明白，怎么会这样？我今天真的很认真在做财务报表，出现那种漏洞我真的不知道。不过我想最多只是统计出错，再整理一下就可以得出结论的！"沈茵茵急切地辩解，她一定要把事情弄明白。

莫之航没说话，只是淡淡一笑。修长的腿踩上离合器，车子如同离弦的箭一般飞奔出去。

"到底是怎么回事？求你告诉我好不好？"她局促地坐在车里，心急如焚。

莫之航在路边停下了车，他把双手盖在方向盘上，侧过脸盯着沈茵茵发红的脸，看着她一脸担忧疑惑的样子，似乎又有些于心不忍，低声解释说："今天公司开会审核你做的财务报表时候，确实发现了差额漏洞。"

"对不起，出现这样的失误我真的很抱歉。"沈茵茵垂下头，做会计最忌讳统计出错，这只能证明她业务不精，公司随时可以辞退她。可是她竟然可以平安无事，那只有一种解释，就是说有人替她承担了责任。

"没事。"莫之航很随意地笑了一下，他的眼角因为岁月的流逝悄悄地布上了一层细纹，这让他看起来更有男人魅力。"公司并没有证据证明是你的失误造成了财务统计错误，从咨询部到规划部，每一道程序都有可能出错，谁又能保证不是电脑故障？如果是那样，应该被问责的就是行政部。既然大家都不知道问题出在哪里，所以也不能够把责任全都推在你一个人头上。"

他说话的时候，态度很轻松，沈茵茵却敏感地发现，他眼底闪过一丝阴沉的神色，只是一瞬间，就消失不见，她以为精神紧张以致自己眼花看错了，这种表情只有欧阳诺文才会有，莫之航是不会也不应该有这种表情的。

"是你帮了我，对不对？"沈茵茵想到他一定在公司会议上维护过她，就觉得很安心。

"在不明真相之前，我有义务保护财务部的每一个员工。"莫之航突然把脸凑到她的耳边，"现在没事了，你可以安心吃晚餐了吧？"

"我刚刚还担心到吃不下饭，现在好多了。"沈茵茵心里的大石头放下了。

莫之航坐直了身子，目光盯着前面的马路，有种势在必得的确信，用一种低沉的声音说："茵茵，我之所以这样保护你，其实还有一个原因。"

沈茵茵有些惊慌地抬起头，不知道他接下来会说什么。

"因为我知道，你将来一定会是我的人。"他的声音十分严肃，略显阴鸷的目光让人无法避开。

她顿时懵住了——他在说什么？他凭什么如此笃定？如果说这算是他对她的一种表白的话，那么这段感情是不是来得太快了？

吃过一顿精致的法式晚餐之后，莫之航没有询问沈茵茵的意见，直接将她带到了自己家。

夜色渐沉，窗外浓烈的黑色裹着寒气涌动着。沈茵茵第二次来到了得更加成熟一些，竟然绾着一个八十年代风情的髻……不过，无论她怎么打扮，身上总是散发出一种稚嫩纯真的味道，这种味道很吸引他。

舞曲戛然而止的时候，沈茵茵还没有反应过来，她的手掌被一只手紧紧握住，流离绚烂的波光中，她的眼神迷惑了，像是在做梦一样。舞场上静悄悄的，她从刚才的舞蹈中惊醒过来，忍不住用手轻抚着胸口，那里像是装着一千只小兔子般狂乱地跳，几乎让她无法呼吸了。

"茵茵，今天晚上你很美。"莫之航特有的低沉和磁性嗓音扫过她的耳垂，沈茵茵觉得自己的心就像是荡漾的水波，扑通一声跌进去了一颗小石子，激起无数涟漪，一圈圈地延展开来。

"谢谢。"她垂下眸子，极力掩饰住内心的慌乱。

今天晚上的舞会实在太意外，也太浪漫了！莫之航可是绝对的金龟婿加钻石王老五啊，如果他是她的男朋友，她真的愿意搂住他的脖子激动得跳起来，但是……这一切多半只是她的幻想而已，他应该不会喜欢她的，至少……不应该这么快。

"希望我们以后合作愉快。努力工作吧，我很看好你。"莫之航很礼貌地对着她点点头，眼里藏着笑意，转身向着舞池中央走过去。

"茵茵，今天你好漂亮！"欧阳诺文不知道从哪里冒出来了，他手里恰好端着一杯果汁，轻轻地放到有些发愣的沈茵茵面前。

"谢谢，你今晚看起来也很帅！"沈茵茵回应着他的恭维，她其实并不太喜欢欧阳诺文这样的男子，主要是不喜欢他那双阴郁的眼睛。他的眼睛很小，笑起来眯成一条缝，更加严重的是，那里面发出的逼人光芒总是让人想起四个字——老谋深算。

"看你跳舞都出汗了，喝点冰镇果汁吧。"欧阳诺文很贴心地把果汁杯往她面前推了一下，眼睛看了看她。

"刚才你是不是邀请我跳舞了，对不起，我没有注意到。"她有些不好意思地诚心道歉。

"没关系，我猜你今天是喝多了，所以眼光有些发直，没看到我也

Chapter 1
酒醉的探戈

很正常。"欧阳诺文扫了一眼她的脸,眼睛亮了一亮,"不过,这种法国拉菲红酒后劲是很厉害的。我建议你喝点果汁,不要再喝酒了。"

"谢谢关心,我还好啦。"沈茵茵淡定地接过果汁喝了一口,眼神虚无缥缈地看着前方,她现在其实并不太愿意说话,尤其是向欧阳诺文道过歉意之后,她可实在不想再和他多说什么了,对付话多的男人最好的办法就是呆若木鸡,好让他自己觉得无趣而走开。

"看看,我们的莫大总监又开始实施他的拉拢政策了!"欧阳诺文看着沈茵茵拒人于千里之外的样子,立刻转换了话题,他将身体靠在咖啡吧台上,眼睛盯着正在一堆人群中谈笑风生的莫之航。

"这话怎么讲?"沈茵茵扫了欧阳诺文一眼。这个欧阳诺文就是嫉妒也要看清对象才行,莫之航是"德普斯"公司的CFO财务一把手,多金单身帅哥一枚,他站在哪里都是大家的焦点,那也叫拉拢?

"你是新人不知道,他呢,每次公司年会上都要跟财务部的新员工跳一场经典探戈,接着就跟林芷珊跳舞,你的前任、去年的新人孔荞也享受过这种待遇,不过她没干多久就辞职了!"欧阳诺文见这个话题成功吸引到了沈茵茵的注意力,立刻来了兴致,脸上露出一副故弄玄虚的神情。

"孔荞为什么辞职?"沈茵茵好奇地问,林芷珊是财务部高级主管,堪称莫之航的左膀右臂,而她的前任财务助理孔荞辞职应该是她自己的决定,跟和莫之航年会上跳过舞又有什么关系呢?

"那我就不知道了,这个恐怕只有他们自己知道。你看,我没骗你吧,跟我说的一模一样,他现在该邀请林芷珊一起跳舞了!"欧阳诺文扬了扬头,不无得意地瞅着远处站在一起的林芷珊和莫之航。

"他们俩跳舞很正常,有什么奇怪的?毕竟公司年会就是要拉近彼此间的距离,William和林芷珊工作联系密切,跳一支舞是应该的。"沈茵茵心里对欧阳诺文故意卖关子小题大做的行为十分反感,但是她很好奇孔荞辞职是怎么回事,一定另有原因,总不至于因为她曾经与上司跳过一支舞就要辞职吧?

"没有想到你进公司没多久,就这么替William说话,你还真是个好下属。"欧阳诺文的眼睛又眯起来了，盯着她的脸一直发光，过了半晌他又主动提出说，"茵茵，不如我们俩一起跳支舞？"

"对不起，我现在有点头晕。"沈茵茵下意识地想拒绝。

"我看你和William跳舞的时候状态很好，对我就这么不给面子吗？"欧阳诺文有些沮丧地说。

沈茵茵想到不久前欧阳诺文被她"无视"过一次，再这么拒绝他，恐怕对以后的工作关系有影响，到了嘴边的"不"字硬是给憋了回去，她勉强绽开一个阳光点的笑容，"好的。"

"谢谢你，茵茵。"欧阳诺文兴奋地笑了，嘴里还称呼着她的中文小名。

茵茵，这个亲密的称呼不由得让她皱了皱眉头，她尽量语气委婉地说："欧阳诺文，我们只是同事，我想你还是叫我'沈茵茵'比较好。"

"只要你喜欢，我怎么叫都行。"欧阳诺文很满足地揽住沈茵茵的腰，带着她进入舞池。

舞池中，莫之航和林芷珊正在一起开心地跳舞，两人时不时低下头低语，似乎聊得很投机。林芷珊也是"德普斯"公司的著名美女之一，今天她还刻意打扮了一番，穿着一条紫色丝绸的低胸长裙，显得非常性感且富有女人魅力。她和莫之航两人配合得很默契，简直就是一对金童玉女。

沈茵茵的眼角余光扫过他们俩，脚下不知不觉被欧阳诺文踩了好几次，欧阳诺文每踩她一次就露出颇感抱歉的表情，然后拼命地向她点头示意，一场舞蹈下来，欧阳诺文几乎对她说了几十句"对不起"。

年会结束的时候，沈茵茵拒绝了欧阳诺文送她回家的一番好意。

欧阳诺文有一辆大众POLO车，看起来才买不久，还有九成新，但是她并不愿意有太多时间与他这个人相处，想到他那种城府极深的眼神，她就忍不住起鸡皮疙瘩，天知道他心里在想些什么。她并不喜欢这种看起来太有心计的男人，男人可以不会笑，但决不可以不阳光。

沈茵茵觉得，莫之航与欧阳诺文两个人足以形成鲜明的对比。一个是外冷内热，一个是外热内冷。

Chapter2
是你？

沈茵茵从香格里拉酒店门口步行到大街上，大都市繁华的夜景绚烂夺目，宽阔的马路上车来车往，沈茵茵有些沮丧了，城市里的公交车这会儿都干什么去了？

更加悲哀的是，天气很冷，而她今天为了参加年会只穿着一件黑色露肩小礼服。已经是秋天了，干燥的风里带着一丝令人瑟缩的寒意，她搓搓露在外面的胳膊，着急地期盼着回家的公交车快点到来。

手机铃声突然响起来，她设置的"彩虹糖的梦"，一贯的可爱清纯风格。

沈茵茵从包包里掏出手机，竟然是死党宁曦打来的电话，宁曦是一个平面摄影师，目前在一个小型广告公司打杂，虽然她性格十分活跃，人际关系不错，但是由于她有一个致命的弱点——懒，因此上班了几年，仍旧保持着"不升不降，职位还在那里"的透明人状态。

"宁曦！"沈茵茵扬起了音调，很乐意接听好友的电话。

"茵茵！你说好了这个月底请我们吃饭的，还记得吧？今天刚过了二十号，嘿嘿嘿，你应该发工资了吧？"宁曦的声音依旧那么清脆简洁。

"馋嘴的丫头，李辰逸呢，你们在一起吗？"沈茵茵当然记得她这个月刚发了工资，因为还在试用期内，她的工资只有正常工资的百分之八十，不过税后好歹也有三千多，请他们吃顿饭是绰绰有余了。

"亲爱的茵茵，难得你还能想起我，我以为你已经把我给忘了……"李辰逸的声音怪里怪气的，还带着一丝调侃的味道，电话那边隐约听见宁曦正在尖叫着："李辰逸！干吗抢我的电话，你是强盗还是土匪！"

李辰逸和宁曦都是沈茵茵的大学同学，三个人一直是好朋友，李辰逸大学毕业后本来在北京一家外企里做企划做得好好的，不知道是哪根筋出了毛病，才干了一年多就辞职来了上海，到现在还是某民营公司普通小职员一枚。不过，他很早就买了一辆银色尼桑轿车。

"原来你们俩在一块，我们公司年会PARTY刚结束。你们在哪里？我请你们吃饭。"一阵寒风吹得沈茵茵哆嗦了一下。

"李辰逸开车去接你，咱们一起去火锅店，'麻辣风'怎么样？你找个最近的肯德基或麦当劳等我们，别在外面吹凉风。"听到宁曦的大嗓门，沈茵茵知道，她应该已经成功地把电话从李辰逸手里抢回来了。

"好。"沈茵茵不由自主地嘴角上弯，心里泛起一阵暖洋洋的感觉，背井离乡的时候有朋友就是好呀。

在热气腾腾的"麻辣风"火锅店里，沈茵茵才感觉到了一丝暖意。

在宁曦的威逼利诱下，李辰逸貌似很委屈地把自己身上的黑色风衣脱了下来，他脱衣服的时候还很不乐意，双手依依不舍地揪着衣领子："我这衣服是要留给我心爱的女人穿的，宁曦你不要总是强抢好不好！"

"少废话！"宁曦可不吃他那一套，直接给他拽了下来裹在了沈茵茵的肩膀上。"你就接着矫情吧，我担保你三年内还找不到你所谓的那杯茶！这件大衣怎么了，茵茵还不一定看得上你的衣服呢！"

李辰逸不屑一顾地耸耸肩，招手叫来服务生，点了两杯奶茶和一打啤酒。

"别这么小气，等下出去我就把衣服还给你啦。"沈茵茵很小心地说，她实在太了解他这个人了，有些话虽然像是玩笑话，但是从他口里说出来，往往就是他的真实情绪体现。

"别理他，等下有吃的他就HAPPY了，我真没见过你这种男人，不就

Chapter 2
是你？

张钞票，掷在桌子上，手臂夹紧了宁曦大步向着门外奔去。

一路上，寒风刺在李辰逸脸上，他丝毫不觉得冷，心里只是担忧着急，一转身就被放了鸽子，连她的影子都不见。最让人郁闷的是，她不仅穿走了他新买的名牌风衣，还让他担忧得坐立不安，他试着打沈茵茵的手机，却没有想到那小清新的铃声竟然在自己的车里响了起来，当然就是在她那个白色的羊皮手提包里！

李辰逸开着车送宁曦回家，眼睛却漫无目的地在街上寻找着，不停地观察着后视镜里单身独行女子的身影，"唔……"宁曦一直在后座上喘气，李辰逸不由得深深地叹了一口气。

沈茵茵从来没有喝过这么多酒，也是第一次喝醉到这种程度。

也许是因为今天格外开心，她在舞会上跟莫之航跳了舞，他不但很亲切地叫她"茵茵"，还称赞她漂亮！她迷迷糊糊地一直向火锅店走，一直走，连一道弯都不曾拐，看着街道上的灯光都带着红色……好像……前面就是那家火锅店吧？虽然她感觉脑子很清醒，但就是找不到那家的招牌和李辰逸他们的影子……李辰逸，宁曦……你们在哪儿呢？

脚下忽然踩到一点东西，她踉跄地走了几步，感觉整个人都要瘫倒在地上，伸手扶住旁边的墙，墙壁冰冷的触感一下子把她弄清醒了……这是哪里？沈茵茵抬起头，她眼前模模糊糊，浑身疲软难受，扬起手臂擦擦眼睛，这街头店面，熙熙攘攘的人群，一张张陌生的脸，全都不知道是谁……完全不认识！电话，给他们打电话……坏了！

沈茵茵连忙伸手习惯性地去掏手提袋，却扑了个空。手提袋呢？该不会是刚才落在了火锅店了吧……她暗自苦笑了一下，估计手提袋找不着了，心里也不着急了，车到山前必有路，反正她现在整个人晕晕的什么都不害怕，先回家再说！

一辆车驶过闹市街头，莫之航半敞着车窗，冷着一张脸打电话，他刚挂断电话，却发现路边有一个穿着黑色硕大风衣的娇小女子，她看起来喝醉了，一路跌跌撞撞地走着，因此引来了不少路人的目光。

——那个黑色的影子怎么这么眼熟！是沈茵茵？公司的茵茵？

莫之航不由得停下车子，他摇下车窗，深邃的眼眸半眯着，紧紧地盯着在街头"游荡"的她，她的头发散了下来，刚好落在风衣的背线上，随着她不断奔走的脚步来回摇摆，手里随意抓住的宽大衣袖在风里乱摇……那件风衣明显不是她的。他有些讶异地看向她，公司PARTY结束后她不是坐欧阳诺文的车回家了吗？怎么会一个人半夜三更在外面游荡？

"走开！"她发出一声尖叫。

莫之航正在纳闷，眼睛却被路上的景象给刺了一下，他连忙跳下车子，快步走到街头。

"……小姐，你没事吧？你喝醉了吗？要不要我送你回家呀！"一个看上去嬉皮笑脸，不怀好意的男人凑近沈茵茵和她说话。

"我没事……你走开啦！"沈茵茵不慎脚底一滑，顿时跌倒在地，她只觉得身边围着好多人，可是看来看去都不认识啊，而且一个个长得都很像欧阳诺文，那一双双奇怪的小眼睛太像了，可是欧阳诺文怎么会在这里呢？她头好晕，这一跤摔得她更加晕头转向了。

"对不起，她是我的朋友，大家让一让！"莫之航大声叫道，他看到眼前的女孩不小心摔倒在地面上，她用双手撑着地，扬起小脸迷迷糊糊地打量着四周，清水般黑白分明的眸子此时掩上了一层雾气，更加显得楚楚动人。

沈茵茵蓦然发觉身边的人忽然之间一哄而散，眼前出现了一张帅气逼人的脸。

莫之航蹲下身子，眸子里隐着不知是恶作剧的坏笑，还是无奈，还是心疼……各种情绪混在一起的心情，看着沈茵茵。"茵茵，你摔倒了，痛不痛？"他的声音很低，眸子里写满了温柔，伸出大手去扶起地上的她。

"William……是你？"沈茵茵盯着他坚毅帅气的下巴，心中既意外又惊喜，她不是在做梦吧？一直以来她总感觉他是个神秘莫测的男人，可是此刻他的眼神那么温柔，他的怀抱那么宽厚温暖，让人不由自主地依靠和眷恋。

Chapter 2
是你？

"你喝醉了，你住在哪里？我送你回去。"莫之航埋下头盯着她的小脸，因为酒精的作用，她嫣红的嘴唇此时看起来像是一颗熟透了的红樱桃，非常诱人，他的眼神不由得在她的脸上停驻了片刻，一双手臂犹豫着是该放开还是该收紧。

"我家在……"沈茵茵有气无力地说着，她脑子实在太乱了，梦呓地把手掌贴在他的脸上，接着用力抬起身子，缓缓地扬起了手臂。

Chapter3
偶遇

  清晨的熹微光芒照亮了沈茵茵光洁的脸庞,她的皮肤细腻如同白瓷,在微醺的酒意下泛着潮红。

  莫之航站在床畔凝视着她,昨晚她一直粘着他不肯放手,迷迷糊糊地说不出她家的住址,他只好把她带了回来……现在他看着她甜蜜的睡颜,微乱的黑发粘在她的嘴角上,让他忍不住伸手帮她揩去。

  他的手指刚刚触摸到那柔嫩的肌肤,他就觉得浑身一阵战栗,强迫自己扬起手腕,看看表,时间已经不早了,该去上班了。

  沈茵茵醒来的时候,只觉得头昏昏沉沉的,浑身无力,她习惯性地按压着太阳穴,从柔软的床垫上滚下来,下意识地伸手去摸床底下的大熊猫拖鞋,可是任凭她怎么够都够不着,手上全是空荡荡的!咦?谁来过她的房间,把她的拖鞋摆到哪里去了!沈茵茵不由得一阵懊恼,随意地抓抓头发,这才睁开眼睛……

  "天啊——"一声刺耳的尖叫声划破了清晨的寂静,这片住宅区的清晨格外安静,她惊诧的尖叫声足以把左邻右舍全都叫醒。

  这里是哪里?昨天晚上发生了什么事情?李辰逸和宁曦呢?

  沈茵茵越想越头疼,她愣愣地打量着四周陌生的环境,黑白相间的色调,墙上是灰色的格子壁纸,实木的地板上摆着精致的玻璃茶几,上面放着一杯牛奶和几片面包,定睛一看,似乎还有一张卡片……暗黄色的双层窗帘没能全遮住晨光,只看到略有金色的光泽弥漫在床上。再看她身上盖着的丝绵褥子,这种米色的床单和垫子,恰好和实木地板厚重

Chapter 3
偶遇

的质感相呼应，格子墙壁旁边挂着一面墙大小的图画，竟然是上海市最繁华之处的俯瞰图，屋子里明显是时尚都市风格。

她想起了昨天最后遇见莫之航的情形，难道说这里是他的家？她下意识地掀开被子，只是低头一看自己的衣着打扮，就连忙尖叫着盖住重新跳回床上，她竟然只穿着一件可爱的吊带上衣！

——她的衣服呢？！

沈茵茵心惊胆战地看了看自己，貌似没有发生任何"情况"，她小心地四处瞅瞅，屋子里像是没有人，床头上放置着一杯尚有余温的牛奶，牛奶旁还放着一张便笺，只见上面简单地写了一行字：

"茵茵，冰箱里有面包，到微波炉里热一下，吃完早餐公司见。William。"

William，她所认识的男人中叫这个名字的只有一个，那就是——莫之航！除了他还能是谁？

沈茵茵差点没从床上跌下去，原来昨天晚上真的跟他在一起，可是他们是怎么见面的，后来发生了什么……她羞愧得恨不能把整个人都埋到丝绒被子里去。然而鼻息处不断传来男子特有的气息，她意识到这张床是他的，顿时像条件反射一般跳起身来，抓起床头的衣服冲向洗浴间。

经过客厅的时候，她无意间看到他拿着高尔夫球杆在果岭的个人独照，那洁白的牙齿，神采奕奕的微笑，看起来还是那么有男性魅力……她心烦意乱地看着那张照片，一转眼看到墙壁上的挂钟：马上快十点了！

她目瞪口呆地冲向洗浴间，心里忍不住叫苦连连，迟到了，迟到了，老板哈尼最无法忍受的就是员工迟到！

沈茵茵没来得及再多想什么，急忙洗洗漱漱准备出门，她一看自己手里的小礼服不禁又开始头疼了：这套衣服很明显是PARTY穿的礼服啊，怎么能穿去上班？而且大家都知道这是她昨天穿过的，这么一来不是告诉大家她昨晚没有回家？沈茵茵可不想成为公司众多八卦女人诟病一周的新鲜话题。

就在她不知所措的时候，竟然看到洗浴间里挂着一套女式的服装，裸麦色的真丝系带衬衫和质感很好的黑色长裤，旁边还挂着李辰逸的黑

Chapter4
上司

最近的天气似乎故意跟沈茵茵过不去，一大清早就开始下大雨，她一出门就不幸一脚踩在了污水沟里，皮鞋里立刻浸满了水。

她不禁哀叹着，上海市区的地下水道真的需要重新建设规划一下，她的一双新皮鞋就这么活生生地给毁了，为了配这双新款米色高跟皮鞋，今天她还特地搭配了一条驼色迷你短裙加上黑丝打底袜，这下全完了。

"啊嚏！"一阵冷风吹过，她哆嗦了一下，站在路边翘首等待公交车的到来。赶紧呀赶紧，又要迟到了！

沈茵茵正在苦苦盼望公交车，突然大雨里驶过来一辆崭新的黑色的奔驰轿车，只是可惜路边的积水在车侧边溅上了灰色的泥点，显得不是特别协调。

"茵茵，上车吧。"车子突然停在了她面前，车主摇下车窗，从里面探出一张熟悉的脸。

"李辰逸？是你？"沈茵茵揉揉眼，有点不可置信地看了一眼面前的驾驶员，这是李辰逸的车吗？他什么时候换车啦？

"上来吧，难道你想一直淋雨？"李辰逸伸伸头，命令她上车。

一阵冷风吹来，沈茵茵不由得抽了一口凉气，头上的雨伞都被风吹翻了，大半个肩膀都被骤起的冷雨淋了个通透，她也不再客气，收了伞啪啪地甩干雨水，探身坐进了车子里，上下打量着车里全新炫目的装置和配备，"你又买新车了？股票发了？还是买彩票中奖了？"

"我跟一个朋友借的车，帮她跑长途拉练一下，总是开市内的话，

Chapter 4
上司

车容易积炭。"李辰逸很帅气地从备用箱子里掏出一条白色的毛巾，递到她面前，"你身上都湿透了，擦一下吧。"

小车确实比公交车快，沈茵茵只听了几首轻音乐，它就已经稳稳地停在了"德普斯"公司所在的大厦门口。

"谢谢你啦！"沈茵茵从车上下来，撑起了伞。

"茵茵，"她刚刚走了几步，就听到后面李辰逸的声音，"你的手提包！"

他走得急，没拿伞，黑色的大衣上落满了大块的雨点，沈茵茵连忙把伞伸过去替他挡着雨。她看着他星星般闪耀的眼眸，又看着他手里的女式包包，不知道为什么，竟然感到一股暖流从心田涌起。

"你不要每次都这么粗心好不好？"李辰逸看着沈茵茵，扬起她的包包。

"呃……你突然换车，我有点不适应，晕头了。"沈茵茵不知道说什么好，以前也没觉得李辰逸有多好，可是今天觉得他有点怪怪的，就是感觉不一样。

"以后一定注意，你要是坐TAXI，落下东西估计就找不回来了。"李辰逸突然用手拍了拍她的头，大概是怕弄坏她的发型，因此力气用得不大，"我可不是每次都能给你当保镖。"

沈茵茵一下子哽住了，太奇怪了，李辰逸今天的表现实在太奇怪了。

"上班去吧，我先走了，还有约会！"李辰逸冲着她挤挤眼睛，他旋身进了车，说话间刻意把"约会"二字加重了语调。

哎……约会，她看着他高大的背影，这个家伙果然死性不改，下这么大雨都没忘记自己的约会呢！

因为遇上了李辰逸，沈茵茵恰好赶在上班时间点之前抵达公司。

她先是偷偷地瞟了一眼对面透明玻璃隔断办公室内的莫之航，他的门口没有挂伞，最近公司财务部特别忙，需要随时与美国总部保持联络，因为时差关系，莫之航经常三更半夜还在发邮件，甚至在公司过夜。

看样子，莫之航昨晚一夜都没有回家，而且身上的西装也没换。这种情况下，她一般会认为他加班了整个晚上。他工作起来确实卖力，难怪年纪轻轻就坐到财务总监的位置,他的侧影看起来没有那么挺拔,也许因为熬夜工作的关系,显得有几分憔悴。

沈茵茵只是发呆了一下,赶紧收拾心神让自己进入工作状态,在"德普斯"公司上班就是要争分夺秒用最少的时间做最大量的工作,要不然哪天被哈尼突然叫去喝咖啡炒鱿鱼了都很正常。

"叮铃铃……叮铃铃……"电话铃又响了。

"茵茵,马上到我的办公室里来一趟。"她还没来得及开口,莫之航的声音很迅速地穿了过来,带着催促的迫切感。

"好的。"沈茵茵吐吐舌头,看了一眼刚刚做好的财务报表,这份报表还没有来得及检查和加密,她原本以为他今天下午才会找她要,可是没想到他加了一夜的班,以致她的进度没有赶上。她匆忙将资料存档,迅速向着他的办公室走去。

"那份报表做完了没有?如果完成了,立刻把它打印出来,我现在就要。"莫之航头也不抬地说,继续忙着手里的工作。

"好的。"沈茵茵顿了一下,转身要出去,心想果然是要那份资料。

"谢谢你。能顺便帮我泡一杯蓝山咖啡吗?咖啡机在那边。"莫之航带着些许笑意扫了她一眼,紧接着又垂下头,握着笔的手在纸上沙沙地写着。

沈茵茵当然没办法拒绝这样的请求,她知道莫之航一向只喝现煮的咖啡,他从来不喝公司的那种速溶饮料,她走到他办公室角落里的一部小型咖啡机处帮他煮咖啡,咖啡的香味一点点地蔓延到屋子的每一个角落。

"茵茵,我很喜欢你待在我办公室里的感觉。"没来由的,莫之航突然说了这样一句话。

沈茵茵的心不由得扑通一下,有种奇异的感觉从心里蔓延开来,他居然说喜欢跟她待在一起?她低着头精心地煮着咖啡,听着办公室窗外淅淅沥沥的雨声,那种波纹般的幸福感一点点地荡漾在她的笑容里。

沈茵茵将冒着热气的咖啡端到莫之航面前,她随意扫了一眼他手里正在进行着的工作。那是一份英文资料,黑白的数据,规规矩矩的图

Chapter 4
上司

表，看上面不同的格式与布局，似乎已经修改了很多次的样子，他应该耗费了不少心血在这份资料上面。

"我现在去拿打印的资料过来。"她放下咖啡准备转身离开。

"哈尼说，这次来华投资的欧洲客户们对于这种投资项目知之甚少，但是又要我们财务部设法把投资的预期盈亏情况说明白，所以我们正在想办法把财务数据做得更加直观一些。"莫之航抬起头，轻叹了一口气，自动滑轮的椅子伴着他的力度往后滑去，他有点无奈地对着那份材料摊开手掌。

沈茵茵知道这次项目有难度，没想到莫之航一点都不忌讳，连自己工作遇到的难处都告诉她。

"其实对付这种什么都不懂，又希望亲自了解投资情况的老板，不是没有办法的。"沈茵茵灵机一动说。当年她在四大做研究生实习项目的时候，也曾经遇到过类似的问题。

"说来听听。"莫之航的眼神瞬间移到了她的脸上，深沉的眸子里闪烁着信任的光彩。

"既然他们需要简单直接，而我们的财务数据再怎么改，都不可能简单到他们想要的地步，那么我有一个建议，你不如跳出这种思维模式，用四维图来代替数据，然后举例说明。"沈茵茵对这种做法是有自信的，她脸上展出了一个笑容，"这种效果绝对比你反复使用PPT陈述的效果好得多，他们也容易看懂。"

莫之航托了一下下巴，抬起头注视着她，脸上荡漾出一抹不经意的笑意，眼底欣喜的光辉十分耀眼："这个建议不错，可以一试。"

沈茵茵不禁露出了一个甜美的笑容，自己这个财务助理，总算能帮到他的忙了。

"谢谢，你去工作吧。"莫之航装做不经意地冲她笑笑。

沈茵茵开心地回到自己的座位上，她有些奇怪地发现，电脑这么久了竟然还没有自动黑屏，她在莫之航办公室里待了应该不止十分钟吧？早就过了自动屏幕保护开启的底线时间。她对于工作一向是很小心谨慎的，很显然有人趁她不在的时候碰过她的电脑，但是能进这间办公室的人都是财务部职员，大家都知道财务工作的重要性和严肃性，照说不会有人动她的资料，难道是电脑出故障了？最近行政部说，在公司电脑上发现了外来病毒和木马，也是时候该好好给电脑杀一遍毒了。

她没有过多地怀疑，低着头去打印资料，这份资料是她刚刚检查之后存档的，应该没什么问题，可以直接打印了。

最近几天，沈茵茵总觉得有些心神不定。

也许是因为美国董事长亲自带团来华召开投资会议，导致所有人都变得神经兮兮的，每个人都不敢有丝毫懈怠，一个个故意装得比平时更加勤奋，连老板团在楼下办公室开会的时候都不敢掉以轻心。

沈茵茵也不例外，这天下午她正在对着电脑工作，发现本该在这次投资会议上协助莫之航做PPT演示的林芷珊步履匆忙地冲上来，然后一脸肃然地从她面前走过，她匆匆的脚步给人的感觉十分不安。

林芷珊的脚步突然加快，足以说明楼下的会议进展并不顺利。

沈茵茵不禁有点为莫之航担心了，这次项目展示会有什么问题呢？难道是她的那个提议有问题？应该不会呀，那个法子是她曾经使用过，确实很有效果，按照莫之航的专业水准也不会做得有多糟糕，可是林芷珊的脸色分明很不好看，她想到这里，心里不禁惴惴不安起来。

"茵茵，前天William要的那份财务资料，是不是你经手的？"林芷珊突然走到她面前，将一大堆材料啪地拍在了她的办公桌上。

沈茵茵吓了一跳，抬头疑惑地看她："是我做的，出了什么问题吗？"不会这么糟糕吧？刚才她就隐约觉得会议不太顺利，现在看来真出状况了。

"你自己看看，这么低级的BUG你竟然没有发现？我不知道你的研究生学位是怎么得来的……现在哈尼他们正在开项目投资内部紧急会议，William就是因为用了你给他的资料，才会出这么大的糗！"林芷珊显然很愤怒，一双画着棕色眼影的深邃大眼直直地瞪着她，似乎想要把她撕碎。

"你是说William弄错了财务数据？怎么可能？我不太明白……"沈茵茵有些反应不过来，一般只有出现严重情况的时候，公司才会启动紧急会议，看来这次莫之航真的遇到麻烦了。

"请你工作的时候认真一点，公司项目规划中突然出现200万的资金

Chapter 5
漏洞

那个小区，私人豪宅里熟悉的布局，她一个人坐在沙发上，心里无限忐忑，然而，面对自己心仪的男人，她知道自己此刻根本没有勇气从他身边逃开。

莫之航换上了睡衣，十分自在地递给她一杯红酒，醉人的香味扑鼻而来，沈茵茵小口啜了一下，都没勇气抬起头看对方炙热的眼神，她觉得自己像是一只任人摆布的羔羊，没办法逃出他的目光。

清晨的阳光透过窗帘，洒落在了宽大的双人床上。

沈茵茵浑身无力，睁开双眼，身边早已人去床空，空荡荡的大床上只有她一个人，莫之航已经离开了。在"德普斯"里，他绝对属于那种永远都不会迟到的员工，他对自己的要求向来严格，不管头天夜晚发生了什么事，忙到多晚，他依然会按时去上班。

看着他睡过的那个枕头，沈茵茵有一点点失落感，虽然知道他是个守时的人，但……他走得也太早了，甚至让她有一种被遗弃的感觉。

她有些黯然地穿上拖鞋，发现桌子上跟上次一样摆着一张纸条：

"茵茵，今天我会帮你向公司报备外出一天，说你去做投资市场调查了。所以你不用担心行政部查考勤，厨房里有早餐，吃完好好休息一下。你乖乖在家等我，晚上回来见。"

沈茵茵带着微笑，低着头找新牙刷，她记得上次莫之航是放了一柄一次性的新牙刷在洗漱台上的，今天可能走得匆忙忘记给她拿。

她试着拉开浴室柜子的抽屉，里面果然放着许多一次性牙刷和毛巾，崭新而整齐，跟高级酒店里放置的差不多一模一样，看来，莫之航是个有洁癖的人。她拆开一柄牙刷，将包装纸顺手扔在了浴台下的垃圾篓里。因为包装纸太轻，她竟然没投中，沈茵茵弯下腰，正准备捡起那张纸壳子，突然，她发现垃圾篓的旁边，洁白的瓷砖地上，竟然粘着一团细小的纤维。

女人特有的敏感让沈茵茵忍不住蹲下去，凑近看了一眼——那是一团女性的头发，纤细柔美，还泛着浅棕色的光泽！

这是怎么回事？

沈茵茵的心顿时一沉，这根头发丝显然不是她的，她一直都留着黑色的长直发，颜色根本不对！想到这里，她的双手不由得颤抖起来。

沈茵茵觉得从头到脚都是冰凉的，本来她裹着他的真丝睡衣，现在却觉得这件柔软的衣服像针一样刺着他，她甚至觉得……这衣服有点脏了。

她想立刻离开这里，可是她没衣服可换，连衣裙湿漉漉地扔在浴室的角落里，怎么办呢？怎么办？现在她连门都出不去！

咚咚咚，几声敲门声响过后，门被突然打开了。

一个推着卫生车的中年妇女走了进来，是这里的清洁员。她看到裹着毛巾傻站在浴室里的沈茵茵，似乎也并不意外，朝她微笑了一下，就埋头开始给房子做卫生。

沈茵茵看着清洁阿姨镇定自若的样子，更是心里打鼓，她经常看到莫之航屋子里有女人吗？不然她怎么就这么平静地接受屋子里多了一个陌生女人呢？只有一种解释，那就是她以前遇到过很多次这种情况，已经见怪不怪了！

沈茵茵像是掩饰尴尬一般，随手打开电视机。莫之航是海归派，习惯看的都是外国频道，肥皂剧里面呜呜啦啦地说着不知哪个国家的语言，她一句都没有听清。她灵机一动，眼神十分镇定地盯着屏幕，装做很自然而然地将脚在沙发上伸展开来，对着清洁阿姨说："阿姨，你们通常几天来打扫一次？"

"三天左右吧。"清洁阿姨头也不抬地回答，她手脚娴熟干练地擦拭着每一个角落，尽管这个屋子里已经相当洁净。

"前几天我的一个姐妹来莫之航这里帮我拿东西，你碰到过她吗？"沈茵茵心里带着疑惑，胡诌了一个理由，无非想要打探下前几天有谁到这里留宿了。

"前几天……"清洁阿姨停顿了一下，想了想才说，"好像有很多人来过。应该是有一群人，有男有女，具体的我记不清了。"

原来是一群人。沈茵茵终于松了一口气。

Chapter 5
漏洞

"对了,是你需要订午餐吗?莫先生早上出门的时候给物业公司打过电话订一份午餐,说家里有人,中午十二点送过来。"清洁阿姨看着沈茵茵,带着殷勤地问。

原来是莫之航临出门时交代过午餐的事,怪不得清洁阿姨见到她在浴室的时候神态自若。沈茵茵心里的疑团顿释,她有些自责地低着头,觉得自己不该那样想他,她沈茵茵什么时候开始变得这么婆婆妈妈的了?

"谢谢。阿姨啊,还有一件事想麻烦您,能帮我到附近超市买一件连身裙吗?颜色式样都无所谓,要宽大的、长一点的。我给您加班费。"

清洁阿姨听到沈茵茵这么问,顿时眉开眼笑地说:"没问题,我就怕我选不好。"

"没关系啦。"沈茵茵语气明快地说,她这时候的心情已经明朗了许多,虽然她的眼睛还是盯着电视机屏幕,上面黑压压的一片在演什么她还真不知道,但是只要确认莫之航不是那种滥情的男人,她心里的甜蜜又忍不住荡漾开来。

清洁阿姨推着车子出去以后,沈茵茵不禁暗自好笑,刚刚的一番伪装与打探不知道浪费了她多少脑细胞,现在总算如释重负。看来,就像宁曦说的那样,她就是一个不会耍心眼的傻瓜,老谋深算真的不适合她啊!

想到昨晚没有回家,她立刻打了电话给宁曦:"小曦,我妈如果查岗,你就说我昨天在你家……"这招百试百灵,只要说跟宁曦在一起,自然万事大吉,沈家父母绝对不会再过问女儿的行踪。

Chapter6
重要报告

清洁阿姨给沈茵茵买的连衣裙果然"宽大",差不多成孕妇裙了。

沈茵茵顾不上形象,穿上衣服出门去超级市场,用小推车买了许多美食。一向在家饭来张口衣来伸手的她,第一次有这么惬意的心情去购物,她兴奋地买了各种她猜测着可能是莫之航喜欢吃的东西,一件一件地往购物车里丢。西兰花吃了有利于大脑,买!胡萝卜补充维生素,买!再买一点牛肉和猪肉,他应该喜欢喝清淡的汤吧?秋天肺气盛而肝气虚,炖点莲藕排骨恰好有助于养生。想到这里,沈茵茵又跑去买了排骨,走到水果摊位的时候,看见紫水晶葡萄泛着光,顺手拿了两串葡萄,一起装进购物车里。

结账的时候,沈茵茵俨然觉得自己竟然有一丝丝居家主妇的味道。

这一天,她的心情都很好,满心都在想他晚上回去,看到一桌子美食的时候会有多开心。

沈茵茵发现,莫之航的厨房冰箱里基本上没什么东西,她把自己的购物成果一股脑儿全部摆进去,这时候已经是下午三点了,她估算着,按照莫之航的习惯,他应该是晚上五点半下班,如果今天财务部不加班的话,他半个小时后就可以从浦东那边开车回来,她应该有足够的时间做晚餐。

她刚把西兰花拿出购物袋,门铃却突然响了起来。

沈茵茵的手立刻僵住了,奇怪,这个时候谁会来拜访?不可能是莫

Chapter 6
重要报告

之航，他有屋子的钥匙，没道理敲门。难道是清洁阿姨说的"一堆男男女女"，来过他家的、他那些朋友当中的一员？

她犹豫着要不要去开，毕竟她不认识那些人，可是门外的人很倔强，拼命地一敲再敲，沈茵茵被那敲门声搅扰得心神不定，深吸了一口气，抱着"丑媳妇也要见公婆"的勇气，吧嗒一声打开门。

门外的人猛地冲了进来，她还没看清进来的是谁，迎接她的是一个大大的拥抱。

"你——"沈茵茵这才反应过来，竟然是莫之航，他吓唬她！"你干什么？我以为碰见色狼啦！"

他迅速抓住她的反抗的手臂，反剪到背后，脸庞抵住她的额头，压低了声音一字一句地说："你怎么对人这么没有戒心？连外面的陌生人是谁都没看清，就擅自开门？你知道这是多么危险的事情吗？"

"你明明有钥匙，为什么不自己开门？"沈茵茵觉得他说得有理，可是她当时真的没有想那么多。

"是我错了，我在公司里也一直想着你，我从来没有尝试过这种感觉，这样眷恋过一个人。"他的声音明显地柔软下来，"我找了个借口，提前下班回来看你。可我心里又担心你不在屋子里，就试着敲门，没想到果然是你给我开门。"

他跟她一起去了厨房，看到那些食材，他不禁笑了："你提前做过市场调查了？"

"是啊，我不但调查你喜欢吃什么食材，爱好什么口味，每天什么时候下班回来，还有很多很多事……"沈茵茵故意说，还留心察看他的表情。

莫之航并无异状，开心地挑着眉头说："是吗？看来你的调查很有成果。不过我作为你的上司，有责任提醒你，你在公司的调查报告明天必须交给林芷珊了，如果到时候交不出来，看你怎么办？"

沈茵茵一想到林芷珊那副神情就忍不住叹息："对啊，我今晚要加班赶工了。"

"傻瓜，那份报告我早就替你准备好了，就在我的皮包里。"莫之

037

航压住很想笑的冲动，"你帮我做晚餐，我帮你写报告，很公平吧？"

"我才不稀罕。"沈茵茵撇起嘴，可是心里却暖洋洋的，堂堂"德普斯"的财务总监来做一个财务助理的打杂工作，他自然不在话下，只不过……貌似有点浪费人力资源。还是有个男朋友好，什么事都考虑周全了。

"要不要？"他做了个无所谓的表情。

沈茵茵很快地冲过去拿那份报告，吐吐舌头说："不要白不要，能偷懒也没什么不好的。"

莫之航早就按捺不住，从身后抱住她，亲吻她的后颈，"今天晚上不用回家吧？"

"我考虑一下。"沈茵茵虽然知道宁曦那里不会出什么纰漏，只不过连续两天在她家留宿，似乎不太好，"今天没上班，不知道林芷珊明天会怎么盘问我呢，我想回家看看邮件先。"

"有我在，你还不放心？我保证Monica不敢为难你。你就安心做你的白领上班族，早点睡，明天早点起床，回家换衣服再去上班。"莫之航说着又亲了亲她，"茵茵，我真是爱不够你。"

沈茵茵听到他这么说，心里隐隐的一丝不安也在莫之航无限的温柔中渐渐消散。

第二天定好闹钟起床的时候，沈茵茵睁开眼睛，眼前陌生的环境还是有些不适应，下意识地摸摸身边，莫之航早已没了人影。

她缓缓坐起身子，不由得一阵失落，为什么每天他总是比她起得早，而且走的时候都不叫醒她呢？还好今天她起来得及时，看看桌子上的闹钟，竟然才七点钟，距离公司九点钟上班还有整整两个小时，时间足够了。

沈茵茵匆匆忙忙地吃完早餐，换好前天穿来的那套衣服，又顺手将昨天莫之航替他做好的那份调查报告塞进手袋里，然后一路跑到小区外面。今天她的运气不错，这时候恰好有一辆的士候在那里。

趁着在车上的时间，沈茵茵忙里偷闲地翻看着文件夹里的资料，莫

Chapter 6
重要报告

之航的专业水准果然不是盖的，连一份小小的财务调查报告都做得异常出色，远远超出了她以往的水准。她松了一口气，正要合上文件夹，却发现那份调查报告下面，还压着几张文件纸。

她好奇地翻开看，发现标题赫然是一份"德普斯"公司的大客户计划投资市场调查报告。众所周知，"德普斯"是一家国际风险投资公司，服务领域涵盖服务业、金融业、地产业、酒店业等等，有时候也做一些工业方面的可行性投资方案和财务计划，这些计划书对公司来说显得尤为重要，往往是高层决策时的关键性指标。

这份报告，是关于最近很火爆的一个项目——"绿色低碳科技"。

沈茵茵看到这个标题，不由得打了一个激灵，这个项目是公司的重头戏，哈尼非常重视这个项目，并且曾经公开说过，希望公司人员群策群力参与这个项目的策划，每个部门都可以积极提供方案，如果项目能够被采用，部门人员都会获得相应的嘉奖。

这份文件对莫之航来说，无疑是至关重要的，单看那上面密密麻麻的报表和数据，就知道他耗费了多少心血，查阅了多少资料，做了多少功课，他想必已经准备了很久，怎么随随便便放在给她的文件夹里呢？他真的是太粗心了！难道说他这几天真的被爱情冲昏了头脑，连利益都变得轻忽其微？

她合上了文件夹，没有再往下看。这份计划书里，可能里面会有莫之航辛辛苦苦收集来的一些机密资料，他对她竟然全无防范，自然就是信任她，不过她从来都没有想过干预他的计划和工作，更加不会利用这个机会掠夺他的成果。等到了公司，将这份文件还给他就是了，反正只是从林芷珊那里转一道手，最后还是会交到财务总监莫之航的手中，也算是完璧归赵。

她正想着，车子已经到了公司门口，沈茵茵掏出钱包要给钱的时候，却见司机大哥很爽快地说："不用给了，我是出租公司呼叫服务的，早上一位姓莫的先生已经付过钱了，说你们小区不好打车，我一早就在小区门口候着呢。"

沈茵茵递在半空中的钱包顿时滞了一下，她迟疑地将钱包收了回

039

去，心里升腾起一种奇异的感觉，而不是之前那种被人呵护的甜蜜感。莫之航的确是一个很细心、很周到的人，甚至细心得都快有财务人员的职业病了，他对所有的事情都预测得如此精确，但是他在拿她当什么呢？——被他掌控在手掌之中的布娃娃？

她对着司机道一声谢，推开门下了车，脑子里一团乱麻，这两天来的际遇太奇怪了，就像坠入了一个精心设计的局，她竟然觉得有些累。

沈茵茵刚刚走到公司门口，还没有来得及进去，恰好看着穿着黑色OL西装的林芷珊抱着一个公文包大步从她身边跨了过去，她细长的眼睛刻意瞪了她一眼，像是给她一个警告。

"茵茵，你等会儿来一趟我的办公室，昨天一天没向公司汇报，我看看你调查出来了什么成果。"说完，林芷珊大步迈进公司。

沈茵茵叹息一声，她手里有资料，倒是不怕林芷珊刻意为难，只是资料不是自己找的，她多少有种做贼心虚的感觉，就算是为了爱情，可是没有亲自经手，总觉得有那么点不对。

她走到自己的座位上，低着头扫视了一下周围，也许是心理作用的关系，她突然发现公司里的员工看着她的眼神格外奇异，奇怪啊，想平常她也是十分低调为人处世的，现在一下子变成了瞩目焦点，倒是让她浑身不自在，只好目视前方，身边的人全当做是空气。

透明的办公室里，莫之航正在工作，沈茵茵看到林芷珊端着咖啡进了办公室，立刻拿起那份报告书，向那边走了过去。

"放在桌上。"林芷珊冷冰冰地说。

"好的。"沈茵茵早已习惯了林芷珊的态度，就算她是刻意针对也好，为难她也好，伸手不打笑脸人，她知道忍气吞声是新人必备的功课。只不过，交上资料以后，林芷珊竟然不让她离开，非要等她审核完了之后才肯放她。

沈茵茵顿时觉得如站针毡，林芷珊没让她坐，她就只能站着，低头注视着林芷珊的一举一动。这个林芷珊虽然已经三十多岁了，但是眼角一点细纹都没有，可见保养得极好，也许因为当女强人太久，她身上总

Chapter 6
重要报告

是隐约带着一种男人的气息，很有大女人范，平时又不爱笑，穿衣打扮也都是职业西装。

"资料做得很全，看来你也没少用心，去忙吧。"林芷珊把资料用手一合，脸上竟然浮起了一抹赞赏的笑容，她的目光里竟然带着一丝意味深长的余味，像是在向她暗示什么。

这个眼神是沈茵茵所不熟悉的，她不知道该如何回应，只觉得毛骨悚然，只好淡淡地笑了笑，心想伪君子永远都比真小人可怕，林芷珊的笑容真是有点吓人，她笑的时候比不笑的时候更可怕一百倍。

退出办公室以后，透过玻璃隔板，沈茵茵看见林芷珊一手端着咖啡，一手拿着笔，正在聚精会神地细看那份投资规划书。她猜想林芷珊仔细参详的重点决不是"她"做的那份普通市场调查报告，而是压在下面的那一份莫之航做的项目资料。对于不知底细的林芷珊来说，她或许认为这份资料是沈茵茵新人图表现，为了邀功而刻意做出来交给她的，现在报告到了手里，林芷珊可以直接交给莫之航，自然可以在她自己的上司面前立上一功。

沈茵茵想到林芷珊刚才开心的笑容和最后那个暗示她"懂事"的眼神，心中不由得叹了一口气。办公室就是没有硝烟的战场，待久了心思自然变得细密些，也许将来她自己也无法免俗，变成林芷珊这样也未可知。

她踩着高跟鞋，路过莫之航的办公室的时候，她看到莫之航微微抬起头，脸上却依然是一副严肃的表情。她假装没看见他，脸上却露出一丝微笑。

Chapter7
巨大陷阱

　　陷入甜蜜恋爱中的人总是觉得时光过得飞快，沈茵茵坐在明亮的办公室里，掰着指头数了一数，算起来她和莫之航正式恋爱的时间已经快两个月了。

　　这两个月里，她的工作强度竟然变得小了许多，上班时间特别轻松。以前每天都有做不完的财务凭证和记录，害得她头昏眼花地逐一查询核对，一天下来脑子里全是数字和表格，好不容易下班走出公司，也觉得浑身疲惫，在公交车上就能摇摇晃晃地睡着，等车到了终点站，快马加鞭地走回家，困得眼皮直打架，随便洗洗刷刷也就歇下了。她自己都觉得奇怪，为什么最近一段时间以来，林芷珊再也不肯将财务凭证交给她来处理了，财务部的同事对于她整理过的资料也是一副小心翼翼的模样，慎之又慎。

　　沈茵茵隐约感觉到了一些不对劲，她试探地问莫之航原因，莫之航却若无其事地解释说，之所以分配给她的工作任务少了，是因为最近公司来了一批实习生，需要把工作给他们锻炼一下。

　　莫之航的话并没有打消沈茵茵的怀疑，如果只是普通工作也就罢了，可是，她昨天明明看见林芷珊将一叠财务报表从她那里取了回去，那么重要的报告，实习生怎么可以碰？要锻炼也不是这个锻炼法。

　　只不过，基于对莫之航的信任，看着他一脸坦荡轻松的模样，沈茵茵也就不再追究了，毕竟她忙累了太久了，现在只当调节一下工作节奏，让自己休整一下。用宁曦的话说："上班不忙，工资还照发不误，

Chapter 7
巨大陷阱

这种大好事搁谁头上都会从梦里笑醒过来，管他什么原因呢！"

傍晚的时候，莫之航还在加班，沈茵茵收到了他发来的短信："晚上去我家吧？"

她抬头看了看坐在透明办公室的他，心照不宣地点了一下头，莫之航的脸上浮现一缕微笑，他随后就收回了目光，低头继续看文件。

在此之前，沈茵茵已经拥有了一把莫之航家的大门钥匙。

这把钥匙对她来说，不啻是一张通往幸福生活的"通行证"，也是身为莫之航女朋友的有力象征，试问哪个男人会随随便便将自己的家门钥匙交给一个不相干的女人呢？想到这里，她心头就忍不住涌起甜蜜和感动。虽然相处这么久，即使两人同时下班约会，去往同一个目的地，他也从来不在公司所在的大厦门口等她，而是要她拐几个巷子，直到避开公司的所有员工之后，两人才一起离开。

沈茵茵脚步轻快地走到附近的一家大超市，准备买一些食材带回去。

她买了一些东西，觉得有点口渴，习惯性地走到甜品站买了一杯热饮，刚刚付过钱准备离开，她突然看见隔壁的西餐厅里坐着一个熟悉的身影，他穿着一套挺括的职业西装，正红色的斜纹领带，衬着黑色的打底衬衫，整个人看起来简直超级"有质感"，不是别人，正是她的死党之一李辰逸。

李辰逸正聚精会神地和对面的女孩子谈话，那个女孩正当妙龄，白如细瓷般的肌肤上化着淡淡的妆，看起来颇有气质，眉眼之间透着一种大家闺秀的味道，举止投足间尽显优雅。

难道这小子走上桃花运啦？

她低头感叹着，一边喝着奶茶，忍不住就掏出手机，准备给宁曦打电话，告诉她这个劲爆消息。

电话还没有拨出去，沈茵茵惊讶地发觉自己的手臂被人用力抓住了，她猛然扭过头，只见李辰逸站在她身后，深邃的眼底氤氲着一丝复杂的神色，他像捉贼一样紧紧地抓着她，把她的腕子都弄疼了。

"李少，要不要这么用力啊！"她皱着眉头说。

"你刚才看见我了？为什么不过来跟我打招呼？"他看起来很严肃，一本正经地问。

沈茵茵抬头看西餐厅的女孩，发现她半低着头在翻阅杂志，连侧影都那么淑女，她吸了一口气，才笑嘻嘻地说："我不是怕打搅你的约会么……不过，我可没偷看你们啊，也没打算到处嚷嚷。"

"我才不怕你嚷嚷。"他满不在乎地扬了扬头，"这么久不见你，你每天在忙什么？你妈上次还跟我说，你最近经常在小曦家住，说怕她失恋了想不开要多陪陪她，说实话，你是不是在撒谎？"

沈茵茵知道宁曦向来在李辰逸面前没有任何抵抗力，一盘问就会露馅，她假装睁着一双茫然无辜的大眼睛看着他："公司事情太多，经常加班，我就跟同事一起挤住她的单身宿舍了！"

"茵茵，你辞职吧。"李辰逸忽然劈头盖脸甩出一句话来，他的态度不像开玩笑，竟然还说得正气凛然，似乎还带着命令的语气。

"你什么意思？我在公司做得好好的，为什么要辞职？你是不是最近谈恋爱谈得傻掉了？"沈茵茵觉得奇怪，莫名其妙地问。她和李辰逸做了那么久的朋友，她当然知道他不会害她，可是这么霸道地干涉她的生活和工作，不是他的风格呀。

"你们那家公司，叫'德普斯'国际投资，对吧？我听一个朋友说这家公司不是很靠谱，你不如别干了。"

"谁说我们公司不靠谱的？"沈茵茵不禁觉得有些好笑，"你知不知道我们老板在中国经营了多少年，做过多少成功的CASE？不说别的，就说我们公司的中国区高层，个个都是行业内的顶尖人才，他们不至于不懂得行情吧，如果公司真的不靠谱，他们肯来这里做事？"

"你才去几天，公司的事情你知道多少？很多公司都是虚有其表！你如果怕失业，我帮你介绍去另一家会计师事务所吧，工资也不会低到哪里去。"李辰逸还是不依不饶地劝说她辞职，说话的语气还相当理直气壮，那张阴柔的俊脸现在看起来倒有点坚决的男子气概。

"好啦，我知道了，我会留意公司的情况的！不过我现在真的很喜

Chapter 7
巨大陷阱

欢这份工作,也没有跳槽的打算。"沈茵茵带着微笑打断他,眼神故意瞟向咖啡厅看那个女孩,"你跟我说了好半天了,先顾好你自己吧,再不去恐怕人家都要走了。"

"茵茵,你相信我,离开那家公司吧!"李辰逸着急地又来拉她。

"别说了,好长时间不见,我不想跟你抬杠。至于公司的事情,就算有什么问题,也不会清算到我一个小职员头上,我保证我没事。"沈茵茵甩开他的手,那个女孩果然有淑女风范,她虽然看到了李辰逸一直跟她嘀嘀咕咕,脸上的神情还是那样淡定,沈茵茵不禁暗自心想,这种女孩真稀有,还真是有包容心啊!

恰好一辆的士行驶了过来,沈茵茵走出大门,冲李辰逸摆摆手,然后头也不回地上了车。从后视镜里,她留意到李辰逸一直站在那里没动,他的表情看起来有点沮丧,仿佛有点受伤的感觉。

不管他了,沈茵茵垂下头,从手袋里掏出莫之航家的钥匙。

说实话,李辰逸的提醒和她最近的处境确实让她觉得有些诡异,但是与莫之航在一起的时间是那么快乐,太多的幸福麻痹了她的神经,也让她不愿意多想。

沈茵茵忙忙碌碌地做着二人晚餐,手机嘟嘟地想起来,一看是宁曦打来的,沈茵茵连忙接了。

"小曦,你在干吗?我有特大消息告诉你。"沈茵茵稳住语调。

"你跟李辰逸两个搞什么,个个都说有重大消息告诉我,结果呢,我不打给你们,你们就不主动打给我!太不够朋友了!"宁曦埋怨着,话筒里传来流水敲击到巨石的声音,"哗哗"地响着。

"你在哪儿?"沈茵茵好奇地问。

"跟公司的外联部在清凉谷拍一个广告片,累死我了!刚才李辰逸给我打电话,说让我劝你……"

"他叫你劝我辞职,对不对?"

"是啦,我问他为什么,他说没理由,就是听人说你们公司有些不正当的业务,比如洗黑钱之类……"宁曦的嗓门越来越大,但是声音却越来越模糊不清,"……这个鬼地方,信号越来越差了,我不说了,回去再说。我先挂了!"

宁曦挂了电话,电话那边接着就变成了单调的嘟嘟声。

除了清凉谷那句,沈茵茵根本没有听清楚她后面说的是什么,清凉谷倒是一个不错的好地方,莫之航前段日子还说过那里风景优美,有时间带她一起去玩,不过最近他每天都特别忙,看来是没什么机会了。

时钟当当当敲了几下,指向了晚上七点,沈茵茵估摸着莫之航快回来了,她微笑着将各种美味的食物端上桌,做一个好女人首先就是要照顾好他的胃。

"茵茵我回来了。"莫之航果然很准时,时钟响声还没落,门就开了。

沈茵茵听到他的声音,连忙从厨房走出来,笑盈盈地迎了过去,扑向他的怀抱:"今天累不累?"

"你又不是没看见,下午陪着一个老客户谈事情,他约我出去喝酒,我找理由拒绝了。"莫之航笑笑,抱了抱她道,"现在真是又累又饿,有个老婆在家就是好啊。"说完,他将公事包扔在沙发上,坐在餐桌旁就要吃饭。

老婆?……他已经准备要娶我了吗?沈茵茵心里甜滋滋的,是不是有点太快了?记得有一次,他还很认真地说,等他忙完这一阵,处理好公司的事情,一定要和她光明正大地走在一起。在她的心里,他那句话就已经是承诺了,所以她反而不好意思再提,也许等到他把所有的事情安排好了,才会水到渠成地谈两个人的婚事吧?

吃完饭,她乖巧地依偎在他身边,两人相拥着度过了一个温馨的夜晚。

接下来的几周,沈茵茵依然很轻松地上着班,莫之航却越来越忙,还经常离开上海出差,一去就是一个多星期。回来的时候,他总是会给她带各种精心挑选的小礼物,对她也格外温存。

这天,莫之航出差回来了。

沈茵茵知道他今天回公司,特意打扮了一番,她走到茶水间,准备

Chapter 7
巨大陷阱

给莫之航冲一杯咖啡送过去，正在加方糖的时候，欧阳诺文冷不防走到了她身旁，将手里端着的一杯热咖啡放在她面前："茵茵，麻烦顺手帮我加点糖，好吗？"

沈茵茵照做了，她虽然不喜欢欧阳诺文，但是单纯地作为同事，欧阳诺文为人还算不错，她并不介意帮同事做些小事。

"谢谢。"欧阳诺文很礼貌地道谢，他拿过咖啡却并没有立刻离开茶水间，反而接着说，"今天晚上有没有时间，我想约你喝茶。"

"不好意思，今天晚上我有点事情，下次吧。"沈茵茵很断然地拒绝了他的邀约，心想这人怎么这样锲而不舍？上次舞会的时候他就该知道，她对他根本没有兴趣，怎么还不肯知难而退？

"其实，我是想找个时间，单独告诉你一些公司的传言，没想到你还是这么不给面子。"欧阳诺文微微叹了一口气。

"对不起，我对公司八卦没兴趣。"

"如果这些传言是关于你的，你也没有兴趣听？"欧阳诺文有些诡异地笑了笑，"我想，全公司恐怕也只有你一个人不知道了。"

沈茵茵听到这里，不禁有些惊讶，她迅速抬起头看着欧阳诺文，公司里关于她的传言？她一向谨言慎行，为人处世足够低调，不可能招惹什么闲言碎语。难道说，她和莫之航的事情被人发现了？如果不是这件事，还能是别的什么事情呢？

"你抽空找我吧，我告诉你……"欧阳诺文故意卖着关子。

"你们两个很有空啊，工作都做完了，在茶水间闲聊？要不要问问行政部，公司章程第一百零八条是怎么规定的！"林芷珊不知道什么时候站在了欧阳诺文的身后，脸上像是给冻住了一般，惨白得吓人。

"喝完咖啡立刻就去工作。"欧阳诺文一见到这个女魔，立马收起了他的眼神和语气，挺直着腰板，向着自己的办公座位走过去。

"茵茵，你跟我来，老板要找你。"林芷珊的眼神很怪，她看起来不太高兴，一副灰头土脸的模样。沈茵茵知道老板刚刚找林芷珊谈过话，看来她并不是得到表扬，而是挨批了。

"好的。"沈茵茵立刻端着咖啡跟在林芷珊身后。

到了办公室，林芷珊敲了敲门，让她自己进去。

头顶已经光秃秃的美国人哈尼正在打电话，他看见沈茵茵站在门口，很快讲完了电话，唤她进来，很客气地指着面前的凳子让她坐。

"董事长，找我有事吗？"沈茵茵还是有点紧张，她最近工作确实不是很卖力，因此心里有些发虚。哈尼这个人平时看起来笑眯眯的，很好打交道的样子，但是往往这种人都很有心计，不知道今天他葫芦里卖的是什么药。

"茵茵，你知道公司关于投资'低碳'这项企划案的事情吧？"哈尼很坦然地直奔主题，脸上还是笑容可掬。

"听过，这是公司最近的投资重点。"沈茵茵如实作答。

"听林芷珊说，这项市场调查的原始档案源自于你，我看过了，方案做得很细致，辛苦你了。"哈尼笑了。

沈茵茵隐约觉得这不是一个好兆头，她从进哈尼办公室到现在不过十分钟，他竟然连续笑了好几次，这种异常的平静之后是不是有一场暴风雨？她的脑子迅速想起来上次两百万的财务漏洞的事情，他是要找她秋后算账吗？

"没什么，都是我应该做的工作。"沈茵茵淡淡地回应，脸上尽量波澜不惊。

"很好，这份方案既然是你做的，那么我现在给你三天时间，请你对这个项目方案上的五百万的财务损益做出证明和合理的解释。"哈尼的脸突然变得异常严肃，他碧蓝的眼珠在沈茵茵的脸上扫了一下，直看到了她的心里，接着又绽出了一抹微笑，"茵茵，你既然那么聪明能够做出这份方案，相信这点小事难不倒你？"

——莫之航那份投资方案出了问题？怎么可能？据她所知，"低碳科技"这项投资是稳赚不赔的，国家有政策支持是其一，另外就是众多投资公司一起合作，项目正在起步，可是大家都很看好，市场行情也不错，怎么可能会有亏损？但是，如果方案没问题，这不明不白的五百万的短款到底是怎么回事呢？

Chapter 7
巨大陷阱

沈茵茵心里顿时沉了一下，最近一段时间以来，她根本就没有机会参与财务部的重要事务，都是在做一些基础性的打杂工作，因此自从上次将那份方案交给林芷珊之后，她就没有再过问这个规划。看样子，莫之航前段时间之所以频繁加班和出差，正是在为这份方案落实的事情在忙碌。可是，他不是一向都很精明谨慎的吗？怎么会出这么大的纰漏呢？现在，因为规划又出了问题，哈尼怪罪下来，莫之航肯定会让林芷珊去应付，而林芷珊又把她当成了替罪羊。

看着哈尼阴沉沉的绿眼睛，她头上不由得渗出了冷汗，上一次两百万的事侥幸逃过一劫，具体情况都没搞清楚，这次又来一个五百万！她怎么就这么倒霉，一进公司就遇到这些乌龙的麻烦事呢！

哈尼的面部表情依然很和蔼，他补充说："茵茵，你知道我们公司是很人性化的，我们会给每个员工一个证明自己的机会，同时，也希望把损失做到最小，更不希望惹上官司。希望你不要让我失望。"

沈茵茵一下子不知道怎么回答才好，她根本没有仔细看过那份方案，完全不知道这么大的缺口是怎么来的，不过就算她看过也无济于事，连莫之航和林芷珊这样的高手都没看出来的漏洞，她这只菜鸟又怎么看得出来？她只觉得呼吸加速，脸红心热，额头上，手心里全是冷汗。

现在该怎么办呢？对哈尼说实话？说她根本没做过调查，那份文件是莫之航给她的？那么哈尼肯定要追问，莫之航的文件怎么会在她的手里？如果老板打破沙锅问到底，那岂不是拔出萝卜带出泥，明明白白将他们俩的事情公诸于众？

——无论如何，坚决不能说出来，一定不能对哈尼说实话！既然有三天时间，她应该跟莫之航商量一下，或许会有解决的方案。

"好的，我会尽快给您一个答复！"沈茵茵战战兢兢地直起身子，蓦然发现后脊背已经湿透，眼睛也不敢再看哈尼。

"我相信你。"哈尼的话说得很诚挚，可是沈茵茵只觉得那不过是一个"善意"的警告。

她掏出纸巾在脸上抹了一把汗，稳住呼吸走了出去。

林芷珊竟然一直站在门外没有走开，沈茵茵迎面碰到了林芷珊，发现她的眼神牢牢地盯着她，发出一种"等着看你的好戏"的信号，她心里一时气愤不过，不禁抬头瞪了她一眼：这种上司，有功的时候自己领，有过错的时候就把下属拿去出卖，我就是看不起你！

　　林芷珊被沈茵茵双眼迸发出的光热给吓了一跳，她或许没想到沈茵茵这么大胆，短暂的惊吓之后，气得目瞪口呆，脸色铁青。

　　沈茵茵心一横，已经不再害怕了，心道：你还能怎么样，不就是想看我的笑话？上次莫之航说得很对，我不需要害怕，因为我确实没做过，又何必怕？大不了就是被公司辞退吧，再找一份工作就是，我再傻也不会笨到去认领这五百万的债务。

　　沈茵茵坐在自己的电脑旁左思右想，上次那个两百万的事情已经很诡异了，她进"德普斯"公司的时间并不长，不过几个月而已。照常理来说财务审计工作本来就层层严谨，审核复查十分细致，怎么偏偏在她汇总的时段出了问题呢？还有这次的"低碳"项目计划，她明明交给了林芷珊，如果说莫之航的方案原本就有隐患，那么林芷珊没道理看不出问题来，五百万的差额如果是林芷珊做出来的，那么莫之航又是怎么看走眼的呢？

　　但是，不管怎么想，沈茵茵都找不到合适的理由，让莫之航从这件事中脱离关系。这件事肯定牵连了莫之航，这是沈茵茵现在心里唯一的软肋，一想到他的处境，她就有些不知所措了。

　　她想了一下，给莫之航发了一条短信："中午一起吃个饭吧，我有事情找你。"

　　一分钟不到，莫之航就给她回了一条："不好吧，被大家看见会被说闲话。"

　　沈茵茵很意外，大家都在同一个屋檐下，她相信他不会不知道今天上午公司发生了什么事，即使林芷珊不说，他长了眼睛也会看见她进了老板的办公室，通常情况下老板是绝对不会召见一个小职员的。现在都是什么节骨眼了？三天之后，如果没妥善的解决方案，哈尼完全有可能起诉她，到时候她是吃不了兜着走啊！而他居然完全不理解她的急难，

Chapter 7
巨大陷阱

还顾忌大家的看法。

"出来一下吧,我真的有很重要的事情对你说。"沈茵茵手指发颤,打了几个字发了过去。

"别着急,这件事我知道,晚上再商量对策。你别慌乱,一切有我在。"大概是意识到了沈茵茵的紧张和愤怒,莫之航在短信里表达了他的安慰。

沈茵茵看到那条短信,心里依然丝毫没有底,她觉得脑子里乱成一团,叹了一口气坐在凳子上,现在距离下班时间还有五个小时,这段时间她要怎么度过?他明明知道这件事的严重性,却没有丝毫解释。平时的他看起来多么温柔多么深情啊,可是他却在她最需要帮助的时候,一点都不体谅她的心情。

大家纷纷去吃午餐了,她看着莫之航出门的背影,心里不禁一阵感伤,她完全没有胃口吃东西,有气无力地坐在电脑前发呆。

"嘀铃铃……"

桌上的办公电话急促地响起来,沈茵茵机械地去接,却听到一个嘻嘻哈哈的爽朗声音:"喂,你还没吃饭吧?我刚完成任务回上海,给你带了东西,要不要陪我一起吃个午饭?"

是宁曦打过来的。沈茵茵突然心头一暖:"你在哪儿?"

"就在你们公司附近的'老地方',我点了你爱吃的牛排和蛋糕,赶快过来吧!"所谓的老地方,不过是他们公司附近的一个英式咖啡馆,她们之间还保持着大学时代的习惯,闲来无事的时候喜欢到甜品店吃蛋糕,喝奶茶。

沈茵茵拿起手袋,三步并作两步奔到了咖啡馆,宁曦染了一头显眼的明黄色头发,独自坐在硕大的玻璃窗附近,慵懒地靠在柔软的大沙发上,她花枝招展地冲她微笑,还得意洋洋地招手。她看到宁曦的新形象,不由得一头冷汗,这丫头什么时候变成这副模样打扮了?

"肉松卷、杏仁饼、猪排包、葡式蛋塔……那边的特产,所有你喜欢吃的,我都给你带了一份!"宁曦把手里的零食袋子往沈茵茵的面前一推，脸上笑开了花，"还是我对你好吧？"

"你给我带这么多东西，我都吃不完，太感动了。"沈茵茵装做激动万分的样子抱住食物，可是心里的愁苦还是掩饰不住，眼睛里竟然蒙上了一层雾。

"你怎么了？心情不好？"宁曦很疑惑地探着身子，盯着她的眼睛问。

"没事。你怎么突然变这样了？头发染得像个小太妹，我记得你说过要当优雅淑女的，这下子看起来一点都不像了。"沈茵茵不打算告诉宁曦自己工作上的事，宁曦虽然也是学财务的，但是她现在早已改了行，也不可能帮她分析事情原委，说出来不过是让更多的人着急，实在大可不必。

"这个是有原因的。"宁曦挤了挤眼睛，捧着奶茶喝了一口，"对了，上次李辰逸和我说你们公司的事……"

"看你面色红润，精神愉快，告诉我，是不是有新男朋友啦？"沈茵茵迅速岔开了话题，只要一谈到男人，宁曦马上就会把自己所有的注意力都转开，自然也就不会考虑或追问她的事情了。

"没有，"宁曦像是被触动心事一般噎了一下，过了一会儿又说，"哎，也不是全没有，总之有点复杂！"

沈茵茵眯起眼睛笑笑，一声不吭。

"好了啦，我给你看看照片。"宁曦最怕周围的人沉默，沈茵茵一闭嘴她就HOLD不住了，"说起来也很巧，这次我们去拍外景的时候，他是对方公司的随组人员，我们俩居然是同年同月同日生的。"

沈茵茵看着宁曦手机里的照片，心里不禁替她开心，其实宁曦是个很坚强的女孩，对于感情向来不勉强，要不然当年张伟东出国的时候，她也不至于连一句挽留的话都没说，也没去飞机场送别。她至今还记得当年张伟东走的时候，还不停地回头看送行的队伍，寻找着宁曦的身影，直到最后一刻才毅然上了飞机。假如当初宁曦像某些性格黏人的女孩一样，拉着张伟东哭闹一场，也许一切都会变个样子。等到沈茵茵他们回家，才看到宁曦独自一个人哭得稀里哗啦。之后那段日子对她来说

Chapter 7
巨大陷阱

是很黑暗的，可是直到如今她都坚持自己的观点："他若是真的爱我，就不会抛弃我一个人去国外，心里想要走的人，就算强留也不会幸福，反而会落下埋怨。"

沈茵茵每次想到这句话，都觉得宁曦说得有些道理，只不过，宁曦作为女人也太过洒脱了些，假如换成是她，莫之航要抛弃她的时候，她是一定会大哭一场的。

"看起来不错，把握机会，好好交往吧。"她给宁曦打气。

"试试看再说啦。"宁曦故作矜持状。

跟宁曦一起吃完午餐之后，沈茵茵满腹心事地回到公司。

听说哈尼下午又要召开部门工作会议，她顿时感觉十分紧张，一定又是那五百万的事情！只要一想到哈尼上午的表情，她就忍不住胃痛，其实刚才那一顿她几乎什么东西都没吃，好在宁曦向来粗心大意，并没有发现她有心事。她从抽屉里找出一片胃药，含了一颗。

午休时间，办公室里没有什么人，最近楼下的百货公司喊出"折扣季"的口号，很多同事都乘机三三两两逛街或喝茶去了，沈茵茵看了一眼莫之航的办公室，他不在里面，桌面上摊放着许多文件。

沈茵茵心中不由得一动，她想起当初那份交给林芷珊的原始文件，那份资料必然会交到莫之航手里，她当时并没有留下复刻版，以致事到临头连解释都解释不清。这件事莫之航的态度有点可疑，何不找个机会，设法去他办公室里看看那份文件，究竟是什么样子？

虽然偷偷进财务总监办公室，对其他员工来说属于不可能完成的任务，但对于财务助理沈茵茵来说，并没有什么难度，她记得刚入职的时候林芷珊告诉过她，抽屉里有一把莫之航办公室的备用钥匙，以防莫之航出差的时候公司需要临时取用一些文件，这把钥匙她从来没有使用过，今天恰好派上用场。不管莫之航知道这件事之后会不会不高兴，她现在最希望的是立刻见到那份文件，她的心一直忐忑不安，只要一想到那不清不楚的五百万她就难受，而这一切她是最直接的责任人，更加冤枉的是，这所有的统计项目都没经过她的手！

053

沈茵茵捏着一把冷汗，将钥匙握在手里，她很大方地走到总监办公室里，假装给他送文件进去，她一手肘弯下夹着一卷报纸，另一手借着遮挡，手脚利索地打开门。

啪，门顺利开了。

她偷瞄了一眼远处办公的几个人，那些人都聚精会神地看着电脑，根本没有人注意她这个方向。她迅速走进办公室，将那卷报纸放下，俯身装成一副顺便帮上司整理一下桌子上的文件夹的模样。

很幸运！那份资料竟然就摆在办公桌上！这份资料的标题"低碳科技"当时被圈上了一个红色的标记，可以确认就是当时的原件而不是复印本，沈茵茵心中暗喜，她迅速翻开了资料，一目十行地往下看，把在学校时应付期末考试抓紧时间速背速记的力气全部用上了，因为惴惴不安，她额头上迅速沁出了细细的汗水，修长的手指甲在页面上留下了细细的痕迹。

"贷方短款500万元……"她默默地念着，心跳得厉害，像是做贼在偷窥什么秘密一般，手脑并用地观察着那些数字。

"——你在这里做什么？"沈茵茵正全神贯注地看资料，突然之间，一个熟悉的声音传入她的耳朵，把她吓了一跳，有种犯罪被抓现行的感觉。

沈茵茵只觉得脑袋一阵发懵，莫之航居然这个时候回来了，怎么办？怎么办？她真不愿意让莫之航怀疑她，就算他不怪罪，可是偷看资料本就是越职行为，更何况是用公司的钥匙去开上司的门啊！

"我想来帮你泡杯咖啡，看到桌上有点乱，顺便帮你整理了一下材料。"沈茵茵顿了一下，还是说了谎，尽管这个谎话一看就是经不起推敲的，但总不能坐以待毙，让他坐实罪状吧！

"谢谢。你先出去吧，这些我自己整理就好。"莫之航的眼底闪过一丝光芒，沈茵茵清晰地看见他的眼神里带着狐疑、猜忌，还有不信任的成分，但只是一秒之间，他立刻将它们遮蔽起来，露出一贯的那种从容气质。

"好的。"沈茵茵假装若无其事地指着桌上的报纸，"还有，今天

Chapter 7
巨大陷阱

的财经时报，我帮你拿进来了。"

"茵茵，关于那件事，"她刚刚准备转身，只听见莫之航贴近她身旁，很突然地低声说，"我相信你，你不会有错。"

不知道为什么，只是听了他这几句简短又温柔的话，沈茵茵的心头忍不住一热，原来他还是关心和信任她的，反倒是她，怎么会突然怀疑起他来了呢？事情总会水落石出的，她抬头看着他轻轻一笑，飞快地走出了办公室。

回到自己座位上的时候，沈茵茵觉得心情顿时开朗了许多，心里的压力也没有刚才那么大了。

晚上，沈茵茵如约来到了莫之航的私人住宅。

他看起来很镇定，仿佛当天没有发生过任何事一样，她刚一进门，他就给了她一个大大的拥抱。

沈茵茵却避开了。

莫之航一愣，手抚摸着她的头发，柔声道："你怎么了？心情不好？"

沈茵茵叹了一口气，推开他的手，仰头看着他："我想问你，为什么财务报表上的金额会没缘由地减少？那份报表是你给我让我交给林芷珊的，而且这次投资规划本来就是你做的，今天哈尼找我说要我负责查清楚500万元投资款的去向……"她恨不得三言两语将事情经过都说清楚。

"茵茵，所有的事情我全都知道，我是直接负责这个项目的负责人，我知道的比你更多。"莫之航的嘴角微微扬起，神情依然轻松镇定，"总之，我保证，我一定会把这件事情处理好的，不需要你承担任何责任，OK？"

沈茵茵不禁怔住了："你知不知道，这件事不是那么好摆平的？项目差额短款有五百万啊，公司完全查不到账目来源和去向！"

"我不是说过了，我来处理？其实很简单，就是账款操作之间的事而已，那五百万的款项，我会想办法补上差额。"

"怎么补？"沈茵茵一急，双手抓着他的胳膊问。

"钱并没有丢，只是'藏'起来了。"莫之航温柔地笑了笑，他说话之间眼神里竟然有些阴鸷。

沈茵茵猛然觉得他的眼神有些可怕，她并不傻，从莫之航的只言片语之间，她已经敏锐地察觉到了一个事实——这件事确实跟他有关！而且是早有预谋的，他每次都能妥善地"善后"，是不是只因为一切早已在他的预料之中？如果项目本身没有问题，问题来源只可能是账务操作，而能够"操作"这些东西的，只有"德普斯"公司的高层管理人员。

其实早在午间查看他办公室的时候，她就已经感觉到了不妥，她下午的时候借助脑子的记忆细细将那份文件的数据做了一下回忆，千真万确没有任何缺陷，而且投资款项标示得清清楚楚，借贷相等，财务上的短款不过是些未到帐的小误差，根本不存在那么大的数额。也就是说，这个项目启动之后的附属财务报表是被改动过了的，那么到底是被谁改的？林芷珊，还是莫之航？

她终于明白为什么最近一段时间以来，莫之航授意林芷珊多给实习生机会，让他们来做报表了，他们流动性强，做完实习以后拍拍屁股走人，粗心大意的他们也不会做什么备份，况且公司章程规定也不许，上层稍微动下手脚，资料就会出问题！这样看起来，德普斯的财务系统还真是危机重重。而一个财务系统都靠不住的公司，又怎样支撑整个运营体系呢？

沈茵茵有些不知所措了，脑子里乱成一团，之前李辰逸没头没脑地告诉她"德普斯"公司不靠谱，现在看来，有些事也并不完全是空穴来风啊！

"你还在想什么？只要有我在，你不用担心任何事。记住，以后不管遇到什么情况，不要慌张，也不要乱，没有问题是不可以解决的。"莫之航吻了一下她的脸颊，"你是不相信我，还是对你自己没信心？在'德普斯'，你是我唯一需要保护和顾忌的人。"

"我知道你会考虑很多事，但是可不可以告诉我事情的来龙去脉？我不是一个机器人，再单纯的人自己也有思想的！"沈茵茵最喜欢听他在耳畔温柔低语，莫之航一示爱，她心里的那一点疑惑和焦虑就消失得

Chapter 7
巨大陷阱

无影无踪，她忍不住低声抱怨着，但语气里毫无锋芒，听起来反倒像是撒娇。

"告诉你，只会让你变得复杂起来，"莫之航说，"我就喜欢单纯的你，就像现在这样……"

次日，沈茵茵刚上班，就听到一个劲爆的消息：财务部欧阳诺文因私自挪用公款而被公司开除了。

因为事情涉及公司财务机密，行政部下令禁止所有人员打听这件事，并禁止公司人员在工作时间内以任何形式与欧阳诺文联络。欧阳诺文平时在公司里的时候总喜欢跟女同事搭讪，因此讨厌他的人远远比喜欢他的人多，欧阳诺文的人间蒸发并没有造成多大的轰动，大家都像平时一样上班。

让沈茵茵意外的是，林芷珊一到办公室就找到她谈话，告诉她那个五百万项目的事情已经平息，莫之航递交了几件有力证据，证明这件事与她无关，是欧阳诺文暗中做了手脚秘密转移公司资金。

沈茵茵这才知道，欧阳诺文被开除的事竟然与那个五百万的项目有关。

她脑子真的有点转不过弯来了：这件事从头到尾都不关欧阳诺文的事，就算有机会搞鬼，莫之航和林芷珊，还有她自己，这三个人无疑是公司里嫌疑最大的人，欧阳诺文是吃了熊心豹子胆，还是发烧昏了头，敢在后期操作的时候去篡改莫之航经手的东西？在这个项目里，充其量他不过是个统计员兼出纳而已。

太诡异了。

沈茵茵很明确地感觉到，欧阳诺文的离职与莫之航有莫大的关系，但是她既不敢细想，也没有更多的证据去细想，当然更不可能向已经人走茶凉的欧阳诺文去求证其中缘由。看起来，这件事和上次一样，又要不了了之了。

也许，任何一个公司背后都有不可告人的秘密，莫之航作为财务总监，必定也是其中的参与者之一。在公司业务方面，沈茵茵一直公私分明地处理着她和莫之航的关系，从不借两人亲密的机会从他嘴里打探

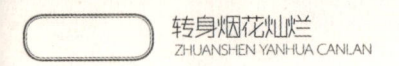

高层的八卦消息，以莫之航和财务部门在"德普斯"的重要地位，凡是他不愿意说出来的事情，她从不会追着他去问。虽然这件事再一次给沈茵茵心里打了一个疑问号，但她仍然选择了相信莫之航，她暗暗告诉自己：不要再想太多事，既然不能决定和改变任何事，又何必苦苦探究，不如安心做好自己的分内事，省点心当一个局外人吧。

Chapter8
办公室风云

  转眼间，上海就进入了深秋，处处寒凉，天空看起来格外的高远空阔。

  欧阳诺文离职之后，财务部门又进了一名新员工陈升，这位男同事与欧阳诺文的风格截然不同，平时戴着一副黑框眼镜，工作时间绝对一丝不苟，一看就是那种工作狂型的人，不过恰恰是这种人的状态很对林芷珊的胃口，她不止一次在大家面前表现出对陈升的欣赏，更从不吝惜对他的表扬。相比之下，沈茵茵的工作地位越发显得无足轻重了，经历了两次风波之后，林芷珊很少为难沈茵茵，准确地说是不怎么搭理她，有重要事情都交给陈升去做。

  沈茵茵干着打杂的事，每天也很自由自在。俗话说一朝被蛇咬，十年怕井绳，自从两百万事件和五百万事件陆续出现之后，她变得更加小心翼翼了，凡是经过她手的资料，除了文本电子各存档一份之外，加密审核各项程序都做得十分缜密，甚至连她的电脑都使用了双重密码系统，密码定期更换一次。

  行政部的艾丽丝笑话她，说她变得像个老太婆一样谨慎，但是沈茵茵毫不理会，上两次没被蛇咬到，固然是因为她运气好，根本原因还不是怪她自己不够小心？苍蝇不叮没缝隙的鸡蛋，只要她手中持有足够的存盘证据，以后任凭谁篡改数据都不成问题，出事之后，将证明材料往哈尼面前一放就可以自保了。所以，这一次，或者下一次，她绝不会再给自己出错的机会！

这天午后，沈茵茵去茶水间冲咖啡，行政部艾丽丝一脸神秘地凑过来，用一种十分八卦的语气说："哎，看看你们的林芷珊，又蹭去William办公室了！一天到晚有事没事往男上司办公室里钻，不知道是真有事还是借机套近乎呢！"

沈茵茵知道行政部一帮人与林芷珊的关系比较紧张，以她对莫之航和林芷珊他们的了解，很难想象这两人之间会有暧昧关系。毕竟莫之航自己已经是个很精明厉害的男人了，这种人通常是不会找个比自己还强悍的女人做老婆的。不过林芷珊那边就说不定了，难道她有姐弟恋的癖好，或者暗地里对莫之航有意思？她确实比莫之航大了几岁啊！

她虽然尽量这么想，但是艾丽丝说的次数多了，她心里难免有点不舒服。毕竟是恋爱中的女人，谁能够看到自己的男朋友和别的女人整天黏在一起还无动于衷？她原本冲好了一杯咖啡，想想又倒了一杯，放在一个小托盘里，深吸了一口气，这才走出茶水间，向着莫之航的办公室走过去。

沈茵茵刚走到莫之航办公室门口，发现林芷珊果然还在里面，门没有关，隐约可以听到两人的对话声，林芷珊的声音压得很低："不要因为感情的事耽误工作，行政部那边对这种事很忌讳的……"

"对不起，这是我的私生活，请你不要过问。"莫之航的声音冷得似冰。

"William，我是好意提醒你……"林芷珊碰了个钉子，明显十分不悦。

"好了，如果没事的话，你先出去。"他开始下逐客令了。

沈茵茵想转身已来不及，林芷珊大踏步从办公室里走出来，一张脸有些发白，她仰头看见站在走道里，手里端着咖啡的沈茵茵，将一双杏眼朝她瞪了瞪，嘴角一撇，什么话都没说，从她身边趾高气扬地走了过去。

沈茵茵听到莫之航打断林芷珊的话，心里的疑虑早就全都消退了，她并不介意林芷珊的恶劣态度，其实她也暗自分析过，为什么同为部门新进员工，林芷珊那么喜欢陈升却那么讨厌她？大家都是女人啊，为什

Chapter 8
办公室风云

么总是跟她过不去呢？也许是有心理障碍吧，林芷珊照说也是个美女，只不过三十多岁了都还没有结婚，讨厌或嫉妒比自己年轻的女孩也很正常。有时候她真的很想推心置腹地找林芷珊聊聊天，希望能够和她做朋友，劝说她不要把所有精力都放在事业上，早点找个人结婚生子。但是她转念一想，又觉得自己十分可笑，在林芷珊眼里，她只不过是一个看不到前途和未来，乳臭未干的新员工而已，只怕她还没开口，就已经被她给轰出门去。

算了，还是自求多福，管好自己的事情再说吧。

沈茵茵刚要端着咖啡进莫之航的办公室，没想到耳后竟然飘来一句话："茵茵，不要动不动就去William那里献殷勤，你们根本就不是同一路人。还有，不要打公司里面男人的主意，办公室恋情到最后受伤的永远都是职位低的那一个。"

林芷珊并没有走远，她的声音不高不低，从沈茵茵的背后传来，让她觉得有些凉飕飕的感觉。

沈茵茵知道林芷珊一向都是如此，对谁都凶巴巴的没人情味，只不过这句话的含义太明显了，明明白白将矛头指向她和莫之航，还暗含讽刺是她"勾引"他。她心里无限愤怒，但又没有合适的话去反击，只好假装没听见，加快脚步走进了莫之航的办公室，装着给他送咖啡的样子，压低了声音瞪着他。

莫之航不知道沈茵茵要唱哪一出戏，只是皱着眉头疑惑地盯着她。

"我平时在公司做人很飞扬跋扈吗？"沈茵茵觉得自己的声音是从牙齿缝里发出来的。

"没有啊。"莫之航愣了一下，还没有立刻反应过来。

"除了助理该做的工作之外，我一直都有很明显，很刻意地讨好你，巴结你吗？"

"没有啊，一向都是我讨好你才对。"他微笑着。

"那么，像我这种人注定应该是最后受伤的那一个吗？"她一口气说完，才蓦然觉得这句话似乎有点不吉利，心里暗自后悔不迭。

"只要有我在，你会一直好好的。"莫之航这才意识到，她是不

061

是受了什么刺激？看样子，估计又被林芷珊教训了，在别人面前受了委屈，所以进他办公室里来找安慰的。莫之航说："不要那么在意别人的话，像你这样的女孩，谁都不会忍心伤害你的。"

"那好吧，咖啡给你。"沈茵茵觉得莫之航的回答很圆满，也让她很满意，想了一下后，她把手里的咖啡杯递给莫之航，忍着心里的偷笑，她很公事公办地扭头就走，只要有他这几句话就够了，抓住自己手里的幸福，林芷珊这个女人就让她羡慕嫉妒恨吧，她可不奉陪。

莫之航嘴角上扬地看着她姿态优美的背影，拿起咖啡喝了一口，她是个很细心体贴的人，糖和奶的分量总是刚刚好，不多也不少。她身上的优点太多了，而且每一样都很对他的胃口，甚至连她生气的时候措辞都那么可爱，一个连发脾气骂人都不会的女人，以后决不会有成为泼妇的嫌疑。

沈茵茵回到座位上，发现手机震动起来，她滑动屏幕发现竟然是莫之航发来的，不由得一愣，忙打开看。

"晚上下班后别急着走，等所有人走了之后，你到我办公室来。"

沈茵茵一看只觉得奇怪，难道今天是什么特别的日子，还要特意在大家都不在的时候留下来？她疑惑地看向莫之航的办公室，他竟然装做没事人一样，和刚进办公室的陈升面对面地谈着工作。

她心里暗自琢磨了一整个下午，都想不出来莫之航要她留下来干什么。今天并不是什么特别的纪念日，难道他要送什么礼物给她吗？难道因为礼物太大，所以他准备在办公室内交给她，让她自己搬回去？虽然她早就梦想着他会送她一个特别点的礼物，但是想想又有些恐怖，她也不想要那么体积庞大的礼物……

下班时间一到，沈茵茵就飞快地往茶水间里窜过去，通常情况下，像她这样的"非重要"员工是不需要经常留在公司加班的，平时从不加班，现在又不是月头月尾，装勤勉赶工难免有点假，留在办公室只会惹人猜疑。莫之航就不一样了，他加班是常态，大家都习以为常，连行政部都不会多问。

Chapter 8
办公室风云

在茶水间里待了差不多二十分钟，沈茵茵估摸着公司的人都走光了，她走到洗手间对着镜子梳了梳头发，还涂了两滴香水，然后偷偷地溜回来，见四顾无人，这才向着莫之航的办公室走过去。

办公室里传出他愉悦的声音："进来。"

沈茵茵推门进去，顿时觉得有些奇怪，今天的阳光很灿烂，莫之航的办公室一直都是光线明亮的，此刻靠墙的那一面玻璃窗前的深色窗帘几乎都被拉上了，屋子里有些暗，夕阳的光辉给写字楼的玻璃镀上了一层橙色，有些暧昧不清。

她迟疑地走过来，心里直打鼓：他要干什么？

"茵茵，我很想你，都等不及下班回家了。"她刚刚走进去，莫之航的双手猛地用力，她整个人被他抱起来。

她的呼吸变得急促，他也太大胆了吧？

"知道我为什么叫你留下来了吧？是不是很好玩？"莫之航笑着说。

沈茵茵一句话都说不出来，突然，门外传来"咣当"一声。

被人突然打搅，沈茵茵吓得胆子都快要出来了，她差点尖叫出声，莫之航示意她不要慌张，他压住她的惊叫，抱着她躲到了门侧背后，只听见门外传来噔噔噔的脚步声，渐行渐远。

"刚刚……是谁回来了？她看见我们了吗？"沈茵茵结结巴巴地问。

"林芷珊。"莫之航不慌不忙地走到沈茵茵面前，回答道。

"这下糟糕了。"她听说是林芷珊，顿时一个头两个大，但这件事又不能怪莫之航，他本来计划好公司里这会儿不会有人回来的，没想到林芷珊竟然去而复返，万一真被她发现蛛丝马迹，举报到行政部去，麻烦可就大了。她只觉得无所适从，可是又不能对着莫之航发脾气，恨不得找个地缝钻进去。

"你放心吧，她不能拿我们怎么样。光线那么暗，她能看见什么？就算她真的看见了，你会承认吗？我会承认吗？没有充足证据就属于诬陷。再说，公司里谁不知道她的性情，刻薄又好胜，回来的时候还走得那么响，完全是给我们做好防备她的心理时间。"莫之航的嘴角往上扬，一点也不担心的样子，"如果是公司其他人撞见了，我或许还要担心一下，偏偏是她看见了，反而没什么大不了。"

　　沈茵茵听完他这一番分析，仿佛吃了一颗定心丸。但是，这颗定心丸背后，却又有一种奇怪的感觉萌生出来，她并不是第一次见识莫之航的手段，但这一次她明显感觉到他的心机太深太重了，他怎么就能够这么了解一个女人的心思，各种筹谋都那么细致，考虑问题更是周全妥贴？而她呢，遇事总是不够镇定，慌张惶恐外加茫然无措，连林芷珊都不是他的对手，更何况是她这个菜鸟。

　　"对不起，今天都怪我，晚上请你吃大餐好不好？"莫之航的声音温柔到了极点。

　　"不用吃大餐，随便吃点什么都可以，我真的肚子饿了。"沈茵茵只想赶快逃离这间办公室。

　　"你不要走电梯，从消防通道下负一楼，从地下车库C座侧门出去走小路，到附近的咖啡馆等我，我处理一点东西就来。"莫之航的建议其实就是命令，容不得她提出反对意见。

　　沈茵茵知道多问无益，她自行下楼到了咖啡馆，等了没多久就看到莫之航的身影，他一手放下公文包，一手掌心里握着一团黑黑的东西，她仔细一看是几条黑色宽胶布，怪模怪样的。

　　"你拿那个胶布做什么？"沈茵茵奇怪。

　　"你猜猜看？我今晚特意为你准备的。"莫之航挑挑眉，暧昧地看着她笑。

　　"黑胶布……"沈茵茵心里不禁又开始打鼓了。

　　一顿饭吃下来，沈茵茵都惴惴不安，她知道莫之航是那种说一不二的人，他要干的事绝对没人能阻止得了。

　　没想到，两人肩并着肩走过几条街之后，莫之航顺手将那些黑色胶带卷成一团，扔进了路边的垃圾桶，还恶作剧般地对着她笑了笑。

　　"你不是用来……吓我的？"她看着他丢掉那团东西，一颗心才稍微安定了一些。

　　他一路看到她吃惊害怕、脸色发白的模样，再也忍不住大笑了起来："跟你开个玩笑而已。"

Chapter 8
办公室风云

沈茵茵气不打一处来，她咬牙切齿地盯着莫之航，他倒是很开心，把自己的快乐建立在她的痛苦和害怕之上，简直就是太过分了！

"你知道你这样的表情有多可爱吗？你再这样，我会忍不住经常跟你开这种玩笑的。"莫之航的大手一把揽过她纤细的腰肢，露出少有的开怀大笑的表情。

"快放手，万一被熟人看见了怎么办？"沈茵茵挣扎着，小声叮嘱他。他却不肯放手，反而很固执地握紧了她的小手，跟她肩并肩地走在一起。

沈茵茵默默地跟着他往前走，莫之航现在真是越来越大胆了，他似乎不再惧怕被别人发现他们的关系。在他的怀抱里，她能清晰地感觉到一种被保护的幸福感，这种感觉暖暖的，很充实，足够抹去她心里的那些疑虑，有时候她想，不知道能不能就这样和他一起过一辈子……

Chapter9
多人对质

　　清晨来到公司上班的时候，沈茵茵发现林芷珊今天到得特别早，她那个小隔间里的电脑是开着的，但是座位上并不见人影。

　　虽然莫之航很肯定地告诉她不需要担心林芷珊，但是她当时分明感觉到那个人已经走近了那间办公室，她当时处的那个角度，恰好有半张脸对着门，如果那个人有意窥探办公室内的动静，还是完全有可能在暗处将她的脸看得清清楚楚的。反倒是莫之航捡了一个大便宜，他那时候恰好背对着门口，除了一个背影，根本看不清是谁。

　　沈茵茵刚坐下没三分钟，桌面上的电话就嘀嘀嘀响起来，她接听之后发现是行政部高级经理霍玫瑰，心里隐约有点打鼓。

　　"茵茵，请你到我办公室来一趟，有件事我需要和你核实一下。"霍玫瑰的声音清清淡淡的，温柔又甜美，没有任何杀气。但沈茵茵知道，霍玫瑰最大的特点就是"温柔一刀"，这时候找她，决不会有什么好事。

　　沈茵茵走到行政部办公室，心里立刻如明镜一般透彻了。此刻站在霍玫瑰办公室里的，不仅仅是她一个人，还有前台的艾丽丝、负责公司这层楼的物业公司经理、保安都在，简直要将办公室给挤爆掉。

　　霍玫瑰见她进来，习惯性地撩了撩长发，这才说："茵茵，我今天找你来，是代表公司向你求证一件事。我清早收到一份邮件，有人举报你昨天下班后并没有立刻离开公司，而是在办公室羁留了很久，并

Chapter 9
多人对质

且,"她仿佛很难受的样子,勉强说出下半句,"举报人还亲眼目睹你和一个男人在办公室里,有非常不雅的行为。"

哇!这句话一出口,艾丽丝和那几名保安的眼光立刻齐刷刷地落在沈茵茵身上。

这种尴尬情形,如果换做以前的沈茵茵,她一定恨不得立刻逃走,或者找块豆腐撞死算了。不过,有了前几次意外事件的历练之后,她已经逐渐学会了处变不惊,尤其是在这样的时候,必须镇定。林芷珊虽然将这件事向行政部打了小报告,却并没有明确指出"那个男人"是谁,足见她对莫之航依然有所忌惮。

在那几个人灼灼目光的注视下,沈茵茵装得更加淡定,她眼神无辜地看了一眼艾丽丝,才说:"今天是愚人节吗?霍玫瑰,抱歉我真的不知道你在说什么,也不知道是谁发那么无聊的邮件给你们。昨天下午刚下班我就走了,临走时还在艾丽丝那里打卡,不信你问她啊!"

艾丽丝跟沈茵茵一直关系不错,见她脸不红心不跳,一副受了诬陷的样子,立刻在一旁作证说:"是的,昨天五点半的时候,茵茵打完卡就出公司门了。我记得她走得很早,并没有加班。"

霍玫瑰的眼神暗了暗,她早知道沈茵茵一定会拒不承认,毕竟兹事体大,不是闹着玩的。她扫了一眼站成一排的大楼保安,问他们说:"昨天下午下班之后,一直到晚上十点之间,应该是你们几个在大堂迎宾站岗吧?这段时间里,你们有没有见到过她?"

为首的保安很认真地看了沈茵茵一眼,又很努力地想了一想,才说:"我没有什么印象。"

另外两名保安也跟着说:"我们也好像没见过这位小姐。"

霍玫瑰的嘴巴哆嗦了一下,一时没想出该怎么说下面的话,她停顿了一会儿,很快地说:"既然这样,艾丽丝你们几个先出去。茵茵你暂时先回去,等我弄清楚事情真相,再找你谈。"

沈茵茵知道这一个回合自己完胜林芷珊,心里暗想太惊险了,幸亏昨天按照莫之航的叮嘱走了那条生僻的侧门小路,如果当时她按正常路线从写字楼大门出去,岂不是正好被那三个保安逮着正着?今天霍玫瑰一盘问起来，她就无言以对了，莫之航果然厉害，连这样的小事都能先知先觉。

沈茵茵走出霍玫瑰办公室的时候，借着眼角余光瞥了她一眼，发现霍玫瑰带了一抹不悦的神色，正噼里啪啦地在键盘上敲字，不用想，一定是在给那封告密电邮的主人写回信。

她回到自己座位的路线恰好经过林芷珊的小隔间，果然不出她所料，林芷珊正坐在电脑前，做着和霍玫瑰同样的工作：写邮件。这两人几乎一致的举动，足以让沈茵茵相信此刻霍玫瑰与林芷珊正在做邮件对话。对于霍玫瑰而言，她明知道这个匿名HOTMAIL必定来自公司内部，但她并不在乎对方是谁；对林芷珊而言，她势必觉得自己有义务协助霍玫瑰赢这一仗，必须将沈茵茵的画皮给扒下来才痛快。

"茵茵，上午九点财务部开会。"实习生王黛西过来传达消息。

沈茵茵一看表已经八点五十分了，立刻拿起资料赶往会议室，不料走到半途，经过前台的时候艾丽丝叫住她说："茵茵，霍玫瑰让我叫你再去她办公室一趟。现在就去。"

沈茵茵无奈地苦笑了一下，将手里的资料交给王黛西："这是William昨天要的资料，麻烦你帮我带去会议室……"

她的话还没说完，忽然听到了林芷珊的高跟鞋声音，还有不阴不阳的口气说："怎么了？开个会都这么耍大牌，要实习生帮你拿资料？你是新人？不知道每周例会是不可以无缘无故缺席的？"

王黛西暗自吐了吐舌头，不敢再帮沈茵茵拿资料了，赶紧缩在一旁。

沈茵茵抬头看着林芷珊说："我没有打算缺席，是因为霍玫瑰临时通知我去她办公室，所以我想可能会晚到一会儿，怕大家需要用到那些资料，所以就让王黛西帮我先拿过去。"

"什么事这么重要，至于惊动行政部，让霍玫瑰亲自找你？"林芷珊带着一抹意味深长的冷笑，"看来应该是'不寻常'的事情吧！"

"林芷珊，发生了什么事？"莫之航拿着会议资料从财务总监办公室里出来，抬头刚好撞见这戏剧性的一幕，他忍不住皱了皱眉头，"财

Chapter 9
多人对质

务部人员今天都很闲吗？一大帮人站在公司前台聊天？"

林芷珊看着莫之航也掺和进来，眼底闪过一丝复杂的神色，半吞半吐地说："茵茵要缺席会议，说行政部霍玫瑰有急事找她。"

"是吗？今天是例会，所有人员一个都不能缺席。茵茵是财务部的职员，她有什么事，我们也可以过问一下，反正现在也开不成会，不如我们一起过去，到霍玫瑰那里看看有什么事让她急成这样？"莫之航语气严肃，一脸正气，双眉紧锁，似乎对这场办公室里的硝烟十分"重视"。

林芷珊的气焰立刻灭了下来，强颜欢笑说："没必要吧。"

"当然有必要。"莫之航看了艾丽丝一眼，"不如你去叫霍玫瑰过来，有什么事就在我们部门会议室里说清楚，说完她走，我们继续开会！"他撂下这句话，转身进了会议室。

财务总监发话，王黛西、林芷珊等人只好跟了进去，艾丽丝知道莫之航在公司属于"不好惹"的高层之一，急忙跑去喊霍玫瑰。沈茵茵不知道莫之航为什么要将这件事越闹越大，他难道还嫌林芷珊和霍玫瑰这两个女人不够多事么？但事已至此，她也只能假装淡定，跟在他们一群人身后进去。

果然没多久，霍玫瑰就进了会议室，还带着一脸的温柔笑容。

莫之航将一大叠资料扔在会议桌上，身体向后一靠，双手交叉支撑着桌面说："人都在这里，霍玫瑰你有什么事就说吧。我们还要赶着开一个会。"

霍玫瑰照旧微笑着说："我就怕这事不方便在这里说，毕竟只是与茵茵一个人的隐私有关。"

莫之航闻言，立刻皱着眉头看向沈茵茵，语气生硬地说："是吗？在公司里，谁有什么事情这么机密，不能对人说？"

沈茵茵被他一激将，忍不住说："没有。霍玫瑰请说吧。"

霍玫瑰见她这么说，心道：说出来到时候丢脸的人又不是我，是你自己要我说，可不是行政部不够人性化不给职员面子，你舍得死我还舍不得埋吗？她想到这里，也就豁出去了，很直接地说："事情是这样的，我们收到一份邮件，说茵茵昨晚跟一个男人在公司办公室里有不正当行为，邮件举报人说得很清楚，她是亲眼所见，绝非诬陷！"

话一出口，沈茵茵知道所有在座的财务部员工都在看她，只能继续装淡定。

"有这样的事？茵茵，你知道这是很严重的错误吗？"莫之航扭过头，加重了语气厉声批评。

"William，事实不是这样的。"沈茵茵看向霍玫瑰，"你们这样说我，一定要有证据。"

"我找你，就是因为我们已经拿到证据了。"霍玫瑰很胸有成竹地说。

证据？沈茵茵吓了一跳，行政部怎么会有证据？难道林芷珊拍下了她的照片？看来莫之航对林芷珊的推测也不是百分之百可靠，看到霍玫瑰的神态，她的信心一下子就耗尽了，只好垂下头暗自祷告不要被林芷珊赶尽杀绝。

"既然有证据，就在这里展示一下吧。我们还要开会，时间就是金钱，不要浪费公司的人力财力。"莫之航一点都不慌乱，很淡然地说，完全公事公办的态度。

沈茵茵的心都快从嗓子眼里跳出来了，他疯掉了吗？还现场展示证据？难道存心让她在大家面前丢脸吗？唯恐天下不乱啊！早知道就逃之夭夭，不进这个会议室的门就好了……今天真的要被他害死不可。

"William，借用一下你们的手提电脑。"霍玫瑰瞳孔一缩，从携带的资料盒里拿出一张录像带的复刻光盘，"这是我刚叫物业公司送来的，公司这层监视器摄像头的闭路电视录像。只要查一下昨晚进出公司大门的人员，就知道那个人是谁了。"

完蛋了！沈茵茵只觉得浑身无力，她怎么把监视摄像头的事情给忘记了！这栋大楼是上海有名的高档写字楼，前前后后多的是电子眼，只要录像一出，那可是铁板钉钉的证据呀！

"好，放出来看看。"莫之航点点头，示意陈升将手提电脑打开。

沈茵茵一个人胆战心惊地盯着霍玫瑰的一举一动，却又不敢表现得

Chapter 9
多人对质

过于紧张,她实在不能理解莫之航的行为,他为什么要这么做?突然之间,她看到莫之航转头朝她看了一眼,眼神里波澜不惊,似乎是在告诉她不必紧张。

但是,她又怎么可能不紧张呢?

几分钟过后,录像带开始播放,霍玫瑰将视频反复拖来拖去,调整了无数次,但是只要一调整到昨晚六点之后到九点之前的时段,视频就黑屏了。沈茵茵看着懊恼的霍玫瑰,她愣了一下,猛然想起昨天晚上莫之航来到咖啡馆时手里握着的那些黑色胶布……黑屏……难道是他将摄像头都蒙上了黑胶布,到临走的时候又去将那些摄像头黑胶布一一撕下来?难怪他会那么镇定,原来他早有准备,昨天下午从五点钟开始,摄像头就已经全部是黑屏,根本什么证据都没有!

"黑屏了。可能摄像头坏掉了。"霍玫瑰沮丧地说。

"那么之前呢?临近下班时间的视频,看不看得到有谁最后接近过那些摄像头?"莫之航明知故问地追问了一句,好像很关心这件事。

"看不到。"

沈茵茵心想,如果有人存心贴住那些摄像头的话,他一定会选择摄像头的死角位置去接近它们,怎么可能让摄像头拍到?而这个人,不用说肯定是对这幢大楼很熟悉的人。

霍玫瑰脸上青红二色轮着变换,无限尴尬,莫之航还是一脸严肃的样子,沉着声音说:"既然没有证据,这件事就到此为止吧,霍玫瑰没有什么事的话麻烦先离开一下,我们继续开会了。"

霍玫瑰无话可说,站起身收拾东西准备走。

反倒是林芷珊终于忍不住站了起来,说:"霍玫瑰你等一下,我觉得摄像头不是偶然坏掉的,应该是有人故意做了手脚,很明显这件事是早有预谋,所以她不敢让人知道她下班之后还留在办公室里。既然有人举报说这件事与茵茵有关,为了表示清白,茵茵应该为自己澄清一下,昨天晚上你究竟在哪里?也算给行政部一个交代,为这件事做个了断。"

她很义正词严地说着话,苍白的脸色倒是比平时红晕许多,沈茵茵知道她今天没有让自己当众出丑心有不甘,必定是不见黄河不死心了。

"茵茵，我觉得林芷珊说得有道理，不管那封邮件是否涉嫌毁谤，我们想请你证实一下你当时不在场。"霍玫瑰带着职业化的微笑站起身，"我们也不想凭空冤枉一个无辜的好员工。只要你能证明你昨天不在公司，我会真诚地向你表示歉意，也谢谢你对我们工作的配合。"

"有这个必要吗？霍玫瑰，你已经影响了我们部门的工作效率。"莫之航有些不悦地插话。

看到莫之航的表情，林芷珊更加咄咄逼人，双目炯炯地盯着沈茵茵说："茵茵，请你尽快说实话，这样对大家都好！"

办公室里的气氛顿时冷寂下来，出于猎奇的心理，大家似乎更加倾向于弄个清楚，虽然都没有明说，但是所有人的眼睛几乎都盯着沈茵茵，等着她开口自证清白。怎么办？沈茵茵心里一阵打鼓，不在场证据！她到哪里去找？她昨天晚上明明就是跟莫之航在一起的，谁来证明？她当然不能说跟莫之航在一起，不过偌大的上海，随便找个地方逛街都不止三个小时，随便找个理由也就足够了。

"我昨天晚上跟我朋友在一起。"沈茵茵环视了大家一圈，很坦然地说。

与此同时，她看见林芷珊的眼睛眯了一下，像一只邪恶的猫咪："能现在给他打个电话说明一下情况吗？既然你和朋友在一起，让他帮你做一下证明也好，大家也没什么可怀疑的。"

大家听后一愣，紧接着都意味深长地盯着沈茵茵。

"如果你们需要他们证明，现在打电话给他们求证当然也可以的。但是，"沈茵茵怒了，她没想到林芷珊竟然如此咄咄逼人，敢情大家都是围在这里看戏呢！"我朋友不是'德普斯'的员工，我不能因为私人的事情去打扰他们工作或者休息，林芷珊你也没有权利要求我这么做！"

"茵茵，你误会了，我这么做是为了帮你，你怎么会以为我在要求你？"林芷珊故作一脸吃惊状，她很无辜地看着所有人，"你可以选择打或者不打，没有任何人逼你做什么呀！"

霍玫瑰见状，连忙出来打圆场说："一个电话而已，对茵茵来说不是问题。虽然打扰到你的朋友有些不妥，但是事有轻重缓急，希望他能理解。"说话之间,她已经将会议室的无绳免提电话拿了过来,放在沈茵茵的面前。

沈茵茵知道,这两人女人一唱一和,自己今天不打这个电话是不行的。好吧,那就打吧!打谁的电话好呢?她最好、最心有灵犀的两个朋友无非就是宁曦和李辰逸了,在没有任何预兆的情况下,谁会更随机应变一点?宁曦这样大大咧咧的性情,听到她没头没脑的话,不反问过来就算不错了,打给她只会坏事;反倒是李辰逸,平时看起来很娘娘腔,其实人挺机灵的,但愿这次他能够聪明些帮帮忙。

所有人都全神贯注地盯着她,沈茵茵心一横,用公司的无绳电话拨打了李辰逸的手机。

手机里响起一段伤感的男声彩铃声,一直响着,歌曲都不知道唱了几遍,他居然还是不接。过了好久,突然电话那边响起了一声抱怨的嘟囔:"茵茵……大清早打什么电话,很吵哎。"

这声亲昵的"茵茵"传出来,莫之航的表情立刻凝滞了一下。

沈茵茵顾不上看任何人,她紧张兮兮地捧着电话,细声叫着:"亲爱的,别睡觉了,你等会儿方便来一趟我们公司么?我遇到一些麻烦……"

不等她说完,霍玫瑰就温柔地凑过来,强行插话说:"是宁先生吗?您好,我是茵茵公司的高级行政经理霍玫瑰,我们有件事想向您求证一下,昨天晚上茵茵有没有跟您在一起,还来过我们公司啊?"

沈茵茵一听到霍玫瑰的问话立刻头大了,这个霍玫瑰真是奸人啊奸人!她知道普通人听到这种问话方式一般都会条件反射地回答"是,我跟她一起去过公司",就故意给李辰逸下了这个陷阱,李辰逸说"有",恰好坐实了她的罪状;李辰逸说"没有",就足以证明沈茵茵在撒谎。

李辰逸啊李辰逸,这一次求你拜托你了!她在心里祈祷着,希望他不要乱说一通。

"茵茵,你没事吧!是不是发烧啦,你遇到了什么麻烦!我一大清早起来脑子还没缓过来,不经吓唬的……"电话那边,李辰逸居然咆

073

哮起来，他仿佛根本没有听见霍玫瑰的话，或者把沈茵茵当成了神经病人，喋喋不休自顾自说着。

"我没发烧！"沈茵茵见他没有立刻回答，急忙趁机细声说话，她故意把音调放得很嗲，声音简直可以掐出水来，"亲爱的阿逸，我们经理在问你呢，你昨晚有没有跟我在一起，有没有？"她相信，她的举动已经足够"反常"了，如果李辰逸还听不出她的"暗示"，他实在枉为她的闺蜜之一！

"你说有没有！你这个笨女人，脑袋进水了吗？昨晚我们在浦西吃火锅的事都忘得一干二净了？当然有！"李辰逸继续咆哮，"要不要我来一趟你们公司，帮你想想啊！"

嘘……沈茵茵终于松了一大口气。

"不用不用，我还在上班，有事等我下班再说哦！"她温柔到极致地掐断了电话，心想着这个家伙还算不笨，至于公司这里他也不用来了，目标效果已经达到，霍玫瑰和林芷珊两个人总该消停了吧。

听到他们肉麻的对话，财务部一干人等忍不住掩着嘴偷偷笑。殊不知，旁边的莫之航的脸色变得极为难看，沈茵茵好不容易逃过一劫，根本没有注意他的表情，紧接着对霍玫瑰说："我朋友的话你们都听到了，今天我不知道他是不是有空过来，我想我能解释的就这么多了。"

果不其然，霍玫瑰冲大家一笑，接着对林芷珊说："既然是误会就算了，不打扰大家工作了。今天这件事，我们也对茵茵表示道歉。"她的眼神扫过林芷珊的时候，隐隐透着一丝不信任的神色。

霍玫瑰转身走人之后，一场风波总算平息下来，林芷珊一脸沮丧之色，像斗败的鸡一样，一言不发。莫之航脸色铁青，他弓身坐在椅子上，迅速翻开了会议资料，冷冷地说："该工作了，现在开会。"

既然财务总监发话了，大家只好收起兴致，各自进入工作状态。

沈茵茵从会议室出来的时候，心想事情总算告一段落了，李辰逸今天表现得太精彩了，等找个时间一定请他吃顿饭犒赏犒赏他。

不料，她刚走出会议室，正走到大门旁边，公司大门附近的那部

Chapter 9
多人对质

电梯突然"叮"地一声打开了,从里面走出一个形象光辉的男士:他的头发吹得十分有型,身穿一套笔挺的西装,鼻梁上架着一副名牌墨镜,皮鞋一尘不染,在光影中泛着光芒,双手抱着一大束娇艳欲滴的火红玫瑰,他的身形看起来十分俊挺,合身的西装更是衬托出他的特别气质,他抬头挺胸地径直向"德普斯"公司前台处走过来,惊得公司走在附近的女员工们纷纷止住了脚步。

沈茵茵起初同样吃了一惊,但是……这个酷男怎么和李辰逸那么相像?

"亲爱的,听说你遇到一点麻烦了,我亲自来公司看看,能不能帮你什么忙?"男子的气场很强大,他潇洒地走到沈茵茵面前,他扬起手摘下黑色的墨镜,唇角往上一勾,洁白的牙齿,性感的笑容,魅惑深邃的眼神,又掩饰不住逼人的帅气——李辰逸!不是他还是谁!这人今天分明是刻意打扮过的,完全没有平时的娘娘腔,看起来还真的挺有型的,他那头发到底涂了多少层发胶呀!不对,他不是刚刚起床吗,怎么一下子就跑到她这里来了?乾坤大挪移?

沈茵茵的大脑还没有完全反应过来,就被李辰逸搂住了肩膀,他夸张地对着围观的众人笑了一笑,做亲密状凑到她的耳边,用不大不小的声音说:"亲爱的,为什么大家都围着你看,难道你们公司同事都不用上班吗?"说完,他的手指还轻轻地捏捏她的脸颊。

沈茵茵这才顿悟过来,原来他是特地来扮演她的"男朋友"的,她勉强挤出一个笑容:"其实没什么啦,事情已经解决了,你没必要这么兴师动众,搞得这么大吧?"她的声音不大,但是已经足够让围观的人听见。

"茵茵,今天下班后我们还跟昨天一样去吃火锅,晚上接着看电影怎么样?"以前没看出来,李辰逸竟然是个演戏就要演足全套的人,他根本不理她的暗示,还在饶有兴致地提议。

沈茵茵只觉得自己快要被几十道目光杀死了,首先是公司那些剩女们羡慕嫉妒恨的目光,接着是男同事们惊讶兼愤愤然的目光,以及林芷珊恨不得吃掉她的目光,还有各种眼神各种情绪……不能让李辰逸再胡

075

闹下去了,必须马上将这个危险人物支开!

"好啦,你先回家,晚上的事晚上再说!我现在要上班!"沈茵茵轻轻推了他一下,着急地挤眼睛,示意他"够了"。

"好,晚上我来接你,说好了啊。"李辰逸这会儿总算明白过来了,他脸上露出了迷人的微笑,接着把一大捧玫瑰塞到沈茵茵怀里,大步向着电梯里奔去,留给大家一个潇洒的背影。

"You are a lucky girl!"前台的艾丽丝看着李辰逸的身影和沈茵茵手里的玫瑰花,简直比自己收到玫瑰还要激动,她的眼睛里充满着无限仰慕,忘乎所以到连英文赞美词都出来了。

整个中午休息时间,沈茵茵都在盯着办公室桌上的玫瑰花束,她无聊地数了一下花朵数,刚好九十九朵,九十九朵玫瑰的花语是什么意思来着?沈茵茵想了半天,实在记不起来这花朵的含义,她低头仔细一看,发现花朵夹层里还挂着一个紫色的小吊牌,李辰逸大概是太匆忙,连标价都忘记了摘,小吊牌上面写着:人民币一千元。这下子更加让她郁闷了,一束花一千块,好贵!他还真是有钱啊!

她正暗自纠结怎么还他这个人情,请他吃西餐还是吃火锅,手机却响了起来,有人发来一条短信息。

沈茵茵打开手机一看,竟然是莫之航发来的短信,措辞还带着一点酸溜溜的味道:"你好像很喜欢别人给你送的花?"

莫之航为了这件事在吃醋?沈茵茵完全可以想象得出这句话从他口中说出来的语调,原来他也不是什么时候都那么淡定的!她心里有点觉得好笑,回了一条短信说:"是啊,平时也没人送花给我。"

沈茵茵等着他的回复,没想到他竟然不再理她了。

一下午的时间就这么过去了,莫之航依然没有任何反应,沈茵茵有点不知所措,不知道他葫芦里卖的什么药。下班走出写字楼大堂的时候,她本来还在纠结,要不要给莫之航发个短信问问他晚上是否一起吃晚饭,可是她还没来得及编完那条短信,就看见李辰逸的身影。

他仍旧是那副帅酷的造型,斜斜地立在大门口附近,他身后是那一

Chapter 9
多人对质

辆她坐过的奔驰轿车，他脸上神采飞扬，眼神灼灼地盯着刚刚出门的沈茵茵。

这个家伙！他还真来接她了！

沈茵茵暗自叹了一口气，莫之航那边还不知道什么情况，她哪有心思和李辰逸吃饭，这一次可真的"被"成为李辰逸的女朋友了。她垂着头一步一步地踱过去，暗自思忖该怎么打发他走。

"茵茵，你好有福气哦，男朋友都开奔驰接你，人有钱不说，长得也很帅！"身后投资部的女同事Lucy皮笑肉不笑，不无羡慕地说了一句，用细长的手指拍了拍她的肩膀。

沈茵茵只是尴尬地笑笑，面对着众多人期待的目光和对面"男朋友"投射过来的无限热情的目光，只好硬着头皮往那辆奔驰车走过去。

等到两人都坐进车里，沈茵茵立刻关闭了玻璃窗，摆出一副凶巴巴的神情说："你搞什么，故意这么高调！想让我们的女同事都拿我当公敌啊！"她不再装淑女了，看着一副春风得意模样的李辰逸，压低了声音吼他。

"我哪里做错什么了？你不奖赏一下我，还凶我。"沈茵茵一发飙，李辰逸就恢复了"娘"的本性。

"我奖赏你个头，我恨不得一脚把你踹下车去！"

"可是，今天你叫'亲爱的'叫得很甜，我觉得有必要对得起你那几声称呼。你看，我为你，特意做了这么多事，你居然一点都不感激我。有你这么对待朋友的吗？"李辰逸做十分委屈状解释着。

"别啰唆了，我请你吃饭还不行吗？不过，那束玫瑰的钱我不会还你的，我可没叫你花那种冤枉钱！"

"玫瑰是我送给你的，你只要肯请客就行。想想看，今天我们去吃什么好呢？"李辰逸很高兴地做着规划。

哎！看来今天还真是躲不过去了。沈茵茵一时间想不出拒绝请他吃饭的理由，算了，莫之航那边暂时就不解释了，这会儿越解释会越糟，等他想通了回短信来的时候，再把一切都告诉他好了。

"亲爱的……"李辰逸刚准备再叫一声，却被沈茵茵的眼神给瞪住，他只好硬生生地把接下来的话给憋了回去。

"今天谢谢你帮忙，现在已经没有外人了，你不用演戏了！对了，听我同事她们议论，说你今天从头到脚穿戴的全部都是名牌货，你最近到底在干什么，突然发大财了？"沈茵茵很疑惑地问他。

"那些衣服吗？我昨晚刚好住在希尔顿酒店里，那边商务部可以租借衣服的，既然跑过来帮你做戏，当然要准备一些道具。"李辰逸总算是恢复了往日的正常模样，自顾自地开着车，还腾出一只手得意地掠了掠头发，"我今天是不是特别帅啊？"

自恋男！整天泡在高级酒店里干什么？

"你脸上怎么是那种表情，好像很嫌弃我的样子。"李辰逸很没心没肺地问。

"没有啦，只是今天被你的玫瑰熏了一下午，有些头晕而已，我这辈子都没见过这么大把的新鲜玫瑰花，托你的福，又让我长见识了。"

"你问完了吧，现在该我问你了。你告诉我今天究竟是怎么回事，为什么你们公司要找你不在公司的证据？昨晚你跟谁在一起啊？"李辰逸脸色一正，迅速吐出一连串质问。

原来他不笨啊，还以为他会把这件事给遗忘掉，没想到立刻就开始盘查了。可是那件事的真相太……了，沈茵茵怎么好意思对一个大老爷们说！就算他是闺蜜也不行。

"是……林芷珊的一份资料遗失了，她怀疑是我做的。所以……"沈茵茵结结巴巴地解释着，说谎还不是她的强项，尤其是在李辰逸面前。

"是吗？"他似乎看出她窘迫的样子，低低地重复了一句。

多年朋友，她的一举一动怎么会逃得了他的眼睛，可是沈茵茵还是决定把谎撒下去，她回了一句"是的"，就立刻低下头，不再言语。

一路上，沈茵茵的手机一直在响，她一看都是莫之航打来的，但是看到李辰逸好奇和探询的表情，她立刻按上挂机。不知道为什么，在李辰逸面前，她一点都不敢透露她和莫之航之间的感情纠葛，她心里隐隐约约有点担心，担心李辰逸不喜欢莫之航，更担心李辰逸将对"德普斯"公司的偏见转移到莫之航的身上。

Chapter 9
多人对质

吃完晚饭，李辰逸很体贴地把她送回家，自己才开车回去。

沈茵茵回到自己的小屋，仔细数了数手机上未接来电的个数：整整四个，每两个电话之间间隔差不多都是十分钟，她一直没有接他的电话，此刻莫之航一定很生气吧？他在干什么？会不会还在公司里加班？

她站在窗前，看着屋外路灯闪烁的光影，犹豫了一下，给莫之航打了电话过去。

电话响了很久，那边才接听，听得出来他的情绪不太好，还带着一点阴郁和低沉："你晚上到哪里去了？我给你打那么多电话都不接？"

"我和一个朋友在一起，刚刚回家。"

"因为有他在，所以连我的电话都不敢听？你做人就这么没底线，一束玫瑰就买走了你的心吗？"

沈茵茵忍不住倒吸一口凉气，莫之航看来真是气糊涂了，以前的谦谦君子形象哪里去了？他什么意思，难道她是那种爱慕虚荣的女人吗？

"你不要乱说啦，他是我很好很好的朋友！我们从大学时代开始就是死党，要不然，我也不会在那么紧要的关头打电话给他了。"沈茵茵耐心地解释，希望莫之航能够听得进去。

"很好很好的朋友？有多好？比我们之间的关系还好吗？茵茵，你告诉我，你跟他之间究竟是假戏真做，还是确有其事，今天正好重温旧梦？"莫之航的声音听起来阴沉沉的有些瘆人，沈茵茵觉得全身透着一股说不出的凉意，不知道说什么才好。

那边沉默了一会儿，突然挂断了。接下来就是单调的嘟嘟声。

沈茵茵从来没有遇到过这样的情形，莫之航今天实在有点过分了，不分青红皂白地挂电话，一点解释的机会都不给她，也不肯相信她的话。可是，一切事情的起源不都是因为他吗？如果不是他突发奇想，还不慎被林芷珊撞见，哪里会闹起了这场轩然大波？差点让自己当众下不了台。她委曲求全请李辰逸帮忙，还不是为了保全他的面子？现在倒好，他安然置身事外，还莫名其妙对她发脾气，他到底想怎么样啊？

想到这里，她忍不住觉得有些难过，默默地掉下了眼泪。

079

是不是情侣之间都会吵架？吵架之后都会很难过？沈茵茵哭了一会儿，窗子外不断吹来的寒风吹得她脊背发凉，她抽搭了一下鼻子，跑去关上窗帘，然后回到床上。被子凉凉的，她没敢脱衣服，只觉得身体一阵阵发冷，心里越纠结越难过，更加翻来覆去睡不着。

夜色渐渐深重，沈茵茵昏昏沉沉躺在床上，只觉得全身冰冷。

突然，手机又收到了一条短信，沈茵茵迷糊中懒得去看，昏睡了一阵之后，她想起那条短信息，这才摸索着去看，看过之后不由得立刻惊坐起来，连拖鞋都来不及穿，光着脚丫向窗户边飞奔过去，果然看见在昏黄的路灯下，站着一个高大的，身穿黑色竖领风衣的男人，不是别人，正是莫之航。

原来他之所以挂断电话，是准备直接到她家来找她。她家的地址，他已经很熟悉了，以前每次两人约会之后，他都会将她送回家，然后坐在车里凝视着她的窗户，看到她的窗户亮起了灯，才默默开车离去。沈茵茵有时候会躲在窗帘后看着他的车绝尘而去，心里荡漾着无限甜蜜，这扇窗户就像是一扇"爱情之窗"，寄托着她的爱情和梦想，却只为他一人而敞开。

这么冷的天，他在那里站了多久？

她又是着急又是感动，随便套上一件大衣，穿上一双靴子向着楼下奔去。门一打开，寒冷的北风就吹了进来，她忍不住打了个冷战，走出家门，她迅速向他站立的地方飞奔过去，一头扎进他的怀抱里。

莫之航的身上带着一点酒精的味道，他一下子抱住了沈茵茵的身子，另一只手里还提着一个鼓鼓囊囊的大口袋。

"外面好冷，抱着你的感觉真好！"他的下巴抵着她的头顶，轻轻摩挲着，把她紧紧地挤在怀里。

"你怎么来了？"沈茵茵柔声问着，他的怀抱让她倍感暖和，不知道为什么，心里一酸，眼泪就落了下来，恰好沾湿了他的臂弯。

"我放心不下你，之前跟你发脾气，是我的错，原谅我好吗？"他

Chapter 9
多人对质

的声音里满是温柔，初冬的寒冷也被他的话语驱走了。

"你提着什么东西？"她好奇地问。

"都是你喜欢吃的东西，各种餐厅的外卖。"他淡淡地笑了笑，"我在想，你今天和别人在一起吃晚餐，不知道合不合胃口。所以每家餐厅的特色菜式都买了一点，一起带过来给你吃。"

"你这个傻瓜！"沈茵茵看着那个口袋里的食物，有中餐类的烤得焦黄香脆的北京烤鸭和皮蛋粥，也有西式的熟肉牛排和甜点、沙拉，还有她最喜欢吃的红彤彤的大苹果，甚至还有一瓶上好的法国红酒，简直中西合璧，应有尽有。

看着莫之航深情的眼神，她忽然感觉到，有一种从未有过的温情迅速弥漫在两人之间，她所有的担忧都消失了，她的世界里只有莫之航，他一直都那样无微不至地关照着她，甚至以为没有他的时候她可能会饿肚子，他是天真得可爱，还是精明到无懈可击？不管了，总之，他来了，一切都回来了，这才是她真心想要的。

夜风渐渐吹来，沈茵茵忍不住打了个哆嗦，莫之航不由分说拉过她坐进了车里，打开了空调。

气温渐渐升上来，他沙哑着声音低低地问："你跟那个男人之间很熟吗？"

沈茵茵微闭着眼睛，靠着他说："我们之间应该属于那种纯友谊吧，他和宁曦，是我最好的朋友。"

"那么你们都没有互相喜欢过吗？我从来不相信男女之间有纯粹的友情。"莫之航把"友情"二字的语气加重。

"真的没有，我们之间特别简单，他也是个很单纯的人，要不然他也不会那么夸张地来公司接我。其实我真的很感谢他，这次如果不是他帮我渡过了这个难关，我当时都不知道该怎么面对霍玫瑰和林芷珊了。"

"既然这么简单，那你为什么不敢在他面前接我的电话？"莫之航还是不依不饶，挑了一下眉毛追问。

081

沈茵茵叹息了一声："他是我死党啊，如果他知道我有男朋友了，自然要问东问西，也许还会让我爸妈知道……我现在还没有思想准备跟他们解释。你如果还不相信我，我也不知道该怎么办了！"

"那你答应我，以后不要跟除了我之外的男人在一起！"他威胁的声音不容反抗，像是一只阴沉的豹子。

"好。"沈茵茵闭上眼睛，答应。

他低下头来，迎着清冷的月光，轻轻地吻上她的脸："下个月我休年假，我们找个没人的地方去度几天假，好不好？"

"度假？好啊。"沈茵茵想，这样他们俩就不必担心被公司的人发觉，可以好好享受只属于他们两个人的时间和恋爱的甜蜜时光了。

"那我们说好了，"莫之航说着侧过身体，从汽车后座上拿出一个资料夹，将几页纸递给她看，"我们一起去巴厘岛。我已经提前打过休假报告了，你只需要向公司请个病假……"

沈茵茵借着车顶微弱的灯光，看到那是一份旅行计划书，上面有详细的规划和路线，连两人的行程和各项活动都全部提前规划好了。她看到那些东西，身子忍不住战栗了一下，为什么他总是这样，每一件事都好像在他的掌控之中？她从来都不需要参与他的筹谋，只需要跟随他的脚步，坐享其成就好了。可是，为什么她总是觉得有点怪怪的，觉得哪里有些不对劲呢？如果让宁曦知道她这么担心，一定会骂她有福不懂得享，她这不是找了一个超级优秀的金龟婿吗，典型的二十四孝男友啊！什么事情都提前办好，让她不用操一点点心，多少女人做梦都想要这样的男人啊！

"看你不知所措的样子，是不是很惊喜兼激动？"她发呆的瞬间，莫之航伸手刮了一下她的鼻子，温柔地问。

沈茵茵觉得心里有点乱，但她还是甜甜地抬头朝他笑了笑："是的，你真的好细心。"

他很开心地将她搂入怀里，亲了亲她的额头说："只有对你，我才会这样。茵茵，只要你答应我，除我之外永远不要跟别的男人接触，我会一直对你这么好的。"

Chapter10
巴厘岛之行

沈茵茵按照莫之航的"计划",没费多大力气就拿到了医院的病假建议书。

也许因为上次的事心存歉疚,或者是觉得自己理亏,行政部霍玫瑰很痛快地批了她十天的病假——当然,还是需要按照公司制度扣工资的。至于财务部方面,林芷珊根本没有签字决定权,莫之航那里更没有不批准的可能。沈茵茵很顺利地把手头的工作交接给了陈升,然后在家收拾行李。为了避嫌,莫之航故意推迟了半天的航班,让沈茵茵跟旅行团先走。

这次巴厘岛之行,让她充满无限期待。中国境内此时的寒冷与巴厘岛热带的温暖简直有天壤之别,清澈的海水、沙滩、阳光、小木屋、游艇……还有各种特色美食,简直太棒啦!

坐在飞机上的时候,沈茵茵感觉自己像是在做梦。

看着舷窗外一朵朵棉絮状的白云,想到数个小时之后,她就可以在巴厘岛与莫之航见面,沈茵茵忍不住从心里笑出来。

在导游的引导下,沈茵茵抵达提前预约好的酒店。

这里风景果然名不虚传,远远看去,只见一片碧海银沙,婀娜多姿的热带植物,洁白的沙滩,各种肤色的人慢悠悠地行走,或者选择一个僻静之处躺在沙滩上,享受着阳光浴。

沈茵茵看看时间,估计莫之航要在明天中午才会到,在酒店待着也很无聊，她换上一条雪纺长裙，又在裸露的胳膊上擦了一层防晒油，戴上墨镜和大檐帽，准备走出酒店到沙滩上散散步。

她刚走出酒店大堂，立刻发现门口不远处的藤编椅上坐着一个熟悉的人，沈茵茵不由得一怔，那不是之前被"德普斯"开除的欧阳诺文吗？他竟然也来巴厘岛了？

沈茵茵本以为自己戴着墨镜和帽子不容易被人认出来，欧阳诺文却已经发现了她，他立刻站起身，向着她走过来。他很绅士地看着她微笑了一下，主动打了个招呼说："茵茵，好久不见！"

她心里暗叫好险，幸亏莫之航没有和她一起来，假如他们乘坐的同一趟飞机，此刻岂不是恰好被欧阳诺文撞个正着？眼见欧阳诺文走近身前，她只好随机应变地看着他说："欧阳诺文，你好。"

欧阳诺文机警地向她身后看了看，然后很诧异地问："只有你一个人来这里旅行吗？"

"是啊，就我一个人。"沈茵茵赶紧敷衍，"你呢？"

"我们公司在这里开年会，"欧阳诺文仿佛有些不愿意谈及自己的新工作，"还有很多同事和客户一起来。"他说着话，回头看了一下刚才坐着的那边，果然还有好几位与他年纪相仿的男士，看见他们俩在谈话，其中一位男士还举了举手里的冷饮杯，示意他们过去喝一杯。

沈茵茵懂得欧阳诺文的尴尬，作为一个犯错被前老板开除的职员，最害怕的事情莫过于让新同事知道自己以前的糗事，可想而知欧阳诺文有多么不愿意她在这里出现，正如她不愿意欧阳诺文也在这里出现一样。

她会意地朝着欧阳诺文点点头，很善解人意地说："你放心，我不会打扰你们的，这几天你就当不认识我好了。"

欧阳诺文一听这句话，笑道："虽然我不太喜欢'德普斯'的人，但是你真的很例外，你一直都这么可爱，真的很谢谢你茵茵。但是，我真不怕在这里遇到以前的老同事，你想多了，我现在挺好的。"

虽然彼此招呼过后，沈茵茵心里仍在打鼓，有道是防人之心不可无，当初欧阳诺文离职的事情多多少少与莫之航有关，如果被他看见他们俩在一起，会不会节外生枝？这次原本很顺利的海岛之旅，因为偶遇

Chapter 10
巴厘岛之行

欧阳诺文显得有些煞风景了。

次日,沈茵茵还在睡梦中,就被一阵急促的门铃惊醒了。

她揉了揉惺忪的睡眼去开门,先从猫眼里看了看,发现果然是莫之航提着行李箱站在门口,她的幸福快要满溢,故意没有立刻开门,等着他再敲几下。

像是心有灵犀一般,莫之航仿佛察觉到门后观察他的眼睛,他索性将行李放下,双臂交叉依靠在门框附近,一副很悠闲的模样。

沈茵茵恶作剧地打开门,他一个箭步冲进来,对着她做了一个威胁的表情,她一看自己就要被抓住,连忙拔腿就逃,身上的薄衫飞扬起来,带着一丝夏天的温度。莫之航只觉得心头一动,怎么可以让到手的猎物逃走!况且她还躲在后面偷偷地打量了他好一会儿,真是个古灵精怪的丫头。

"你不是说预定的航班下午才到吗?你每次都要给我一个惊喜!"沈茵茵看着兴高采烈的莫之航,半嗔半喜道。

"我想你了,所以宁可坐晚班飞机也要提前过来。"莫之航说着就亲她的脸颊。

"别闹,赶紧去换衣服,在这儿还穿这么正式,你不热吗?"沈茵茵心里甜蜜,可是看着他西装革履的样子,气温那么高,他居然不热?

莫之航解开领带,很熟练地脱掉西装和衬衣,却没有立刻去穿夏装,他看着她,坏坏地低笑了一声,弯下身子问她:"你知道我在想什么吗?"

"想明天去哪里玩?"沈茵茵假装糊涂,也想借此转移话题,尽管她已经明确感觉到他的暗示。也许因为在一个完全陌生的地方,沈茵茵在他熟悉的怀抱里,竟然有点不自在,被他拥着的身体也有点僵硬,她有点莫名其妙的紧张感。

"你怎么了?"他察觉到她的异样,问她。

"我在这里遇到欧阳诺文了,太巧了,我心里总觉得哪里有点怪怪的。"沈茵茵跟莫之航说着自己的疑惑。

"不是有我在你身边吗？你不要胡思乱想。"莫之航温柔地回道，说着走向院子里的小泳池，撩起一捧水往茵茵身上泼去。

燥热的天气，郁闷的心情，被这清凉的水花一溅，茵茵倒笑了出来，迎面向水池边的莫之航扑去，嘴里还调皮地嚷嚷着："我让你泼我，我让你泼我……看我不让你求饶才怪。"

两人孩子气地打了一会儿水仗，茵茵发现莫之航竟突然停了手，怔怔地盯着自己看。她傻愣愣地低下头往自己身上打量了一番，这才发现，自己全身都打湿了。顿时，她脸上一热，顺手就要去抓搭在沙滩椅上的浴巾，谁知还是不敌莫之航的手快，被他抢先夺去了浴巾，还见他得意地抄起了相机对准了茵茵。

"别拍，羞死人了！"茵茵一边嗔怪道，一边用手去捂镜头。沈茵茵知道莫之航是摄影发烧友，家里堆满了各种摄影器材。他还曾经很得意地给茵茵看过他在国外拍摄的那些美轮美奂的风景，说是以后有机会，带着她一起走遍世界的每一个角落。想到莫之航许下的承诺，茵茵心里顿时变得柔软了起来，手上自然也没了力气。

莫之航顺势将她的手轻轻推开，呢喃道："茵茵，你真美。阳光洒在你的肩头，像是天使的光环一样……我想留住这美丽的一刻，记录这属于我们的旅行……让我拍下来吧！"

茵茵不禁也来了兴致，轻轻地收了下下巴，将最美的右侧脸呈现给莫之航。她十分好奇，莫之航能将她拍得有多美，自己在她的镜头中会是什么样子。

……莫之航从各个角度给茵茵拍了写真，最后还架起三脚架，亲自出镜和茵茵拍了一张在夕阳下相拥而立的照片，这才尽兴地收起相机，换了衣服，准备出去觅食。

巴厘岛的气候十分宜人，在傍晚的余晖中，沈茵茵穿着拖鞋，和莫之航一起沿着海边慢慢走着，呼吸着新鲜的海边空气，看着不远处的游人，气氛显得十分和谐甜蜜。

沈茵茵看着附近一个原住民拎着一个装满清水的大木桶走过，很好奇地凑过去，发现那个木桶里竟然盛满了五颜六色的热带鱼。她很喜欢

Chapter 10
巴厘岛之行

那些鱼，用英文问他是否卖，卖多少钱一条。

不料，那位原住民竟然听不懂她的英文，莫之航在一旁重复了几次，他依然摇着手表示不懂。

难道他是个聋子？沈茵茵没办法了，有些失望地准备走开。

不料，莫之航竟然摘下了自己的墨镜，用手指和那位原住民比画了一阵，那人到后来竟然点头同意了。他很大方地将墨镜交给了他，将那一桶热带鱼拎到她面前，模样还很欢喜。

沈茵茵看着他把自己的墨镜拿去交换了一桶鱼，买卖双方居然还都很HAPPY的样子，不由得目瞪口呆。

"这些鱼很漂亮吧？"莫之航捞起一条彩色的鱼给她看。

"漂亮是漂亮，就是太贵啦！又不能带回上海去。"她有些沮丧地说。

"人要活在当下。"他微笑着安慰她，"即使带不回去，至少在这几天里，你可以和自己喜欢的鱼儿们在一起，大家朝夕相处，留下一些美好的记忆不也很好吗？"

"你的话听起来总是那么有道理。"沈茵茵只好倒吸了一口热气，然后不说话啦。

天色渐渐暗下来，酒店花园的BBQ自助晚餐开始了，两人选了一个沙滩上的小方桌坐下，刚出炉的食物冒着丝丝热气，还有各种水果，芒果、香蕉、菠萝、木瓜、菠萝蜜，比沈茵茵平时在超市看见的新鲜多了。她原本满心欢喜，想冲过去大快朵颐一番，却不料眼角余光扫到了欧阳诺文，真是冤家路窄！

沈茵茵发现莫之航不经意地皱了一下眉头，显然他也发现了欧阳诺文。

"我觉得这里晚风有点凉，茵茵你穿得有点少，我们回酒店室内餐厅去吃？"他似乎是征询她的意见。

"也好。"沈茵茵很配合地回答。

回酒店的路上，两人一直手牵着手，沈茵茵恨不得永远在这样的阳光海岸待下去，既不用上班看林芷珊的脸色，也不用处理那些杂七杂八的财务数据，虽然国外气候有些湿热，但是她心情大好，一点都不觉得不自在。

按照原来的计划，莫之航会在这里待三天，而沈茵茵可以待到病假期结束再回去。但莫之航并没有如期返回上海，他向公司多请了三天假，还把公司里的工作远程接收过来，一边工作一边度假。

这天晚间，沈茵茵半夜迷迷糊糊醒来的时候，发现枕头边竟然是空的，她一抬头发现莫之航居然还在对着电脑。她体贴地起床冲了一杯咖啡，送到他的跟前，发现他额头上竟然渗出了汗珠，有些心疼地帮他擦拭。

莫之航回过头来，看着她温柔一笑，握住她的手说："你先睡吧，我还有一点工作，做完就可以休息了。"

沈茵茵犹豫了一会儿，才说："我们明天回去吧。"

莫之航见她微低着头，一副没精打采的样子，长长的头发垂在细瘦的肩膀上，看不清表情，不由得伸手摸了摸她的头发："怎么了？不是说好了多玩几天再回去吗？"

"你还是回去上班吧，距离太远总归不方便，再说我也不能一辈子请病假。"沈茵茵叹了一口气，像是鼓起极大的勇气一般说。说心里话，这种快乐逍遥的日子谁不想一直过下去？只是梦总有醒来的时候，先回去面对现实吧，希望以后还能有更多这样美好的时光。

"那就不用上班了。我不怕你吃穷了我。"莫之航淡淡地说。

"我可不想做寄生虫。虽然我休的是病假，但是万一'病'老是不好，霍玫瑰看我不顺眼把我开了也很正常，我得为自己的饭碗着想啊！"沈茵茵逼迫自己说着违心的话，"再说我在这个岛待得有些闷了，这里没地方逛街啊，我整天吃海鲜热带水果也吃够了，我想念我妈做的家常饭菜。"

"如果将来你真的丢了饭碗，我来养活你。"莫之航很认真看着她，严肃的表情不像是开玩笑。

沈茵茵心头一动，她把下巴搁在他的肩膀上，这个时候，她能说什

Chapter 10
巴厘岛之行

么呢？两个人在一起不就是要互相包容体谅吗？她为他着想是应该的！可是，不知道为什么，她的心里总是空落落的，似乎离开了这个人间仙境一样的海岛之后，一切都会发生剧烈的变化。回到上海到底是好，还是不好呢？那个时候，他们的世界里就要掺杂上许多人，包括哈尼、林芷珊、宁曦、李辰逸，还有其他同事们……各种人，各种事，各种勾心斗角，如果有了误会，或者还会吵架，而她还记得一个人站在窗前落泪时候的那种无助感……他既然这么想负担她的未来，那么不如结婚吧……

莫之航发现她在发呆，站起身来揽住沈茵茵的肩膀，低声问她说："你在想什么？茵茵，相信我，不管将来发生什么事，我们一定会在一起。"他把她的脸托起来，让她的眸子正对着他的脸，炙热的眼神盯着她。

沈茵茵觉得他的眼神很复杂，他心里似乎有很多话要告诉她，但却又不愿意说出来，整个人显得很紧张的样子。她愣愣地盯着他，看着他专注认真的眼神，心里突然一颤：他该不会是……现在想在这里向她求婚吧？难道他们之间真的那么心有灵犀，两人想到一起去啦？她顿时有些激动了，整个人屏住呼吸，心跳得异常厉害。

事实证明，沈茵茵想多了。

莫之航沉默了会儿，放开抱住她的肩膀说："好，我听你的，明天回上海。"

——怎么会这样？莫之航憋了半天竟然说了这样一句话，沈茵茵差点没被噎住，她艰难地调整了一下思绪，吸了一口气才问："明天走，这么仓促，飞机票怎么办呢？"

"已经买好了。"莫之航从皮包的侧拉链里掏出一沓飞机票，递到沈茵茵面前。

沈茵茵好奇地接过来，摊开一看，竟然分别是他们两个人的返程机票，包括前天、昨天、今天、明天、后天的机票，五天之内的机票，他竟然全部都准备好了！她的心不由得一抖，这么多票能代表什么？他每一天都作好了回上海的准备，所以准备了每一天的机票！他明明归心似箭，明明不想留在巴厘岛，他为什么不直接说出来呢？

"你先去睡吧，明天还要坐很久的飞机，会很辛苦。"莫之航没有意识到沈茵茵的失神，他拉住她的手，牵着她送她到床边。

沈茵茵裹着睡裙，睁着眼睛看着天花板。

她觉得她越来越不了解莫之航，他每一次的运筹帷幄、未雨绸缪到底是好还是坏？他把每一件生活小事都准备得如此细致缜密，那么今后呢，单纯没有心机的她，对他丝毫没有防备的她，万一失去了他，该怎么办？想到这里，沈茵茵发现自己有些茫然无措了，想想当年刚刚大学毕业的时候，她的世界多么简单，现在……她未来要面对的，究竟是一个什么样的男人啊？

莫之航这样的男人，可以让她瞬间飞上天堂，但是从另一个方面来想，他是不是……也可以瞬间将她送下地狱？

Chapter11
朋友的安慰

从巴厘岛返回上海的时候，天空中竟然下起了小雪，雪花纷纷扬扬地洒落下来，带着些小冰晶，洒落在宽阔的机场大道上。

沈茵茵看着漫天飞舞的雪花，心情竟然有些沉重。莫之航下飞机之后，取了车送沈茵茵回家，然后径直去了公司上班，他对于工作有一种无法掩饰的热情，这一点沈茵茵自愧不如，巴厘岛与上海之间的温差实在太剧烈，加上数小时的奔波劳顿，她最想的就是回到家里柔软的床上，闭上眼睛睡一觉。

次日，沈茵茵回到公司上班，第一件事就是去行政部销假。

一踏进"德普斯"的大门，她马上感觉到了一种无形的压力，依旧窗明桌净的办公室，依旧妆容靓丽、衣着光鲜但脚步匆匆的同事们，与巴厘岛上那些自在悠闲的游客相比，他们完全像是来自另一个世界的人。

霍玫瑰很关心地慰问她，问她生病时候是不是很辛苦，叮嘱一番这些天还是要注意休息等等。她还很热情地告诉沈茵茵，这几天的休假可以按照最低标准照样发基本工资，因为目前"德普斯"的很多制度并不健全，作为高级行政经理，霍玫瑰手里还是有比较大的权限，沈茵茵知道她这个举措是非常人性化的，因此很礼貌地向她表示了感谢。

轮到林芷珊就不一样了，沈茵茵向她询问工作的时候，林芷珊只是瞟了她一眼，接着用一种阴阳怪气的语调说："你看起来气色挺好的，我很少见过生病的人康复之后立刻看起来这么健康，脸色这么红润的！"

沈茵茵知道她怀疑什么，但是她什么都没说，也不做任何解释。在巴厘岛那几天，任凭她保护措施做得多好，皮肤还是不可避免地晒黑了，比起办公室里其他女孩们足足捂了整个秋冬的苍白肤色，她看起来的确是格外地"健康"。

下午的时候，沈茵茵到莫之航办公室里送一份做好的材料，恰好遇到林芷珊刚从办公室走出来，她以为林芷珊已经与莫之航谈完了话，侧过身等着她先走，没想到林芷珊看她来了，竟然不走了，转身折返回了莫之航的办公室。

沈茵茵觉得奇怪，照理说如果上司们还在谈话她是不方便进去的，但林芷珊明明已经出来了，又进去干什么呢？此刻她进也不是退也不是，只好站在门口。

"茵茵有事吗？怎么不进来？"办公室里传来莫之航的声音，他的语气很冰冷，不带任何感情色彩。

沈茵茵见他发话，就顺水推舟地走了进来，准备亲自将材料递给他。

不料，她还没有走到莫之航的办公桌前，林芷珊就一把将那份材料接了过去，她很迅速地将那份资料认认真真地翻了一遍，然后开始挑刺，将里面的种种不足之处都说了一遍，甚至连一些标点符号、格式等等细节都没放过。只要是她能挑出来的毛病，几乎全部指责了一遍。

沈茵茵心知肚明她要给自己一个"下马威"。如果严格按照会计规则来说，林芷珊指出的那些漏洞确实是存在的，有些地方也确实需要另外注明，但是从她进"德普斯"的第一天开始，就发现公司内部有个不成文的规则，那就是内部材料可以从简，只要不是正式文件，大家也都没有对每个细节详加追究。沈茵茵刚开始的时候也很循规蹈矩，还被欧阳诺文他们笑话是个"老古董"，因此时间长了她就被大家潜移默化了，也按公司的规矩来，没想到现在反而会因为这样被林芷珊指责，在莫之航面前被批得狗血淋头。

她看着林芷珊，心里虽然不情愿，却还是说了："对不起，是我不小心。"

Chapter 11
朋友的安慰

林芷珊很反感地将材料啪地合上，塞到她手里说："茵茵，我们不是你的秘书，这种不合格的东西以后不要送到总监办公室来！你以为公司高层都很闲，是为了给你纠正错误的？自己拿去改，改好了再说！"

沈茵茵心里压抑得冒火，面对林芷珊刻意的挑衅，作为下属的她确实无计可施，只好硬着头皮接过资料。

林芷珊教训了她一通，带着心满意足的神情走出了莫之航办公室。

沈茵茵随后转身准备出门，不料听见莫之航说："茵茵，等一下。"

她以为他是为了刚才林芷珊的事准备安慰她几句，毕竟那种劈头盖脸的教训，任谁都难免不舒服。其实她并非不敢与林芷珊理论，只是当时碍于他在场，她不愿意被他看到自己和别的女人剑拔弩张地吵架的场面。

莫之航抬头看着沈茵茵，他一脸淡然，像是什么都没有发生过一般，很平静地说："刚刚林芷珊在这里，有些话我不方便说。但是你也不必太在意她说什么，人在职场之内，如果连这点小事都不能忍，又怎么可以承担更重要的责任？"

"公司内部通行规则一直都是这样做的。"沈茵茵想到刚才的情形，泪水忍不住在眼眶里打转，"其实你应该知道，那件事并不全是我的错！欲加之罪，何患无辞，我今天算是彻彻底底体会到了！"

"你真的没有错吗？"他目光炯炯盯着她，"其实在我看来，那份材料也是不合格的。"

"刚刚林芷珊在这里骂我，我没有跟她吵。现在就我们两个在这里，你还要再教训我一次吗？"她小声质问他，忍住眼泪。

"你有时间哭，不如多花点工夫把材料做得完美一点，财务工作就是这样。你可以向好的规则看齐，但是决不能向坏的规则学习，你不能以大家都在偷懒而作为让自己松懈的理由。我们做的就是必须一丝不苟地工作，尤其是作为一名助理人员，更需要细心。"他抬头盯着她，"如果你觉得你不愿意这么做，你可以趁早考虑收拾东西从'德普斯'离开，换一份别的职业，永远不要再碰这一行。"

"你是要跟我讲'九层之台起于累土，千里之堤溃于蚁穴'的典故吗？"沈茵茵看着莫之航冰冷的表情，忽然觉得心里涌起了一种莫名的委屈，他作为财务总监，当然可以振振有词地这么说，但是他并不是没有看到林芷珊刚才气势汹汹的模样，他只会从专业角度来指责她，却为什么不想想，她作为一个不算资深的新员工被主管劈头盖脸地骂过之后，会是怎样的心情？

"先回去改材料吧。"莫之航简短地说了一句，接着低头工作不再理会她。

沈茵茵觉得自己很窝囊，拿起文件转头就走，回到座位上，心里却不由自主地生气，生莫之航的气！他这是什么意思？为什么要这样较真？是她真的错了，还是他故意要惹她生气？他明明知道这样做，会让她像讨厌林芷珊一样讨厌他。

她脑子里是一团乱麻，想起她跟莫之航在酒会上的相识，到跟他去巴厘岛旅游……他对她一直都那么好，平时更是爱护有加，呵护备至，她甚至想不出他对她哪怕有一点点不好的地方。可是，在今天这种她认为属于大是大非的问题上面，这样一个疼爱她、关心她的男人，他怎么会和林芷珊站在同一阵线，认为她是错的呢？不但不给安慰，还在她的伤口上再撒一把盐，他简直太过分了！

沈茵茵咬牙切齿地改着材料，心里越想越委屈，突然之间手机响起来，有短信进来，她以为是莫之航发过来的，打开一看却是李辰逸。

"听宁曦说你出差了，回来没有？还记得你欠我的饭局吧，还有上次我的'玫瑰计划'，我知道你心里无限感激，不过你也不用那么感激，来点实际的，今天晚上你就请我吃顿饭，怎么样？"

沈茵茵看着这条短信，脑子里忍不住浮现李辰逸那身"黑超"造型的模样，这个家伙永远都是那样自信满满又不讨人厌，只要想到他就会觉得开心。也不知道是太巧还是太幸运，每次她不开心或者是需要人的时候，李辰逸总会适时出现，也许，这就是有朋友的好处吧？她也确实该请他吃顿饭，表示一下她对这位朋友的"关心"了。

"馋猫，去吃你最喜欢的老北京小吃怎么样？不过，限三百元以内啊，多出的归你付。"跟他说话，她一向都直截了当，完全一副没心没

Chapter 11
朋友的安慰

肺没头脑的样子。

"好！一言为定，下班的时候我来接你？"

"别来接我了，还嫌不够招摇啊！晚上在离我家最近的那家分店里等，七点钟左右，可以早到不准迟到！"

沈茵茵发完短信，下意识地抬头向远处看了一眼，莫之航正低着头看文件，而他手边的待处理的各种文件和报表已经堆得如同小山一般高，看来今晚他又要加班了。她其实很心疼他这样没日没夜地工作，换做以前，她还会偷偷地去他家帮他做一点吃的，或者熬一点汤留给他喝，但今天发生的那点不愉快让她有点小委屈，算了……今天先不管他了。

好不容易改完那份材料，沈茵茵总算舒了一口气，她关掉报表页面，顺手打开私人电子邮箱看了一下，发现邮箱里不知什么时候竟然多了一封邮件，是宁曦的私人邮箱传过来的。最近一段时间宁曦又出门了，想必顺便去了一些景点旅游，发照片来给她欣赏的。

沈茵茵随手点开那封邮件，是一个巨大的压缩包，看起来像是一堆照片或图像之类的文件。但是，还没有等到邮件完全打开，电脑突然黑屏，竟然死机了。

她不由得暗自叫苦，今天是什么日子，也太倒霉了吧？被林芷珊和莫之航教训不说，连这台破电脑都欺负她啊！因为上次两百万的事情，她几乎每天都给电脑做病毒检查，都快成惊弓之鸟了，不知道是不是她给电脑查毒、体检做得太频繁，搞得这家伙反而愈发脆弱，有事没事就当机罢工，真是岂有此理！她看着一团漆黑的电脑显示屏，无可奈何地趴在桌面上，重重地叹了一口气，今天什么都不顺，什么都不顺！

"没事发什么呆？材料都做好了吗？"不知什么时候，林芷珊又走了过来，站在沈茵茵身后，一双杏眼瞪着她。

"已经做好了。"沈茵茵连忙把资料交给林芷珊，暗想还好电脑没在她做这份材料的时候死机，真的算是很对得起她了。

"你今天下午不用工作了吗？还有空在那里睡觉？维达公司的新项目财务结算报表做出来了没有？"林芷珊很意外地看到刚刚被训过的沈

茵茵竟然一点受过心理打击的痕迹都没有，除了无精打采之外并没有任何怨怼之色，好像她刚才的一顿训完全没有战斗力，心里不由得有点郁闷，忍不住想再敲她一下。

"还没来得及做，我电脑刚死机了。"沈茵茵半蹲下身子，手指点了几下鼠标，电脑依然一点反应都没有，照样黑屏。

"你到我的办公室里去，我那里还有一台电脑。抓紧时间把资料整出来，我急着要用。你这台电脑的事情报给艾丽丝，让行政部找后勤来处理。"林芷珊瞟了一眼黑屏的电脑，盯着沈茵茵。

"好，我去。"沈茵茵低声答应了，反正她待在这个电脑面前也没事可做，而且林芷珊明摆着怀疑她故意不干活，或者存心偷懒旷工，既然这样，还不如到林芷珊办公室里跟她坐一块儿，让她看着自己干更好。

至于电脑维修，这件事就交给行政部好了，反正每次出故障都是公司请来专门机构来处理的，这些人相当有职业素养，一般不会乱动她的文件。

坐在林芷珊办公室的几个小时，沈茵茵只觉得度日如年。

她原本以为只是做做报表而已，没想到从进了林芷珊办公室的那一刻开始，她就没有停过两分钟。先被林芷珊指使着下楼去迎接一位陌生客户，要命的是那人讲的居然是西班牙文，好不容易叽里咕噜手脚比画地接到客户之后，又被林芷珊叫去翻找资料。报表刚做了一半，林芷珊那里又出新花样了：让她去附近的一幢写字楼客户那里收几份之前"德普斯"公司发出去的新项目投资市场调查问卷。

沈茵茵跑上跑下，总算收集齐了所有问卷，刚要回公司，林芷珊下班之前跟催命鬼一样不停催促她必须今天将问卷送回公司，沈茵茵被她催得头昏脑胀，竟然一个不小心把手机摔在地上，摔成了好几瓣，而那块电池的弹性似乎格外的好，掉到地面之后直接弹进了下水道里！她只好俯身趴在下水道的钢板缝里往下看，下面一团漆黑，什么都看不见。

她只好又转头去了街上卖数码产品的商铺，临时给自己的手机随便买了

Chapter 11
朋友的安慰

一块电池应急。

等沈茵茵装好电池再打开手机的时候，里面满满的都是林芷珊打来的未接来电。

她其实更关心的是有没有莫之航的电话或短信，但事实让她很失望，一个都没有。他好像忙得忘记了她。

沈茵茵看看手表，已经下午六点多了，冬天黑得特别早，寒风刺骨，她按照林芷珊的命令将问卷送回公司的时候，写字楼大门的保安说过了工作时间，闲人免进，问她要工作证，她在包包里翻了半天又没有找到，一想是着急出来，忘记带了，但保安任她好说歹说，就是不肯通融，严格守门不让她进去。

天色黑沉沉的，似乎又要下雪了，沈茵茵跟保安拗了半天，最后急得不行，她站在原地跺跺脚，对着冻得通红的双手哈了一口气，忍不住大声叫说："你们不带这么欺负人的！不让进去就不进去，有什么了不起的！明天等我大摇大摆地走进去的时候，你千万别说你认得我！"

保安被她突然爆发的大吼吓得一愣，看了她半天，终于说："我是新来的，我真不认识你。你们公司这时候还有人在吗？要不你给你们公司里面的人打个电话，他们同意担保，下来签个字，我就放你进去。"

"打什么电话！算了，我不进去了！"沈茵茵想到自己的手机电池掉进了臭水沟里的事情就很郁闷，现在给"德普斯"公司打电话，还有人在吗？如果真的有人在，那个人一定是莫之航了。但是整整一个下午，他既没有给她打电话，也没有发短信，看来他今天根本没有心思理睬她。更何况，这时候莫之航也不见得在公司里，与其这么麻烦，不如先回家再说。

保安看着沈茵茵，有些不好意思地说："对不起，请你多理解。"

沈茵茵看了看这个保安，年纪估摸着才十八九岁，很单薄瘦弱的样子，大冬天的穿着一套棉质的保安制服，那种衣服看起来一点都不保暖，他的嘴唇都有点发紫了，她不禁暗自苦笑了一下：她刚刚发什么脾气？就算今天自己倒霉，心里有火也不该对着他发啊！

她看着他，换了一种口气说："刚刚我有事很着急，所以对你态度不好，抱歉。我知道你们很讲原则，所以没有关系，我明天再来也行。"

保安看着她，很腼腆地笑了笑，露出一排很整齐的牙齿。

沈茵茵无奈转身走出写字楼，她心里被各种乱七八糟的思绪填得满满的，身体又疲惫，肚子又饿，等了半天都等不到空的TAXI，一路上沿着街道追着那些车走，浑身都跟着发寒，用饥寒交迫来形容真是一点也不过分。

"茵茵！"身边有人叫她。

沈茵茵停下机械的脚步，怀里还抱着从公司里收来的调查报告表，北风一吹，哗啦啦地响，纸页扫在她的脸上，好痛。她扭脸一看，只见李辰逸风风火火地从奔驰车里跳出来，一把扯住了她的胳膊。

"我从你快下班的时候就开始打电话，不是打不通就是没人接听，所以跑到你们公司门口守你，还好一个保安告诉我说，刚刚有个女孩沿着这条街走了，我严重怀疑是你，就沿路追过来，还好……等下，你怎么哭了？"李辰逸喋喋不休地唠叨着，却忽然发现沈茵茵竟然哭了，他立刻愣在当场。

"我什么时候哭了？"沈茵茵觉得奇怪，用手一摸，才发现刚才心里委屈的时候，不慎滴落了两滴眼泪，因为天气寒冷早已冻成了脆脆的冰碴，只不过她的脸早就冷得没了知觉，因此也不觉得疼。

"你是不是傻啦？"李辰逸的俊脸上明显带着不高兴，他一边掏纸巾递给她擦眼泪一边拉她进车里，眼神里全是不安和担忧，"车里有空调，会暖和一点，你吃饭了吗？你不会忘记今天请我吃饭的事情了吧？"

直到坐进奔驰车里，沈茵茵才开始感觉到脸上涩涩的疼痛，她用手掩住脸，心想自己竟然不知不觉地掉了眼泪，今天是有多惨呐……还好李辰逸赶过来找她，要不她真不知道要在这街头游荡多久。

"我没事，有点头疼而已。之前手机电池掉下水道了，刚换电池，街上太吵，你打电话我没听见。"沈茵茵淡淡地解释，尽量掩饰住自己的情绪。

"那你吃药了吗？"李辰逸不由分说把手背搭在沈茵茵额头上，皱

Chapter 11
朋友的安慰

着眉感觉了一下,确定她额头温度正常才放下心来。

"我身体好着呢!不是说要你到饭店等我吗?"沈茵茵还记得自己的承诺。

"我本来是去了,但是我在饭店坐了一阵,谁知道那老板今天生意好,他说,先生我们这里客人多,您要不出去走走,待我们过了吃饭点再回来?你说我还好意思再在那里待吗?只怕老板要拿着扫帚赶我出去!"李辰逸假装生气地翻白眼。

沈茵茵忍不住想笑:"你坐那里又不点菜,哪家老板不赶你走才怪!"

"还笑呢你!看你头疼的份上就不怪你放我鸽子了,今天就算我请客吧,不过下次你要双倍奉还!"李辰逸说完,向着老北京小吃店的方向疾驰而去。

天上突然落下了鹅毛大雪,昏黄的路灯给片片白羽镀上了一层灿金,沈茵茵仰起头,看着漫天大雪,心里突然觉得一阵惬意和放松,暂时把不开心的事情抛到了脑后。

小吃店里人声鼎沸,李辰逸点了满满一桌子食物,还有新疆特色烤羊肉串。他知道她不开心的时候喜欢吃辣椒,所以在烤肉上撒了厚厚一层辣椒粉,把她呛到直咳嗽,吃到卤煮火烧的时候,沈茵茵更是被辣得一塌糊涂,一边流着眼泪一边抱怨说:"李辰逸!你到底放了多少辣椒啊?想辣死我吗?"

李辰逸将信将疑地尝了一口,"好辣好辣!"他拼命地用手扇风,接着就是抱着啤酒狂饮。

沈茵茵看着他被辣得满脸通红的样子,不由得哈哈大笑起来,想到他最不能吃的东西就是辣椒,她忍不住就觉得好笑,大口吃起美食来。

吃完结过账后,两人从小店里出来,李辰逸喝了不少啤酒,但是脑袋还算清醒,他一只手拿着车钥匙,另一只手扶着沈茵茵向着车子走去。

"你的酒量真的好差,这样子就喝醉了,我看你不能开车了!打车回去吧！"沈茵茵好心劝他。

"我的酒量再差也比你好，你记不记得上次我们吃完火锅，你居然傻乎乎地跑掉了，害得我到处找你……"李辰逸摇着手表示自己没事，"我只是晕一会儿就好。一瓶啤酒还不至于把我放倒。我们回车里坐坐，等我歇会儿就送你回家。"

沈茵茵想起那一次酒后的事情，不由得又想起了另一个人，如果那一天不是她乱跑去找李辰逸和宁曦，结果在大街上被他撞见，也许之后的一切都不会发生吧？

李辰逸一路走一路晃，终于走到奔驰车前，在后备箱里拿了一瓶解酒的醋饮料，仰头喝着，打开车门坐了进去。

沈茵茵坐在李辰逸的副驾驶座上，盯着他看了几眼，发现他确实比刚才情况好多了，也就放了心。她忽然觉得，从这个角度看过去，他棱角分明的侧脸，皱起的眉，深邃忧虑的眼神，竟然隐约与莫之航有些相似，只不过发际线比他更丰满一些，肩膀比他更瘦削一些，身高也好像矮了那么一点点……她懊恼地叹了一口气，自己这是怎么了？跟李辰逸认识这么多年了，从来没觉得他和莫之航哪里相似过，今天简直就是走火入魔，看谁都有三分像。

她心里始终放不下白天的事，不停地想着，莫之航此刻在干什么？他为什么不给我打电话？

李辰逸其实并没有喝醉，他斜躺在驾驶座上，眼角余光却一直密切观察着沈茵茵的表情。他早已经看出来，她有些不太对劲，以前的她总是那么开朗，就算工作上或者生活上有些小小的不开心，顶多陪她吃完一顿饭也就烟消云散了，但是今天的情况有些反常，她一直都愁眉不展，仿佛有着很重的心事。他看着她痴痴怔怔的神态，忍不住伸手过去，开玩笑般地摸了摸她的头发说："你怎么了？世界末日到了吗？"

沈茵茵脑海里正默默回想着以前的甜蜜情景，莫之航的拥抱，还有他的温柔嗓音，有时候还会轻轻地摸她的头……忽然之间，她感觉到他的手又伸过来，熟悉的感觉一如从前，忍不住抬头叫出声来："William！"

Chapter 11
朋友的安慰

　　李辰逸被这声呼唤喊得呆住了，她在喊谁的名字？William？听起来是一个男人啊，难道她心里恰好正在想着这个人，所以把他当成那个男人了？他立刻缩回了手，清了清嗓子说："喂，你看清楚，我不是你的什么William，别胡乱叫啊！"

　　沈茵茵刚一抬头就发现自己搞错了，最要命的是李辰逸一副怀疑的神情瞪着她，仿佛想从她的眼睛里掏出那个秘密的源头一样，顿时浑身打了一个激灵，连忙坐直了身体，掩饰着说："谁让你没事乱碰我头发，吓我一跳！"

　　"那你告诉我，William是谁？"李辰逸穷追不舍，他觉得她一定有事瞒着他。

　　"没有谁啦，我养的一条流浪狗，行不行？"她当然不肯轻易坦白交代。

　　"啧啧，给狗起这么洋气的名字，真不错。"他故意赞叹，却话中有话，"我以前怎么没发现你这么有爱心，对一条狗这样念念不忘，还差点把我当成'他'了？"还想在他面前撒谎，她什么时候养过宠物？那个William分明就是……她心里想着的另外一个男人。

　　"你别这么八卦啦，酒醒了没有？醒了就送我回家，我要睡觉了，外面好冷。"沈茵茵岔开话题。

　　李辰逸透过车窗看见外面飘扬的大雪，他将车窗打开一条缝隙，刺骨的寒风夹杂着雪花吹进来，微凉的冰晶落在他的衣领里，冻得他直打寒战，车子前盖上已经积了一层薄薄的雪。被凉风一吹，他确定自己是完全清醒的，才关好了车窗，将车发动送沈茵茵回家。

　　一路上，汽车微微摇晃，温暖的空调和微微的摇晃让沈茵茵渐渐睡着了。她做着一个美好的梦，梦见莫之航就在身边，他载着她回家，他整个人是那样温暖，让她忍不住向那团热气上扑，奇怪的是，他却总是躲着她，任凭她怎么抓都抓不着。

　　李辰逸独自一个人寂寞地开着车，身边的沈茵茵似乎睡着了，睡梦中她依旧在隐约发出一些细碎的呓语，那几个破碎的音节，听起来与那个名字很相似。一路上，他不禁有点苦恼了，心里一直纠结着，沈茵茵嘴里的那个男人到底是谁呢？他扬起脸看着天空不断飘落的大雪，绞尽脑汁地思索着。

车到了她家门口，他没有立刻唤醒她，她看起来太累，太疲倦，而她睡梦中的模样是那样恬静可爱，让他几乎不忍心叫醒她，将她从美丽的梦境中惊醒。

李辰逸仍旧开着车在大街小巷里四处转悠，他的心里像是塞了一团棉花一般堵得难受，呼吸里都是憋闷，徘徊在无边的夜色里。大雪还在肆虐，他隔着窗看着斑斓的灯光，脑海中突然回忆起他们最初相识的情景。

他清楚地记得，他们刚刚踏进大学校门，他坐在汽车里，而沈茵茵一个人拖着一个大行李箱，她走得特别慢，一不小心挡着了学校的车道，结果被迎面驶来的他们的车压住了箱子底。那个时候，他看着这个摔倒在路中央的瘦弱女生，只觉得讨厌，可是后来司机下车对她破口大骂，骂得她满脸是泪，她却还是那样一副懵懵懂懂的表情，好像根本不懂得还嘴骂人一样。不知道为什么，她那种无辜又可爱的神态，竟然一下子打开了他的心扉。

其实，沈茵茵一直到现在都不知道，当年那个坐在奔驰车里撞到她的同学其实就是李辰逸。从那时候开始，李辰逸就有意地注意起这个女孩来了。沈茵茵去哪个社团参加活动，他就跟着报名；沈茵茵选修什么课他就跟着去上课，沈茵茵的专业是会计学，他还特地从系里的另一个班调到了会计专业跟她一个班。直到一年以后的联欢会上，沈茵茵才开心又惊奇地对他说："哇，我经常看见你，各种活动好像你都积极参加，看来我们很有缘分啊！"慢慢地，他们就成了朋友，包括她的死党宁曦，也加入了这个小组里。

李辰逸在大雪中充满惆怅地回忆着自己的大学时代，他的记忆里几乎每一件有意义的事情里都有她的影子，但可笑的是，他们俩从来没有相爱或者相恋过……他也从来没有对她表白过。虽然有时候他真的很想告诉她，有没有可能尝试着做他的女朋友？但是，话还没有说出口，他就已经想到了可能发生的后果——她一定会以为他在开玩笑，然后再告诉宁曦，然后两个女人一起拿他当笑柄，明明是她们的"闺蜜"，怎么

Chapter 11
朋友的安慰

可能变成男朋友？

今天的事其实他早该预料到了，她和宁曦年纪都不小了，交男朋友也很正常，他又有什么理由阻止她们寻找自己的幸福呢？其实他也是一样，家里长辈们经常唠叨逼他相亲，熟人们介绍来的莺莺燕燕很多，家世好、品貌好的女孩也数不胜数，可是他的脑子里总是下意识地觉得人家欠缺了点什么，自然而然地拿她们跟沈茵茵比，沈茵茵身上没有的优点，他就拿宁曦身上的优点来比，最后结论总是觉得那些人比她们差那么一点……可是能怪谁呢？一切不都是自己造成的吗？可是他从来没有想过怎么会搞成今天这样子。

自己做人也太逊了！李辰逸有些懊恼地想，简直恨不得下车在雪地里狠狠地踢自己两脚。

Chapter12
网络暴风雪

雪后初晴，阳光斜斜地照入窗子，沈茵茵睁开眼睛发现天已经大亮，吓得赶紧从床上坐起来，一看时间却还不到七点。

虽然离上班时间还早，她原本可以再睡半个小时，但她想到昨天的资料还没有送回公司，心里总觉得有事没做完，于是干脆起了个早床，洗漱完毕去上班。昨晚实在太困了，上了李辰逸的车就稀里糊涂睡着了，以至于被他连续推了好几次才醒过来，回到家连脸都顾不上洗就把自己塞进了被窝里。

她下意识地看了看手机，依然没有莫之航的任何信息。他到底怎么了？平时无论如何都会给她一个电话或者短信的，虽然昨天在他办公室里两人之间有点小小的不愉快，但那并不是什么了不起的大事，难道他昨晚太忙一直在加班？

沈茵茵一边胡思乱想着洗漱完毕，站起身来看着桌子旁整理好的文件，拿着文件夹正要出门，想了想又照了下镜子，发现脸色有点苍白，于是在两颊上补了一点粉，看着身上那件黑色毛呢大衣似乎有点单调，就在衣柜里取了一条五彩斑斓的大围巾，收拾停当之后利索地出门。

昨夜下了一晚上的雪，早上到处是一片素白世界，银装素裹的杉树看起来沉沉的，挥舞着手里的大蒲扇，道路两旁的青草地上还铺着一层软软的地毯，沈茵茵看时间还早，坐上了一趟公交车。

到了公司，她照例向他的办公室里看了一眼，他的门锁着，里面一团漆黑，显然没有人，他还没有来上班。

Chapter 12
网络暴风雪

倒是林芷珊来得挺早，沈茵茵前脚打完卡，林芷珊后脚就进了门。她看见林芷珊来了，就将昨天的事情解释了一遍，"你把文件送到我办公室里来吧！"林芷珊冷冷地撂下一句话，留给她一个背影。

沈茵茵来到座位上，发现桌子底下空空如也，电脑主机箱不在了，她跑去问前台艾丽丝，艾丽丝说："哦，你的电脑中病毒了，来的人说他这里没那种软件搞不定，要带回公司去修，修好了下午给送回来。你今天上午可能没电脑用，下午保证还给你。"她心想还好只是一个上午，只要不再被林芷珊叫去她办公室"用电脑"，她就谢天谢地了。

她把资料交到林芷珊那里，林芷珊还好没有挑刺，很顺利地让她出来了。

但是，沈茵茵走出林芷珊的办公室还不到三分钟，她就听见林芷珊很失态地从办公室里冲了出来，走到她的门口，用一种十分尖利的声音叫道："茵茵！你过来！马上过来！"

她被林芷珊这种前所未有的失态行为给吓了一跳，林芷珊虽然为人刻薄，但对自己的个人形象向来是十分注意维护的，此刻的林芷珊就像一只被人踩住了尾巴的猫，整个人仿佛要立刻跳起来，再配上她那种惊悚的表情，任谁都会觉得异乎寻常。

难道那些调查表又出了问题？不会这么倒霉吧，又被林芷珊找到训她一顿的理由？沈茵茵心里不安，她小心翼翼地走回来，站在林芷珊的面前。林芷珊一声不吭，扭头就走，示意她跟自己进来。

沈茵茵心想，伸头是一刀，缩头也是一刀，她要骂也没办法，自己也没干什么冒天下之大不韪的事，顶多是被上司骂上几句，她慢慢地走到办公桌前，看着林芷珊。

"网络上今天一早传疯了你的聊天记录和照片！你知道吗？"林芷珊的眼神犀利得像尖刀，毫不留情地挖着她的脸，似乎要从她的表情中读出点什么。

"什么聊天记录和照片？我不明白。"沈茵茵只觉得莫名其妙。

"现在整个陆家嘴都在议论这件事，看看网上的跟帖，都快十万条了……我的天，你真是会找麻烦，很快媒体和网民就会找到公司来了，

105

我还得想想怎么应付这件事。"林芷珊怒不可遏地敲了一下桌面，将电脑屏幕转过来朝向沈茵茵，"你自己看！"

"什么？"沈茵茵被她连珠炮一样的语气震得脑子轰轰作响，当电脑屏幕正对着她的时候，她已经一眼就瞧见了那条新闻，是一家非常著名的门户网站的头条，以非常醒目的鲜红大字写着："外企显无间道，女间谍的三角恋。"

林芷珊将鼠标丢了过来，沈茵茵战抖着双手点开了那条新闻和图片，那个……不是……她和欧阳诺文之间仅有的一些同事间的问候，怎么被重新排列组合，竟成了小情人之间缠绵悱恻的情话？怎么会这样？电脑被人黑了吗？这些聊天记录怎么会被贴到网上去？最可气的是，还有一张她手提行李站在巴厘岛酒店门前和欧阳诺文说话的照片，下面还用红笔圈出了时间，并配上了说明——欧阳诺文因为挪用公款离职，迅速和秘密女友在巴厘岛会合。

这还不算，下面还有长长的两页聊天记录，同样是被删改过的，只不过这次的对话双方是沈茵茵和莫之航。在空白处有心人还是不忘写上注解——财务总监被红粉所迷，导致公款被这一对小情人挪用。

沈茵茵只觉得浑身发冷，脚都快站不稳了，再看下面的用户评论数，她只觉得一阵心惊胆战。最可怕的是，这里还附上了一张从沈茵茵网络空间里截出来的照片，面部虽然模糊处理了一下，但网友们却愈发地被激起了好奇心，一个接一个地出来爆料。有人说照片是从一个来自北京的IP地址上传的，有人更将办公室里那张照片里的场景做了详细解构，什么品牌的地毯，什么品牌的家具，什么品牌的电脑……甚至连莫之航办公桌上那一盆君子兰都被列入了分析对象，有人探讨着它来源于上海哪一家花木租摆公司。很快又有人以花木公司员工的名义来发帖，证明他们是金盛大厦的独家花木租摆供应商，这盆君子兰刚开花不久，是很稀有的品种，全大厦只有六盆，分别放在某某总裁，某某总监，某某投资公司……总之，最后所有人的矛头都集中指向了一个企业："德普斯"。又有网友爆料说，其实早有另外一家投资公司看"德普斯"不顺眼，利用黑客在他们公司的员工电脑里种植了木马病毒，所以趁机潜

Chapter 12
网络暴风雪

入其后台搜索到了如下聊天记录,只差供出当事人的名字而已。当然也有网友跟着起哄的,骂那名女员工下贱的,也有人骂"德普斯"高层愚蠢,中了粉红陷阱……大家七嘴八舌,怎一个乱字了得!

林芷珊冷眼看着沈茵茵的表情,见她的脸红一阵白一阵,她一句话也不说,只是重重地叹了口气,无力地靠在办公椅上,揉自己的太阳穴。

沈茵茵这时候已经顾不上看林芷珊的脸色了,她知道,现在网民都已经将"德普斯"公司的大名科普出来了,很快,所有矛盾焦点就会指向她这个"绯闻女主角"。"德普斯"公司自从进入中国以后一直形象良好,哈尼也很注重媒体宣传和企业公关,不料这次公司爆出这么大的丑闻,她完全可以想象,行政部霍玫瑰的脸这次会绿成什么样子。

她深深地呼吸了一大口气,将各种情绪都压制住,强迫自己冷静下来,去理清这件事当中隐藏的头绪。

——先不管上传这些东西的人到底有什么居心,问题的关键在于,他们是如何得到这些的,特别是她和欧阳诺文在巴厘岛偶遇的那张照片?

沈茵茵觉得脊背发凉,她一句话也没有说,踉跄倒退着到了门口,然后朝莫之航的办公室看了一眼,想到这里她觉得自己整个人都快站立不稳了,莫之航,只有他才知道她要去巴厘岛啊!这件事该不会是他干的吧?难道他想让她名声扫地,成为千夫所指的"网络红人"?他这不是明摆着设圈套陷害她吗?他好把自己摆到一个受害者的位置,为失职找到合理的借口?

她不由分说冲到自己的座位上,抓起手机塞进手袋里,用那条大围巾裹住头,立刻朝着电梯冲了出去。

——她已经不可能有脸再在"德普斯"待下去了,但是,她无论如何要找莫之航问个清楚,他究竟想干什么?

沈茵茵冲到楼下,拦住一辆TAXI,告诉司机驶向莫之航家的地址,然后打开手机,狠狠地按着键盘,拨打了莫之航的电话。

他的电话倒是畅通无阻,很快传来一声熟悉的"喂"。

"你到底想怎么样?你在哪里?我现在马上过来见你!"她什么都

顾不得了，声嘶力竭地咆哮，用尽了平生的力气对着话筒大吼，将司机都吓得回头看她。

"茵茵，对不起，昨天晚上我一直很忙，没有给你打电话。"他的声音很轻，很淡，缓缓的，还带着一丝疲惫，仿佛刚刚从睡梦中醒过来。

听到他温柔的声音，沈茵茵心里的无名之火竟然不知不觉压下了一半，她心底里泛起一种浓郁的疼痛感，仿佛有一把刀，毫无来由地摧绞着她的心脏，痛得让她说不出话来。她只能紧紧地抓着电话，忍着眼眶即将溢出的泪水，用很生硬的语调说："我不是说昨晚的事。我是在问你，为什么要那样害我？！"

"什么意思？"莫之航似乎很意外且惊讶，"你出什么事了？"

他竟然如此镇定！真是可笑，所有人都知道发生了什么事，偏偏他不知道？这还符合莫之航的性格和行为习惯吗？

沈茵茵心里一颤，咬咬嘴唇，压低了声音道："不要装了，我知道你一定知道……不用在我面前演戏。其实我知道你是什么样的人，我一直都知道……我所不知道的，是你为什么要害我，我就这么让你憎恶吗？还是……因为你觉得我太蠢，你对我做什么我都无所谓？"

"茵茵，我昨晚工作到凌晨四点才回家，刚刚睡着一会儿就接到你的电话了。抱歉，我真的不知道发生了什么事，你可不可以说清楚一点？"他的声音听起来非常诚恳，似乎还有一点……微微的伤痛感。

"网上最火的新闻，公司女白领勾引上司，为男友挪用公款提供方便……你自己上网去看吧！"沈茵茵强迫自己稳住呼吸，"你不愿意告诉我真相没关系，但是不管你用什么方法，请你尽快处理这件事。虽然那张照片上没有你，但我不能保证网民们不会将你人肉出来，毕竟你也去了巴厘岛，查下那几日的出境记录，这事就好玩啦！"

她停顿了片刻，又补充了一句说："我不会再回'德普斯'了。我也不会再见你。"

挂断电话之后，沈茵茵的满脸都是眼泪，她告诉出租车司机不去原来的地址了，司机问她去哪里，她摇头付钱下了车，跑进街道旁边的一个电话亭里，将头靠在电话机旁号啕大哭。

Chapter 12
网络暴风雪

对她来说，2012年真的就是末日，世界似乎要提前毁灭了。

一夜之间，事业，前途，名声，清白，爱情……所有的一切都已烟消云散。

沈茵茵不知道哭了多久，有人在外边敲玻璃，示意她快出来。她昏昏沉沉地走出电话亭，顺着街道走了一阵，发现路边有个"巨人网吧"，下意识地走了进去。

她找到一个僻静的位置，用颤抖的双手点开网页，用搜索引擎再去搜索今天早上林芷珊给她看的那条新闻。她竟然发现在这几个小时内，有很多网页链接已经不见了，尤其是一些比较有影响力的网站，连那个帖子的踪影都没有。不用说，肯定是"德普斯"的媒体公关部在发挥作用了。但是，网络的力量实在太强大了，有人在删除和清理，就有人不断地往上传，照片像毒草一样疯狂蔓延，顽强生长在互联网的每一个角落，只要有心去搜，还是可以搜得到。

沈茵茵气若游丝地盯着电脑屏幕上那个女孩的脸，虽然被模糊处理过，但是与她熟悉的人依然可以一眼将她认出来。她的脸是典型的东方女孩鹅蛋形，并不是时下整容最流行的那种锥子脸，所以辨识度还是比较高的，尤其是她那一头乌黑如瀑的及腰长发，更具有非常明显的个人特征。她的同事、亲戚、朋友，个个都可以猜得到是她，宁曦和李辰逸一定也会知道消息，还有她的父母家人，到时候她该怎么办啊？

手机发出一阵刺耳的铃声，电话是莫之航打来的，她迟疑了一下，左邻右舍的网友们都往沈茵茵这里看，她回过神来，拿起手机走出网吧大门外。

"茵茵，对不起，我不知道会发生这种事情，但是绝对不是我做的！"他的声音带着急促感，"我已经请一些媒体的朋友们帮我处理善后了，他们会帮我尽量将恶劣影响缩减到最小范围。无论如何，都请你相信我，我带你去巴厘岛，只是为了让你开心……"

"你不要说了！"沈茵茵站在原地，眼泪扑簌簌地往下落。

"茵茵，你别哭，无论发生什么事，都等我来解决，好不好？"莫之航的语气依然很镇定，但是她分明能够清晰地感受到他情绪中的凌乱与不安，"这件事发生得太突然了，我这里还有很多事要处理，晚点我再联络你。"

她拿着电话，一句话也不说，直到脸上的眼泪都干了，手也快要僵掉，才缓缓地，漫无目标地向前游走。然而手机这时候又急促地响了起来，她低头看了一下来电显示，是宁曦！这时候，宁曦应该还在外地拍她的风景广告片吧？居然连她都知道了？网络传播速度如此之快，看来不久之后她就会成为众矢之的！

沈茵茵茫然无措地看着手机，不知道该不该接这个电话，更不知道万一宁曦问起来，她该怎么解释和回答。在她犹豫的时间段里，宁曦的电话一直不断，最后她不得不按下了接听键。

"茵茵！你在哪里？发生什么事了？我今天听说网上爆出了一条大新闻……那个女主角不是你吧？你是不是得罪什么人了，被人恶搞？"宁曦没心没肺地描述着事件的经过，从她的语气中可以听出她的惊讶程度。

"是我。"沈茵茵不知道哪里来的勇气，主动承认说。

"真的是你……"电话那端的宁曦忽然一下子没词了，她愣了半天才说话，"那，那两个男人是谁？我从来都没有听你提起过啊！你是不是被人陷害了？哪个混蛋干这么没天良的事啊！"

"这件事等以后我再向你解释，一下子说不清楚。我现在很累，什么都不想说。"沈茵茵觉得自己整个人都快要趋于麻木，如果不找个地方坐一会儿，她一定会支持不住晕倒在街头。虽然宁曦是她最好的朋友，但是要向她说清楚这几个月来她和莫之航之间发生的事，绝不是三言两语可以说完的。

"你不愿意说就别说，我不问了。不管怎么样，你一定要坚强点。"宁曦似乎感觉到了她心里的酸楚和委屈，"我下周回上海，任何时候我和李辰逸都会站在你这边。如果真是有人暗中害你，我宁曦绝对第一个帮你冲上去扇他耳光！"

"谢谢你小曦，我没事。"沈茵茵擦了擦眼泪，"我会记住你的话。"

"千万要保重自己，你也不要太在意网络流言，其实也没什么大不

Chapter 12
网络暴风雪

了的。对了，李辰逸说他等会儿会去找你，让他陪你去吃点东西吧。"宁曦好言安慰着她，还不放心地叮嘱了一通。

沈茵茵刚挂断宁曦电话，李辰逸的电话就追到了："茵茵，你在哪儿？"

今天一早，正在睡懒觉的他就接到了宁曦的电话，她风风火火的声音让他意识到了事情的不寻常，打开电脑，果然像她所描述的那样，这件事几乎遍布了整个网络稍有名气的论坛。

李辰逸不敢相信自己的眼睛，心里说不出是什么感觉。他无限愤怒，怒的是那个将茵茵照片放上网络的人实在太没有道德感了，居然想到这样毒辣的手段去毁坏一个女孩的名声；他扼腕叹息，叹的是她竟然会和别的男人一起去巴厘岛。然而，在种种情绪交错之中，最明显而强烈的情绪还是——对她的痛惜。他简直不敢想象，一向那样单纯开朗的她，经历这种突如其来的打击之后会怎么样？想起此前一些网络人肉搜索事件曝光后，有人承受不了社会压力的自杀事件，他几乎不寒而栗。不管事实真相如何，现在最要紧的是立刻找到沈茵茵，寸步不离地守着她，不让她做出傻事来。

于是，他先给她家打了电话，得知她已去上班之后，又迅速打给"德普斯"公司，前台艾丽丝告诉他沈茵茵上午已经独自离去，她还能去哪里呢？他越发心急如焚，一遍遍地打她的手机，然后开着车在写字楼附近乱转。

沈茵茵接听了电话，听到李辰逸的声音，她抬头看了看附近的建筑物招牌，小声地说："我在青城大厦附近，大街上。"经过宁曦的安慰劝说，这时候的她心情已经好了许多，她知道李辰逸打电话的目的与宁曦一样，作为好朋友，他们想必很担心她的处境，而她能做的就是让他们放心。

"我也在附近，你别走，我马上过来！"李辰逸一听到她在大街上，更担心她一个人会不安全，很快就调转了车头。

沈茵茵被李辰逸载着来到一家大酒店的地下车库，她闷闷地低着

111

头,虽然她不知道他要带她来这里干什么,但是她知道,他是值得信任的朋友,无论他做什么,都不会是为了要伤害她。

李辰逸锁好车门,熟门熟路地带着她从车库另一侧的直达电梯上了十八楼贵宾层。这里是一家装潢高档的私人会所,沈茵茵从来没有来过这么高档的地方,她有些疑惑地看着李辰逸,迟疑地问:"我们……进这里面去?"

"是的,跟我过来!"他不由分说拉着她的手,径直走向一扇紧闭着的玻璃门。

沈茵茵懵懂地被他牵着往前走,那扇门在他们还没有靠近的时候自动地开了,露出里面美轮美奂的大玻璃镜和各式美容美发的器械——原来是这家会所的私人美容美发贵宾厅。

美丽优雅的女服务员很热情地迎了过来,问李辰逸说:"李先生,今天是来做新发型吗?"

李辰逸飞快地摇摇头,指了指身后怯生生的沈茵茵说:"不是我,是给她做。你们给她换一个发型,要改头换面的那一种!好看是必须的,不过最重要的是,这个新发型,一定要让熟悉她的人都认不出她来!"

沈茵茵意外地看了他一眼,原来他是带她来这里做头发的,他要给她换发型,要所有人都不再将网络上的那个绯闻女主角和她联想到一起!改头换面之后变成一个新的女孩,这么做也不失为一个好办法。

女服务员打量了一下沈茵茵,带着微笑说:"当然没有问题,我帮您叫我们这里的首席一号发型设计师过来,他会帮这位小姐设计一个既漂亮又能彻底改变形象的发型,二位稍等。"

首席一号发型设计师盯着沈茵茵看了一阵,干脆利索地说:"剪短发。"

沈茵茵早就料到了他们可能做的选择,长发还能怎么做造型呢?万变不离其宗,要彻底改变,当然要变得彻底一点。只是,她的一头长发留了很久很久,平时都舍不得剪掉,这一次没办法只有丢车保帅了。

随着发型师咔嚓咔嚓舞动剪刀的声响,沈茵茵的黑发一缕缕地落在

Chapter 12
网络暴风雪

地面上，看着镜子里越来越清晰的发型轮廓，她忽然觉得有一种彻底轻松的感觉。李辰逸确实比她想得周到，剪掉了一头心爱的长发，就相当于剪去了那个可怕的噩梦留下的记忆，从此忘记那些事，做一个新的自己，多好！

经历了将近两个小时的精心修剪，沈茵茵的新发型终于大功告成了。

她从内间走出来的时候，李辰逸正无聊地坐在等候的沙发上看杂志，他看到沈茵茵走出来的时候，先是愣了一愣，然后两眼放光，接着露出一个很满意的笑容，还轻轻吹了一声口哨。

沈茵茵有些忐忑不安地看着对面落地玻璃镜中的自己，问他说："我这样子好不好？"

李辰逸那边顿了一下，像是在酝酿情绪，半晌才点着头说："好极了，连我都差点认不出你了！很好很好，要的就是这个效果嘛！不过还差一点。"

沈茵茵觉得奇怪，问他："还差什么？"

"人靠衣装，你剪短发还穿着这么淑女的衣服裙子，太不般配了。走，跟我去买衣服。"

沈茵茵一愣，还要买衣服？有必要改得这么彻头彻尾吗？

"跟我去恒隆广场。"李辰逸说。

"太奢侈了，你知不知道那里的衣服有多贵！"沈茵茵想了一下，主动补充道，"还是去南京路巴黎春天百货吧，听说那里的衣服最近打折很厉害。"

"好吧，你去哪里都行，我陪着你。"沈茵茵可以听得出李辰逸对巴黎春天不甚感兴趣的样子，心想这家伙现在真的是变了，以前学生时代他陪她和宁曦一起逛街，七浦路几十块一件的T恤衫他们一人买了好几件，他也照样穿得乐呵呵的。

十分钟左右，李辰逸的车缓缓停在了南京路商业区的停车场，然后徒步去逛街。

沈茵茵一到商场就眼花缭乱了，因为是上班工作日，所以商场的人并不多。因为暖气开得太大，她觉得有些热，于是脱下身上的大衣，只留下紧身的米色毛衣，衬得她身材格外玲珑。李辰逸帮她拿着衣服，还给她出主意挑衣服，在他的强烈建议下，沈茵茵试了一件明黄色的大衣，配上一件黑色真丝衬衫，低开的衣领恰好露出她性感的锁骨，大衣贴着她修长的大腿，一套搭配下来，果然是酷感十足，也不乏女性的特质。

李辰逸睁大了眼睛盯着她看，侧面，正面，前面，后面，都仔细打量了一遍。

"小姐穿这件衣服简直太漂亮了，我们这款衣服卖得很好呢，最近其他商场都断货了，我们这里也就只有一两件了。"一旁的售货员在沈茵茵的身边介绍着。

沈茵茵看了看标价，哇！三千块！

"这种风格好像不太适合我，我再考虑一下吧。"她故意冷着脸说。

李辰逸在旁边一脸疑惑地说："不是啊，你明明穿着很漂亮，怎么还不满意？女人呀女人，真是搞不懂你们在想什么！"

"是啊是啊，小姐，您穿上真的漂亮极了。"售货员见沈茵茵不买账，李辰逸却帮腔，立刻喜笑颜开。

沈茵茵愣了一下没答话，李辰逸居然跑到她身边说："我看着你穿那件衣服挺好看的，为什么不要？"

"你当我是你啊！才打九五折，那两件衣服加起来要五千多！"沈茵茵小声嘟囔着，拉着李辰逸的胳膊往下一家店逛去。

"那就去买吧！"李辰逸摇了摇头，低低地笑了一下，对着售货员说："刚刚她试穿的那套衣服我买了。"说完从口袋里掏出信用卡递给了售货员。

沈茵茵被他一连串的动作吓了一跳，这个也太有钱了吧！刷几千块人民币他竟然眼睛都不眨一下，他到底在做什么工作，突然这么有钱？她越想越觉得不对劲……心里一横，拦住了售货员："不好意思，我不要了。"

"不要管她，赶紧包起来！"李辰逸根本不理会沈茵茵，去收银台结账。

Chapter 12
网络暴风雪

回去的路上，沈茵茵捧着那两件衣服，心里一直堵得慌，虽然她知道李辰逸今天花时间陪她，给她换造型都是为了哄她开心，但是没有必要做得这么殷勤，砸几千银子下去吧？

"这次买衣服的钱算我借你的，我改天还给你。今天的晚饭我请你吧。"沈茵茵对着李辰逸说。

"当然是你请，每次都说你请我吃饭，结果每次到最后都是换成我请。"李辰逸貌似也不客气。

沈茵茵点点头，回忆起来，确实每次去吃饭都是李辰逸埋单，她心里一阵温暖，不由自主地说："你对人这么好，以后哪个女孩子嫁给你，一定很有福气。"

听到这句话，李辰逸很不自然地笑了笑，他侧脸看着外面渐渐下沉的夜色，到了晚上，雪花又开始飘落了。

两人一起吃过晚餐，沈茵茵觉得自己浪费了他一天时间，心里很是过意不去，主动提出说："你别送我了，这间餐厅离我家不远，离你家还有点距离，你自己回去吧，别太晚了。"

"我先送你回家再说。"李辰逸看着她拉开车门去拿皮包，才知道她是真的不肯坐自己车走。

"不用，这里真的很近，我走回去就可以了。"沈茵茵已经拿到了装衣服的购物袋。

"我不放心你自己走。"李辰逸不听她的，转过来拉住她的胳膊，倔强地抓着她往车子里送。

"李辰逸，你让我一个人待会儿行不行？"沈茵茵坚持不肯上车，一着急，声音就大了几分。她觉得，他真的对她太好了，好到她觉得自己都不配承受。一个朋友能为她做到这样子，她除了感激还是感激，她已经占用了他几乎整整一天的工作时间，试问哪个男人可以为了一个不是自己女朋友的人，丢下工作不理？她真的不愿意再拖累他了。

"坐我的车就那么难受吗？"路灯下，她脸上的泪水看得格外鲜明，李辰逸看着她为难的样子，心里也很难过，他将手插在裤兜里，终于忍不住说，"茵茵，你宁可被人欺负和欺骗，也不愿意和我待在一起吗？你只知道你心里难过，可是你知不知道，看到你难过的样子，我心里比你更难过、更伤心？那个叫William的男人对你这么重要吗？你连我都要瞒着？我不相信你和那个欧阳诺文之间的事，我相信那个高管就是William吧，你们之间到底发生了什么事情，让你变成这个样子？"

听到李辰逸的话，沈茵茵不由得愣住了，她第一次看到李辰逸这样怨气冲天的表情，他好像真的在生气。上次她无意中在他面前提起莫之航的名字，没想到他竟然还记得，而且还很机警地猜到这件事与他有关。

"你不要问了，那是我的私生活，跟你没有关系。"沈茵茵背过身子，心里难受。

"我是不想问，我不想管你，我也没有资格去管……可是你看看你现在的样子，完全不像以前的你！你被人害惨成这样，居然还对他念念不忘，我不是你的朋友吗？你跟我在一起不快乐吗？"李辰逸心疼她，反而更加生气，不由得大声叫出来，"如果你心里的想法不改变，就算外形变了，也还是没用！一点用都没有！"

"你别瞎猜我的事情，我和William之间不是你想的那样。"沈茵茵心里酸苦，却说不出来。虽然莫之航信誓旦旦说这件事与他无关，但是怎么会与他无关呢？他明明是始作俑者，却偏偏让她抓不到任何把柄，最要命的是，她明明知道他是个不值得相信的人，心底里却总是不愿意那样去想，总希望事实有更好的解释，想留给自己最后一个做梦的机会。

"你别骗我了，就算你不说，我总有一天会查出来的。"李辰逸忽然有些恶狠狠地说，"为了你，我一定会把这个骗子的画皮给他剥下来。"

"你疯啦，你查什么？尊重一下人家的隐私权好不好？"沈茵茵觉得李辰逸有些疯狂了，他到底想怎么样啊？他只不过是她的普通朋友，为什么激动成这样？朋友之间不是应该保持一点距离的吗？比如说，对李辰逸的职业她一直有所怀疑，但是从未揭穿或盘问过他，倒是他这么霸道去管她！

"我尊重他的隐私权，别人有没有尊重过你的隐私权？茵茵，你如果对我这么见外，我宁可你不要我这个朋友！"李辰逸说着，竟然掉头

Chapter 12
网络暴风雪

就走，自己钻进了车里。

沈茵茵看着他毫不客气地旋身就走的样子，心头一痛，怎么这么一大把年纪了，还有种小孩被妈妈扔在了街头的感觉，眼泪哗地一下涌出眼眶，她半蹲下身子，呜呜咽咽地哭出声来。

雪越下越大，沈茵茵忽然觉得有人拍了拍自己的肩膀。

"好吧，我向你道歉，你别哭了。"李辰逸看着她悲伤的眼神，心里叹了一口气，无奈地看了她一眼。他知道沈茵茵的性格，她只要难过就会沉默，压在心底不说出来，如果可以大哭一场，反而会让她好受一点。

"李辰逸，我现在真的很难受……"沈茵茵哽咽着说。

"我知道。"李辰逸拉着她上了车，他将车内空调开到最大，又从后座上找了一件呢子大衣给她裹在身上，可她还是冷得全身发抖，蜷缩成一团，但是跟他一起挤在这个小小的空间里，总比在外面受冻舒服多了。

"你不要怪我……"沈茵茵的声音颤抖着，是极为委屈，像是马上就要哭了，"我以为他就是我这辈子要找的人，没有想到到最后全错了。"

"天下好男人多了去了，不要一心只想着他，你有条件和资本遇到更好的！"李辰逸的眼睛看着飞扬的雪雾，心里反而一阵轻松，只要她肯说出来，就说明她的思想已经有变化了，让她早点认清那个男人的真面目，就能早日脱身。

"我知道，只可惜我当初……太相信他了，我……我真的很意外，我不知道这件事与他有多少关联，但是我能感觉到，他有很多事情我都不知道，我在他面前是毫无遮掩的，但是他对我……并不坦诚。"沈茵茵背过身子，他的大衣随着她微颤的身子轻轻抖着，她忍住哭声，大口地吸气。

"你现在能明白这些，还算不晚，有时候遇到一点挫折对我们来说并不全是坏事，下一个男人一定比他靠谱。你想哭就大声哭吧……"李辰逸鼓起勇气，从侧面抱住沈茵茵的身子，"喏，我的肩膀可以暂时借你用一用。"

他明显感觉到，她冰凉的身子剧烈地颤抖了一下，紧接着慢慢软下

117

来，她转过脸，把头埋在李辰逸的怀里，大声哭泣起来。

李辰逸一动也不敢动，心里也跟着释怀许多，她总算是哭出来了，这样也好，总比窝在心里好多了。他紧紧地抱着她，听着沈茵茵渐渐平稳的抽泣，心里百感交集，这个拥抱，假如早在七年前就给她，他们之间会不会是另一种结局？至少不会是现在这样吧？

有些人，有些事，一旦错过，就是一辈子。

将近九点钟的时候，李辰逸开着车，将沈茵茵送到她家门外的大道上，看着她走进了小区的大门，他才放心地调转车头，疾驰而去。

大雪还在持续不停地下着，沈茵茵用围巾裹住刚剪了短发、空空如也的脖子，低着头往家里的那幢楼走过去。经过一片绿化带的时候，她忽然发现旁边冲出一个人，紧接着，她的手臂被猛地拉扯住。

沈茵茵吓得不轻，正要大叫，却发现这个人的脸很熟悉，是莫之航。

"茵茵，你的电话关机了。我一直在你家楼下等你。"他看起来很疲惫，眼睛里布满血丝，叫了她一声名字，接着就把她往附近的车里拽。

"你带我去哪里？我要回家！你再拉我就叫保安了！"沈茵茵今天经历了太多太多的事，身上早就没什么力气了，很轻易就被他拉到了车门前。这些男人都是怎么了？仗着自己力气大，就可以欺负女人吗？

"好，我不拉你，但是我有几句话必须跟你说，你听我说完。"莫之航眼睛盯着她，一眨也不眨。

"你要说什么？你准备告诉我，你从我进'德普斯'的那一天开始，就已经做好了利用我的打算？说那两百万的事、五百万的事都是你为我布好的陷阱？说你叫人偷拍我和欧阳诺文说话……那些照片背后其实有着一些不可告人的目的？"她第一次当着莫之航的面，这样肆无忌惮地大声说话。

莫之航很意外地看着她，眼睛里透出一丝痛苦的神情，他摇了一下头，低声叹息着说："事情并不是你想象的那样。如今看来，是我之前低估了某些人，才会导致今天这种不可收拾的局面。"

沈茵茵脑子还没有反应过来，以为他所说的"低估某些人"是针对

Chapter 12
网络暴风雪

自己,忍不住接着说:"是的,你一定很意外,像我这样愚昧顺从的羔羊也会变成张牙舞爪的山猫?那是因为以前我是那么相信你,百分之百相信你!事实上呢?你根本不值得我这样相信。"

他忽然沉默了,怔怔地看着她。

一阵朔风吹来,扬起漫天的雪雾,两个人就这么静静地站在雪地里。

沈茵茵拉了拉围巾,将自己裹得更紧。她心头百感交集,虽然这一天里,她总是希望他来找她解释一下前因后果,可是现在他来了,她却一点也不觉得幸福,只觉得无限疲惫,刚才说那一番话,她觉得自己已经鼓起了平生最大的勇气,耗尽了全身的力气,所以现在已经什么话都说不出来了。甚至,没有一滴眼泪。

莫之航静静地看着她,不说一句话。忽然,他仿佛发现了一点什么不对的地方,伸手过去抓她的围巾,试图将围巾掀起来看。沈茵茵迅速向后退了几步,她下意识地保护着自己,叫道:"你别碰我!"

他却根本不理睬她的反抗,逼近一步抱住她的肩膀,用力将她搂在自己的怀里,他很快就发现了她的变化:那一头乌黑亮丽的长发不见了!眼前的沈茵茵,俨然成了一个假小子!

"你把头发剪掉了?"莫之航心里隐隐作痛,他最喜欢抚摸她头发的感觉,柔滑得像丝绸一样。

"拜你所赐。"她仰起头,冻得麻木的嘴唇都快张不开了。

"那件事,绝对不是我做的。"他的表情里夹杂着一丝说不出的痛苦,眼神幽幽地看着她,"我怎么舍得那样去伤害你?"

"那你敢说,这件事跟你一点关系都没有吗?"

莫之航的表情僵住了,他沉默了片刻才说:"茵茵,有很多事,我都不敢让你知道,那是因为我真的爱你……"

"够了,你放开我。"沈茵茵奋力摆脱他的禁锢,"我不想听你的解释了,你以前说了太多谎话,我听够了。我们之间就这么结束吧,请你不要再来找我,我也不会回'德普斯',我会跟以前离职的那些女同事一样,干净利落地离开,不会对你造成任何影响。"

听到她最后一句话,他仿佛像被蜜蜂给蜇到了一样,猛地放开了手，机警地盯着她问："你说什么？"

沈茵茵没想到随口一句话竟然引起他这么大的反应，心里更加痛不可遏，他在惊讶吗？在担心吗？看来他真的很在意这件事的后果，她甚至隐约感觉到，她真的跟以前那些人一样，只不过是他逢场作戏的一个棋子。走了Kelly，会有茵茵来；走了茵茵，也许会来Mary、Angel……数不清的女人，这些女孩们全都是他兴之所至时候的玩偶，尽兴之后就可以随手扔掉？

她看着他僵住的表情，以为他会就此罢休，摔开他的手，从他身边走了过去。

就在两人擦身而过的瞬间，他仿佛暴怒的狮子一样将她牢牢地捉住，用手捂住她的口鼻，不由分说地将她丢进自己的车里，然后以迅雷不及掩耳之势发动了汽车，飞快地向大门口冲过去。

汽车如离弦之箭一般冲向大马路，沈茵茵看到他阴沉的表情，用力去抓他，却被他挡了回去。他根本不理会她的叫喊，全神贯注地开着车，沈茵茵看到他的车疯狂驶上纵横交错的大高架桥了。她停止了叫喊，闭上了眼睛，心想随他去吧，如果两个人就这么出车祸死掉了也好，一了百了，大不了一起下地狱！

莫之航在一个僻静的拐角处停下来，他忽然低下了头，叹了一口气，用一双手臂紧紧抱住了她的肩膀，接着吻住了她的双唇。沈茵茵根本没有任何心情，努力挣扎着，身前的男人根本不理会她的反抗，继续用着强力，不一会儿，沈茵茵只觉得自己的手臂都麻木了。

"莫之航，你放开我，怎么可以这么欺负我！"她挣扎着，被他强行咬破的嘴唇火辣辣地痛。

"我欺负你？"他反问，眼神阴鸷得像一头饿狼。

"你这就是挟持，你信不信我打110报警？"沈茵茵真的有些愤怒了，他到底想怎么样？

"随你怎么想！"他根本不理会她，用力捏紧她的胳膊，"我今天来找你，除了跟你解释这件事之外，还想问你一句话，你记不记得答应

Chapter 12
网络暴风雪

过我什么？"

沈茵茵只觉得手臂一阵剧烈疼痛，眼泪不由得落下来。

"你答应过我，以后除我之外，不会和别的男人在一起！我在办公室里忙得焦头烂额，心里还一直想着你，怕你出什么事，但是今天你跟别人去逛街、吃饭，而且还很开心的样子！"他看到她的眼泪，终于放松了禁锢，低声地呼唤着她的名字，"茵茵，我现在终于知道，你在我心里的地位有多么重要……我不想失去你，更加不能看见你和别的男人那么亲密。"

这是什么逻辑？明明是他做错了事情，居然反过来责备她和李辰逸吃饭逛街的事？沈茵茵觉得手臂疼得快要裂开，获得自由之后立刻抬起手狠狠打了他一巴掌，不由分说地拉开车门向前奔跑，莫之航随即跟下了车，准备追上去。

"你别过来！"她站在马路上大声冲着他喊，"我受够你了。如果你真的像你说的那么爱我，请你，离我远一点！因为我现在真的很讨厌你，真的讨厌，讨厌极了！"

"茵茵！"他犹豫了一下，终于还是停下了脚步，此时此刻，沈茵茵脸上露出的那种决绝神情，是他从未见过的。

就在莫之航停住脚步的时候，恰好有一辆空着的TAXI过来，沈茵茵仿佛一只受惊的羊羔看见了救援的牧人一样，她露出欣喜的表情，伸手拦住了那辆车，忙不迭地坐了进去，而她那种毫无遮掩，就像看见黎明之前曙光的神情，就像一柄刀，深深刺进了他的心里。

——要放弃吗？就这样放手吗？可是，不放手又能怎样？

他看着绝尘而去的车，仿佛僵直了一般，独自伫立在漫天大雪里，全然不顾满天风雪将他的头发和全身都染成一片苍茫。

Chapter13
辞职

朔风阵阵，大风卷着路边的枯叶漫天翻滚着，带着冬天特有的苍凉。

最近几天来，沈茵茵都没有出门去上班，她淡淡地对父母解释了一下，说最近因为国际金融危机，公司情况不太景气，自己准备辞职了。

沈家父母倒也不怀疑，沈茵茵从小就是一个听话的乖孩子，成绩又好，从不在外面惹是生非，况且以她的学历和专业，在上海找一份新工作还真不是什么难事，因此并不担心她出了什么岔子。

沈茵茵在家待到第六天的时候，"德普斯"公司行政部霍玫瑰的电话就打来了。

"茵茵，最近还好吗？哈尼让我打电话问候你。"霍玫瑰的声音依然那么温柔，但明显带着一些刻意的距离感。通常来说，一个HR人员对本公司的员工是不会这么客气的，霍玫瑰之所以如此客套，恰恰说明他们之间的关系已经不再是同事了，大家都心知肚明，经过这场风波之后，沈茵茵已经不可能继续留在"德普斯"，就算哈尼不主动请她去"喝咖啡"，她也不会再回来上班了。

"还好。你有什么事吗？"沈茵茵知道霍玫瑰是无事不登三宝殿，哈尼日理万机，哪有时间问候她？

"是这样的，虽然公司方面觉得很惋惜失去你这样的好员工，但是那件事对公司的影响还是有，你如果选择辞职，我们也觉得合情合理。只不过，按照公司的人事制度，我还是希望你能够抽空来一趟公司，把相关手续办理一下。另外，哈尼也知道这件事了，他说公司该给你的薪

Chapter 13
辞职

资，一分都不会少。"

沈茵茵想了一想，虽然她心里万分不愿意再踏入"德普斯"的大门，但是霍玫瑰所提出的并不是无理要求，做人应该善始善终，去办理一下离职手续也是应该的。况且，还有她应得的工资？没必要跟自己的正当劳动收入过不去。

"好的。我明天到公司去。"她答应下来。虽然这件事本来是一件很尴尬的事，但是和霍玫瑰这样的人打交道，她总会给你足够的面子。

"谢谢你的配合，茵茵。"霍玫瑰客套地笑了笑，很体贴地说，"如果你觉得遇见其他同事不太方便，那么可以晚一点来，我们部门可以加班，我在办公室里等候你。"

次日下班之后，沈茵茵如约来到了"德普斯"公司。

出乎她的意料，在行政部办公室等待她的不仅仅是霍玫瑰一个，还有哈尼和他的俄罗斯美女秘书。

她看着洋秘书很有礼貌，浅笑盈盈的脸，就知道哈尼的用意。按照德普斯的惯例，每次员工被辞退之前，都要到老板的办公室里喝上一杯咖啡，算是完成工作交接，同时宣告大家以后依然是朋友。

哈尼还是一脸笑意，邀请她坐下来。

沈茵茵没有多说什么，很从容地接过了洋秘书手里的咖啡，看着老板哈尼说："Sorry，这次事件我很抱歉，导致公司受到一些舆论影响，所以我自己提出辞职，希望没有给大家造成什么困扰。"她想，与其听着哈尼口是心非的客套话，还不如自己主动说出来。

哈尼没有想到沈茵茵这么"懂事"，倒让他省去了不少口舌，更重要的是她承认是自己辞职，公司也就省下了一笔辞退补偿金，于是他点着头道："哦，茵茵，我也很遗憾你的离开！但我会尊重你的意思，感谢你这么久对公司的付出！"

"不过我有一个请求，"沈茵茵顿了一下，看向霍玫瑰，"我希望这件事从我离开之后就结束。请公司不要问我任何问题，我什么都不会说。"

"你放心吧，我们不会追究了。"哈尼很开明地耸耸肩说，"其实呢，我倒是认为那张照片不过是个人自由的体现。"

"谢谢您。"沈茵茵见他这么说，心里一块大石才落地，看样子只要她辞职，所有事情就都会告一段落，什么都结束了。

"跟我来办手续吧。"霍玫瑰对着沈茵茵点点头，起身示意她跟自己走。

沈茵茵办完手续，回到自己的座位上，草草地收拾了一下个人物品，准备工作交接。

她按霍玫瑰的要求写完了辞职信，心里反倒是一片释然，与其待在"德普斯"被人指指点点，还不如早日脱离苦海。她进入"德普斯"公司的时间不太久，对这里说不上有多少归宿感，但是莫之航和林芷珊都是非常专业的高级财务精英型人才，在他们手下确实学到了很多在学校里没有接触过的实战经验。只不过，她来的这段时间堪称"多事之秋"，一直断断续续有事情发生，也许她和这个公司八字不合吧！

她打开抽屉的时候，习惯性地看到了莫之航签过字的一些旧资料。想到莫之航，她心里顿时涌起了各种复杂的情绪。她辞职离开之后，整个事件应该告一段落了吧？那么莫之航呢，他会不会继续留在"德普斯"？以哈尼往日对他的器重程度，以及财务部门在公司的显赫地位，即使哈尼对他有所不满，应该也不至于立刻调兵换将。

沈茵茵想着这个问题，忽然意识到一个问题：莫之航行事向来缜密，他会损人，但绝不会不利己。比如前几次财务账目的问题，他虽然在暗中谋划，但他从没有将自己暴露出去，就算这一次他要害她，那么他并不能从中得到多少好处，他犯不着作出这么大的牺牲，冒着失去哈尼信任的危险来拖她一起下水。况且，事发之后莫之航信誓旦旦地强调这件事不是他做的，看来他并没有撒谎。她想到这里，不由得十分迷惑，如果这件事的始作俑者不是莫之航，那么那个人又是谁呢？他为什么要这么做？

她左思右想，都觉得这件事太奇怪了。她无论如何想不出，还有谁，既可以与莫之航亲密到能从他那里知道自己去巴厘岛的行程，又会

Chapter 13
辞职

如此不留情面、不择手段地暗算他？而且一击即中，连一向精明的莫之航都要作茧自缚，毫无还手之力？如果世界上真的存在这么一个人，那么这个人实在太可怕了！

看来还是古话有道理，物以类聚，人以群分。什么样的人，身边就会有什么样的朋友。莫之航的世界太复杂，隐藏着太多的秘密，这样的人原本就是她不该去触碰的，她这种思维简单的人，还是和李辰逸、宁曦这样的人在一起比较安全，至少他们不会背叛她，出卖她。

她想到这里，连头都没有回，抱着箱子从"德普斯"公司的大门走了出去。

天空虽然没有下雪，却还是阴沉沉的，有一种肃杀悲凉的气氛。沈茵茵抬起头看看上海灰沉沉的天空，她觉得自己的生活状态就像是天上的那团黑云，虽然沉重，也总有散去的一天吧。

沈茵茵走过写字楼大堂的时候，她看见两名保安目光闪烁地朝她看了好几眼，她心里知道那是为什么。

沈茵茵听到这声议论，只能暗自苦笑，暗自叹息了一声，加快了脚步。

虽然她改了发型，换了着装风格，但是流言蜚语真的不是一时半会儿能够散尽的。"德普斯"公司在上海金融投资界还小有名气，这件事想必已经传播得沸沸扬扬了，看来她下一份工作不能再在这个领域，只能找一些与财务稍有关联性的工作岗位。

她刚刚走出大门不久，手机上收到了一条短信，她打开一看，发现竟然是莫之航发来的："茵茵，我知道你刚回公司见过哈尼了，我就在地下车库等你，可以给我一个机会谈谈吗？"

他早就知道她今天会来。看来从她走进"德普斯"公司的那一刻开始，他就一直在这里等候着她。

沈茵茵看了一眼短信，毫不犹豫地将它删掉了。

很快手机就响了，她以为又是莫之航打来的，一看却是李辰逸的，他有些气急败坏地诉苦说："茵茵，你在哪里？宁曦回来了，我刚刚碰到她，还跟她吵了一架！你赶快过来！"

"好好的，你们俩吵什么架？"沈茵茵觉得奇怪。

"你们两个今年怎么都这么走背运，一个太天真被人陷害，一个太执着自甘堕落，"李辰逸很激愤，又带着几分无奈，"我真的不明白女人在想什么！"

　　"她没事吧？我马上来，我们到小曦家碰头？"沈茵茵心想，我这会儿刚没了工作，又失了恋，正落魄着，没想到他们两个也不消停，不知道为了什么事情吵架，还引发李辰逸这一大通抱怨。

　　"她好像不住原来的地方了。我是在国贸大厦附近碰到她的，我们先去那里会合，你在麦当劳门口等我。"

　　沈茵茵被李辰逸说得有点紧张了，不知道宁曦又出了什么事。宁曦和她的性格完全不同，之前为了张伟东的事差点自杀，她那种火暴脾气，一个不高兴就容易想不开，这次不知道又怎么样了！她站在门口的大道上，心里十分着急，一边左顾右盼，使劲盯着来来往往的空TAXI，一边打宁曦的电话，不想那边竟然是关机。

　　就在她快要跳脚的时候，一辆车在她面前停下来，那人摇下玻璃窗，问她说："你是不是赶着去哪里？"

　　沈茵茵一听声音就知道是谁，她故意冷着一张脸，装做没听见。

　　"茵茵，如果你有急事，我愿意送你一程，这个时间段不好打车。"莫之航的语气很诚恳，清清淡淡的，"你可以坐后面。"

　　沈茵茵听他这么说，知道他一定会继续劝说自己坐他的车，她想都没想，像没有看见他一样，径自抬起脚步向着附近公交车站走过去。

　　莫之航的车在原地停了一会儿，终于离开。

　　沈茵茵松了一口气，恰好这时候有一辆空着的车过来，她一问竟然是没有运营牌照的"黑车"，对方开价要一百元，她心里着急，也顾不得跟司机讲价，一头就钻进车厢里。

　　到了指定的地点，李辰逸果然在那里等候着，沈茵茵一见到就问："出了什么事？你为什么跟小曦吵架？"

　　李辰逸皱着眉头说："我今天下午去法院，居然看见宁曦和一个男人在一起，那个男人一看就不是正经人，他们居然还惹上了官司。小曦

Chapter 13
辞职

问我有没有法律方面的朋友,说那个人是他们公司的首席摄影师,现在有点麻烦,求我帮他。我一时生气,忍不住骂了她几句,她就跟我大吵起来,说我不讲义气。"

沈茵茵听得一头雾水,不知道究竟谁对谁错,只好掏出手机继续打,说:"我问问小曦什么情况再说。"

这次,电话终于打通了。她一阵狂喜,忙问:"小曦,你还好吗?"

"不好,很不好!茵茵你过来看看我吧,我想跟你说话,李辰逸今天快气死我了!"电话里是宁曦有气无力,带着哭腔的声音。

"你在哪里?我马上过来。"沈茵茵急忙问她。宁曦不是上海本地人,因为工作原因经常搬家,而且住一段时间就挪走,根本就是行踪不定。

"我最近住在金谷银座X楼X号,你直接上来按门铃。"宁曦说完挂了电话。

金谷银座?那可是上海著名的豪宅之一啊!沈茵茵顿时怔住了,难道宁曦也突然暴富了?竟然住租金那么贵的房子!她这些朋友们一个个都怎么了,好像突然天上掉了大馅饼砸在他们头上一样!

两人开车前往金谷银座的路上,她忽然想起李辰逸刚才说话时候有个破绽,转过头问他说:"你刚说宁曦去法院,你也去法院,她陪男朋友去打官司,那你去干什么?"

李辰逸好像有些不情愿讲,支支吾吾地说:"我……出庭。"

出庭?出什么庭?他又不是律师!沈茵茵皱起眉头想了半天,李辰逸不是在做会计吗?出庭这样的工作什么时候跟他沾上边了?不对,李辰逸好像拿到了双学位的,他确实学过会计,但是后来他还读了一个……什么系?好像就是法律系?

趁着李辰逸专心开车的时间,她打量了一下他今天的着装,手里还夹着一个公文包,穿着很正式的西装,看起来有几分严肃,剑眉下一双眸子灿若星辰,还真有几分法务工作人员的派头。

"你说出庭?你改行当律师了?你今天穿得这么正式,很不像你。"沈茵茵心里奇怪,不由得问。

"是啊，我前不久刚换了工作，在卡修律师事务所上班，今天上午我们律师接了一个金融的案子，不过我还不够律师资格，只是跟着他们见习。"李辰逸很爽快地回答，对沈茵茵吃惊的表情丝毫不以为意。

"律师，这个职业挺好，你也该找个正经工作了。"沈茵茵不由得小声嘀咕。

李辰逸耳朵很尖，他听到她的嘟囔，立刻问她说："喂，我什么时候做过'不正经'的工作了？"

沈茵茵没想到他居然听见了，有些做贼心虚地盯着李辰逸。

"我没说什么。"沈茵茵尴尬地低头。

李辰逸貌似认真地开着车，等车到宁曦家附近，快要下车的时候，他说："其实做律师是我多年以来的梦想，我爸爸想要我学会计，无非是想要我帮忙打点一下家里的生意，可是我自己总想走别的路，比如说律师！"李辰逸跟沈茵茵并肩走着，轻声说道。

"你为什么不愿意做生意？"沈茵茵有点理解他的"不明财产"来源了，原来李辰逸老爸是老板。只不过这么多年来，她和宁曦还真没看出来他身上有什么富家公子的习气，李辰逸看起来和经济收入普通家庭的孩子也没什么两样，吃顿火锅还和她们斤斤计较，甚至不许点太多太贵的食物（虽然大部分时间都是他付的账），月薪一千块的工作他也干，以前也坐公交车上班。

"我们全家都喜欢做生意，可我就是不喜欢。"李辰逸皱着一张脸说。

"当律师也不错啊，可以办理很多案子，有了法律武器，什么都不用怕了，而且还可以帮到很多人。"沈茵茵安慰他说，如今这社会上，律师的地位还是很高的，他们头脑发达，对于处理社会上的各种纠纷都很有一套，李辰逸是个聪明的人，他做什么都不会太差。

"没有想到你竟然这么支持我，不枉我们朋友一场。"李辰逸开心地咧着嘴笑了。

"你是在夸奖我还是在讽刺我？算了，我就姑且当做是赞美吧，希望你做这行前途远大，做出点成绩来，别给我们丢人。"沈茵茵一点都不客气，毫不犹豫地把李辰逸的话给收了。

Chapter14
噩梦难消

沈茵茵和李辰逸来到金谷银座，被敬业的保安拦在门口，只好等宁曦来接。

趁着她下楼的时间，沈茵茵事先向他打听宁曦为什么不开心……没想到李辰逸只是支吾道，要她自己去问宁曦，有些事情男人说话不一定管用。沈茵茵心想着也不是什么好事，就没敢多问。

大概过去了十几分钟，宁曦才出现在大门口，她的眼睛红肿，估计是刚才哭过，沈茵茵看了一眼李辰逸，李辰逸张张嘴，接着很无奈地转过身说："你哭不是因为我吧？我也没怎么让你生气。"

宁曦翻了一个白眼说："少自作多情了，你还没这个本事。"

到了宁曦住的单元，先是坐电梯到八楼，然后才开了门。一打开屋子，就闻到一股淡淡的香味，竟然有几分熟悉，有种雨打在玫瑰花上的味道，沈茵茵也很喜欢这款香水，记得她第一次去莫之航家里的时候，醒来的时候似乎就闻到过这种淡淡的香气。

"好香，怪不得你每次走来的时候带着这种香水的味道。"李辰逸嘴角带着笑意，四下打量着屋子。

"别胡扯了，我平时用的不是这款香水，你跟我们在一起这么久还分辨不出来！"宁曦有些不满意地说道，"不过，这款味道也不错，很清新。"

"我只是觉得好闻，女人的香水倒真是没怎么研究过。"李辰逸很委屈地辩解，然后给自己找了一个台阶。

沈茵茵看着宁曦这套房子的装潢陈设，还真是富丽堂皇，象牙色的天花板上吊着一个水晶灯，露天的阳台上挂着一个厚重的暗黄色窗帘，看起来应该有好几层，都打着褶皱，从阳台上可以看见一汪湖水，阳台旁边摆着一个书架，客厅里铺了一条毛绒地毯，却不知是不是动物绒的，墙上还挂着几幅油画，高脚凳子上摆着舒适的靠枕，再加上这淡淡的香味，沈茵茵真觉得这里恍若天堂。

她正四处观望，宁曦拿了一瓶红酒过来，给她和李辰逸各倒了一杯，然后干杯自饮。

沈茵茵喝了一口红酒，只觉得这个味道很熟悉，后来想起来莫之航爱喝的也是这个味道，心里不由得一阵黯然，她为什么总会时时想念他呢？不是已经说好分手了吗？一切都过去了，她真是没用。

"宁曦，你这里租金要花多少钱一个月？"李辰逸喝了一口红酒，问。

"当然很贵啦，不过这是我们公司的福利！我们最近接了一个汽车公司宣传项目的外景拍摄单子，老板让我暂时住在这里，方便我们工作，因为他们那边的项目总监、摄影师、模特儿会随时来这里补拍东西，留个人比较方便。"宁曦很坦然地说，举杯品着红酒。

"你们俩的事业都发展得很好，就我最惨了。"沈茵茵拿起一个靠枕盖住脸，有气无力地说道。

"什么悲剧？你公司那件事还没了结？有完没完啊？"宁曦急忙问。

"我已经辞职了，准确地说是被老板炒鱿鱼了。"沈茵茵叹了一口气，"准备再找一份新工作。"

李辰逸对这个结果似乎并不意外，这种结局谁都猜想得到，他很镇定地喝着红酒，没有发表意见。

"我们同病相怜。"半响，宁曦才拍拍她的胳膊，带着一丝悲凉意味地眨了一下眼睛。

"小曦，有委屈不可以忍在心里，说出来会好一些，你这个样子我很不放心。"沈茵茵看着宁曦。

"你们都对我不放心……"宁曦忽然想到不放心这句话李辰逸之前

Chapter 14
噩梦难消

也说过,心里难受,声音也有些呜咽,"我不知道该怎么对你们说。"

"有什么不好说的?我告诉你,宁曦,你那个男人一看就不是个好人,跟黑社会没两样,这次是酒后跟人斗殴刺伤人家的腰,下次不知道会是什么事,你不怕他拖累你?近朱者赤,近墨者黑,你看看你现在的样子,整天泡夜店……"李辰逸一说就停不住了,比女人还像女人。

"好啦,你别说她了,你先问问小曦今天为什么哭。是那个人的事情没有摆平吗?"沈茵茵只好打圆场。

"我哭不是因为他的案子,还好医院说那个人抢救及时没有生命危险,大不了就是赔钱……我哭是因为他下午答应跟我一起吃饭却爽约,我知道他找别的女人去了,他不是人,喜新厌旧!我哭都是因为他,我都撞见了好几次,他在酒吧里和别的女人在一起!"宁曦说起来就忍不住热泪长流,呜呜咽咽。

沈茵茵顿了一下,听她的描述,那男人还真不是什么好人,被李辰逸给说中了。

"小曦,你先别哭,实在不行就分手算了。"沈茵茵劝道。她心里其实也没底,哎,为什么她们两个闺蜜连倒霉事都会摊到一起呢?虽然分手是一件很痛苦的事,但是明知道前面是绝路,就不能再走了。

李辰逸远远地看着她们俩,脸上带着担忧,心里暗自叹气。

"我凭什么分手啊?我喜欢他,他也喜欢我,他对那些女人也不是真心的,我才是他的正牌女朋友好不好!"宁曦又气又难过。

"喂,你醒醒好吧,他如果真的拿你当正牌女友,就不会那么对你!不管他以前多么风流坏心混账,当一个男人真正爱上一个女人的时候,他是绝对不会有心思再跟任何女人在一起的!我是男人,我知道的!"李辰逸忍不住又要暴跳起来。

"你只会说我,你看看你自己吧!你是男人没错,但是你这么大个人了,连个女朋友都没有,你懂什么叫恋爱?你有一点爱情的经验吗?"宁曦一阵哽咽,大声反驳李辰逸。

"我……"李辰逸被她的伶牙俐齿堵住了嘴,他愣了愣,一时不知道该怎么回答。

沈茵茵看着他们俩斗嘴的场面暗自发呆,怎么可以这么乱呢!记得宁曦大学时候明明很讨厌喜欢去夜店的男生,可是现在却为了一个喜欢的人变成这样,人情世态啊,这个世界变得真快。

宁曦哭了一阵,抬头说:"我们不说这些不开心的事。好不容易大家聚在一起,我们去学校附近吃麻辣烫吧,我饿了。"

三人小组好久没这么聚在一起过,第一要务就是去吃他们以前最常吃的大排档。沈茵茵还记得李辰逸本来是那种从来不吃路边摊的人,但是经过她们俩的劝说和诱惑,他已经对麻辣烫这种街边食品十分看得开,吃得也是不亦乐乎。

冬天学校周围的小吃街格外热闹,他们一行人先让店主上了一碗小馄饨,热乎乎地冒着白气,接着又围在一起吃麻辣烫,煮得滚烫美味的食物,加上大家吃得涨红的脸庞,气氛好极了。

"老板,要一份辣炒年糕!"沈茵茵对着老板招呼。

"我也要一份。"宁曦扬起筷子说。

老板乐呵呵地答应了,大手挥动着手里的炒锅,翻腾着,一阵诱人的香味传来,沈茵茵只觉得心情大好。女人受委屈了,用食物刺激肠胃也是一种发泄方式,朋友们聚在一起的机会本来就不多,更是要好好享受。李辰逸也要了一百串羊肉串吃着,喝酒吃肉,倒有点豪气。

"老是吃没意思,咱们玩个游戏。"李辰逸撞了一下沈茵茵的胳膊,冲她坏坏地一笑。

"行啊!"宁曦喝了不少酒,她把眼睛在李辰逸的脸上迅速扫了一眼。"三十秒时间,我们大家从这沸水里夹鹌鹑蛋,谁夹得多就算谁赢,我来计时!"

"太无聊了!"李辰逸很鄙视地看了一眼满锅翻滚剥好的鹌鹑蛋,反而把筷子撂在了桌子上罢工不干了。

"你输了下次记得请我们吃海鲜大餐!"

"你输了的话奔驰借我开三天……"

"你要是输了……"

Chapter 14
噩梦难消

宁曦的话还没有说完，只见李辰逸的嘴唇颤了几下，迅速抓起筷子开始夹鹌鹑蛋，还真是巧，夹到最后，宁曦的盘子里恰好比李辰逸的多了一个。

路灯昏黄，鹌鹑蛋都变成了暖色。沈茵茵看着宁曦得意洋洋的笑容，终于放心了，再看看李辰逸的表情，竟然带着一丝凝重。她知道他是为她们俩担心，心里结了一个疙瘩无法释怀，接下来吃的东西都觉得食不甘味。

"好了，时间不早了，下次再聚。"李辰逸起身结账，招呼她们回去。

"你们俩自己回去吧，他刚给我发短信了，说过会儿来这里接我，李辰逸要把茵茵安全护送到家啊！"宁曦扬了扬手机，她的脸在灯光下显得格外温柔甜蜜，现在的她神采飞扬，一点都看不出难过的样子。

沈茵茵只好叮嘱着她多加小心，心想既然是她的男朋友，为什么不招呼大家见一面？估计是怕李辰逸当面给对方难堪吧，什么时候开始，他们之间需要这样顾忌别人的感受了？但是也不能怪宁曦，她突然想到了自己，当时她和莫之航在一起的时候，又何尝想要让他跟大家认识呢？

离别了宁曦，沈茵茵跟李辰逸单独走在路边，一路沉默。她忽然觉得肩上一热，原来是李辰逸脱下他自己的西装裹在了她的肩膀上。

"你不冷吗？"沈茵茵看着他里面只穿了一件衬衫，想把衣服还给他。

"我里面加了两层羊毛衫再加上保暖内衣，况且又喝了一点酒，现在只觉得神清气爽。"李辰逸笑着说。

沈茵茵没吱声，跟着李辰逸上了车，刚刚聚在一起的时候尽是欢快，现在分开了，倒有点失落。

"你辞职是怎么回事？公司里有人逼你走？"李辰逸突然问。原来他还记得这档子事。

"是我主动辞职的。"沈茵茵迅速答道。

"你们公司的财务总监是莫之航吧？"

133

"你怎么知道！？"沈茵茵身子猛地一颤，她从来没有想过李辰逸会提起他的中文名字！难道他已经知道了"德普斯"公司的一些事？想到这里，她不由得睁大眼睛看着李辰逸，"你认识他？"

"不认识，听人说的。上次去你公司的时候，那么多人围着你，我哪里知道哪个是他。"李辰逸叹了一口气，接着说，"其实你辞职了倒不是坏事，我早就跟你说过，你们那家公司靠不住，早走了更好。"

"什么意思？"沈茵茵有些不理解。

"你都辞职了，就不要提过去的事了。我问你，你下一步打算怎么办？"李辰逸挑挑眉，一脸郑重地盯着沈茵茵。

她总觉得他话中有话，但还是忍住心中无限的疑问，没有问出来。李辰逸显然知道一些关于"德普斯"和莫之航的事情，但是他既然不肯说，那就不问吧，反正这些事、这些人已经与她没有任何关系了。

"下一步就是换个公司，找一份新工作。"沈茵茵很坦诚地说。

"我可以帮你介绍一份工作，正好我有个朋友的公司最近很缺财务人员。"李辰逸小心翼翼地看了她一眼，带着一点不确定，"不是纯金融投资的公司，跟你们原来的客户也没有太多关联。"

"让我考虑一下再说。"沈茵茵低下头，奇怪，为什么她不能坦然接受李辰逸的建议和帮助呢？既然是他出面，工作就好找多了，可是她就是不想接受他的帮助，仿佛觉得只要与过去有一点联系，都会让她心里不安。

"好，总之你的事情我会上心的。你如果想去，就告诉我。"

"小曦这件事，你也不要再骂她了，也许我们都无法理解她和那个人之前的感情，毕竟我们不是当事人。"沈茵茵岔开话题。

"我只是担心她会被人欺负……"李辰逸沉吟了一下，路灯下他的表情看不真切，可是两道浓眉还是皱在了一起，"她跟你不一样。"

沈茵茵不知道李辰逸所说的"不一样"具体指什么，是说他们都遇人不淑，但是被骗的方式不一样，还是说她们遇到事情的处理方式不一样，她只会忍气吞声默默承受一切，而宁曦在适当的时候是懂得反击的？

突然之间，李辰逸一个急刹车，差点没让沈茵茵的脸撞到前玻璃上。

Chapter 14
噩梦难消

"啊？！"沈茵茵惊得捂住嘴唇，她的手在仓促之中碰倒汽车上放置的一个塑料玩偶，尖锐的棱角一下刺进了她的手腕。

"小心！"李辰逸一着急抓住了沈茵茵的肩膀。

她只是倒吸了一口气，手腕上一阵刺痛直传心底，手机啪的一声落在了地上。

"你的手怎么了？"李辰逸也不理会手机，另一只手掀开她的袖子，只见细白的手腕上被戳破了皮，又红又肿。

"我没事，你突然刹什么车？"沈茵茵不明所以地望着他。

"你自己看！他就是宁曦的男朋友！"李辰逸吸了一口气，脸朝着窗外看着流光溢彩的灯光，沈茵茵发现眼前闪过两个人的影子，那个男人怀里搂着一位装扮艳丽、长腿细腰的辣妹，正往对面的酒吧里走。

"你认识他？"沈茵茵整个身子都挺直起来，目光灼灼地盯着前方的人影。

"当然。"李辰逸恨恨地答了一句，顺着沈茵茵的目光看去，准备开门下车。

车子还没停稳，他就已经打开车门冲了出去，沈茵茵暗道不好，连忙跟着他出去，只见李辰逸都不避开迎面开来的车子，直奔着对面的酒吧里去，她后背上顿时出了一层冷汗，追着他喊："你要干什么？"

李辰逸顾不上红灯绿灯，从车流里穿了过去，等到他穿过马路，再抬起头，路上早就没了那男人的影子，他懊恼地跺了跺脚。

沈茵茵慌慌张张地冲过来，抓住李辰逸的手臂，喘着气说："你想怎么样？不会是……想打他吧？"

李辰逸一阵火大，哼了声说："总有一天，我会把那个家伙修理得头破血流！"

"李辰逸！"沈茵茵刚刚站定，就伸手拉他，"你什么时候变得这么不理智了？打他有意义吗？"

"就这么饶了那个混蛋！太便宜他了！明目张胆地脚踏两只船，世界上还有这种衣冠禽兽！简直不配做男人！"李辰逸觉得自己快要气爆了，血脉贲张，但是看着沈茵茵执着的眼神，只好一拳捶在了树上。

"算了，我们回家吧。这件事先不要让小曦知道。"沈茵茵气馁地拉住李辰逸，向车子奔去。

回到家的时候，沈茵茵觉得自己身心俱疲，一点力气都没有。

她躺在床上，头疼一阵一阵袭来，她没想到，李辰逸会因为宁曦的事气成这个样子，甚至还想用不理智的方法去教训那个人，如果他知道莫之航与自己之间的纠葛，不知道会有多么生气。会不会也用类似的方法去"教训"莫之航？她只能在心里暗自祈祷，希望所有的事情都早点过去，只当做了一场噩梦，忘记"德普斯"，忘记莫之航，忘记那些曾经美好的时刻，让时间来慢慢抚平自己心里的那道创伤吧！

Chapter15
"德普斯"的秘密

严冬终于快要过去了，大地渐渐回春，梧桐树开始冒出橘色的苞叶，春日的阳光透过树木，在地上画着美妙的影，照得人暖洋洋的。

新年新气象，现在的沈茵茵已经顺利通过面试，即将成为上海豪华车第一销售大公司——华威顶级豪华汽车销售公司的一名市场部职员了。

刚从"德普斯"离职的那一段时间，沈茵茵不但心情灰暗，连找工作也不顺。开始的时候她接连去了好几个金融投资公司面试，但是也许因为运气不好，很多公司HR们看完她的简历，貌似都对她很感兴趣，可是他们一问到离职原因，沈茵茵总是难免紧张，一紧张就回答得支支吾吾，将之前给面试官们的好印象全部给破坏掉了。因此一旦面试完后，对方就再也没了音信。连续不断的碰壁，让沈茵茵不得不重新规划自己的职业生涯，她考虑着要不要换一个行业，像新人一样从头开始，或许能够克服这种心理障碍。虽然说隔行如隔山，但毕竟她还年轻，换一个行业未必干不好。

春节前，她随意发了一些求职的邮件出去，没想到竟然意外地接到了一家汽车销售公司的面试电话，邀请她去公司参加面试。沈茵茵很是意外，她一个会计专业的学生，怎么会被汽车销售公司看中呢？而且她的职位是市场部助理，跟她之前的职业可是八竿子打不着。不过，她还是很看重这个就业的机会，毕竟机会难得。之前还听宁曦念叨过，这些年做房产、汽车销售经纪人的待遇都不错，她有个朋友也是做汽车销售，每个月都有上万的提成，加上三千的基本工资，另外还有福利津贴。

有道是风水轮流转，沈茵茵自我感觉面试的时候并不出色，华威公司面试她的那位男士提问的时候也是脸臭臭的严肃到不行，似乎并不待见她，可是奇怪的是，她竟然有幸从好几百名应聘者中脱颖而出，被录取进了华威公司的市场部。

事业方面终于可以东山再起了，感情方面依然是一片空白。

虽然两人之间已经彻底分手了，但沈茵茵还是会经常想起莫之航，她原本以为，莫之航会再来找她，哪怕是打个电话问候一声。然而她完全想错了，自从上次在写字楼下遇见他之后，莫之航居然彻底从她的生活中销声匿迹了，没有电话，也没有短信，静悄悄地失去了踪迹。

其实，这样结束也好。沈茵茵强迫自己闭了闭眼睛，不要再想他了。

李辰逸和宁曦为庆祝沈茵茵找到新工作，还特意在宁曦家里为她摆上了烛光晚餐。

沈茵茵下班赶到宁曦家的时候，李辰逸早就到了，还很贴心地买了女生们最爱吃的抹茶蛋糕。宁曦的厨艺大有长进，她已经准备好了晚餐，简单的四菜一汤，分量刚好够三个人吃，还有一碟凉拌香椿，油盐酱醋拌得刚刚好，鲜嫩诱人。

"怎么样？你们两个有没有感觉我的厨艺越来越棒了？"宁曦一如往日的开朗，圆圆的脸上露出一抹璀璨的笑容，就像是黑夜里的第一缕霞光，让人觉得仿佛世界都亮了。

"当然，简直令人叹为观止，望尘莫及。"沈茵茵忍不住赞叹。

"最近经常做饭，所以练出来了。你为什么不说话？"宁曦得意地笑了笑，看着有些呆怔的李辰逸，她放下手里的筷子，用手在他呆住的脸前晃晃。

"啊……"李辰逸仿佛如梦初醒，发出一阵感叹，"很好吃！"

"好吃你个头！吃完饭，你来洗碗！"宁曦在他旁边霸道地敲了敲桌子，还故意靠近他，附在他的耳边说，"老实告诉我，你刚才在想什么？"

沈茵茵看得出，李辰逸今天是带着重重心事来的，他看她的眼神很奇怪，甚至有那么一刹那完全失神，看着他食不下咽的模样，连她都觉

Chapter 15
"德普斯"的秘密

得心里硌得慌。李辰逸一定是遇到什么事情了。

"宁曦，你能不能把碗放到桌子上再对我投怀送抱啊！"李辰逸一看衣服上被宁曦蹭上了几个米饭粒，有洁癖的他不由得大叫，"我今天才穿上的这件新衬衣，又要洗了！"

"对不起，人家也不是故意的！"宁曦连忙起身，去浴室里拿湿毛巾来给他擦。

"真受不了你！"李辰逸看着远去的宁曦，翻了翻白眼。

"你今天是不是有心事？"沈茵茵看着宁曦跑远了，忍不住心里的疑惑，小声地问李辰逸。

"没什么。"李辰逸明明满脸写着心事，却还是装做什么都没发生一般，一本正经地端起碗继续吃饭。

沈茵茵见他不肯开口，只好闷头往嘴里扒饭。

等到吃完晚饭，李辰逸和沈茵茵从宁曦家出来的时候，他终于忍不住停下了脚步，欲言又止地看了她好几眼。

"我知道你有话想对我说，究竟是什么？我们既然是老朋友了，不用这么避忌，老老实实说出来吧！"沈茵茵少见他这种闷葫芦的样子，有些急了。

李辰逸看着她，举棋不定地沉默了一会儿，才说："这件事，跟你有关，但是不知道你听了之后会不会生气。"

"我保证不生气，你快说吧，别卖关子了！你如果再不说我就真的生气了！"

李辰逸仿佛下定了决心地跺了一下脚，说："好吧我说了。你之前那个公司，'德普斯'投资，今天宣布结业了。据说公司亏空了很多钱，因为上次你和……莫之航那件事，在业内和客户群里造成的影响非常恶劣，去年年底就进入财务清算阶段，到这个月为止，'德普斯'公司已经彻底倒闭了。"

沈茵茵觉得简直不可思议，"德普斯"公司倒闭？这样一家业绩良好的投资公司，去年年会的时候，老板哈尼还雄心勃勃地表示今后几年内要加快速度发展，在中国境内扩大投资领域，怎么会说倒闭就倒闭了？如果"德普斯"公司倒闭了，那么之前的管理人员都去哪里了？他们对于公司的倒闭是怎样的态度呢？莫之航，他作为"德普斯"的财务总监，难道之前没有做过任何的努力吗？如果"德普斯"的危机果真那么严重，他没理由不事先发觉，而任由事态恶化，进入这样的状况。

"你听谁说的？消息确实吗？"她第一反应就是问李辰逸消息的来源。

"是我一个客户，委托我们与'德普斯'公司打一场官司，他们那边的代表律师今天发函过来告知我们'德普斯'已经破产清算了，让我们另外做一个方案。他私下跟我也是朋友，我向他打听情况，他说其实'德普斯'公司最近的经营活动十分糟糕，先是裁员一大批，破产危机又传得沸沸扬扬，老板哈尼确实没办法了。"

"为什么呢？他们怎么会搞到这种地步？"沈茵茵忍不住惊讶地叫了一声，隐约觉得这件事不简单，就算当初网络事件曝光挪用公款引发了一些社会舆论和猜测，对"德普斯"公司的形象造成了一定的影响，但这应该不是最根本的原因，要让"德普斯"这样的公司在短短半年之内一败涂地，除非幕后有高人策划。

李辰逸看着她异常的反应，犹犹豫豫地说："这个问题，我……我也不太清楚。"

之前，鉴于怕给沈茵茵受伤的心灵带来伤害，他从来没有追问她，她和那个人之间究竟是怎样一种关系，他以为，当初那件事只是有人报复或中伤沈茵茵而做出的恶意毁谤行为。现在看来，她与这个事件之间是有某种隐秘关系的，看她此时的神情，一定是这件事当中牵涉到了某个人，而这个人在她心里的地位显然非常重要。

他不知道该怎么回答她的问题。按照那位律师朋友的说法，"德普斯"公司倒闭的深层原因，其实是公司高层暗箱操作，出现集资搞小金库等违法行为，导致公司内部经常出现融资不畅，信用破产而引发危机的。如果说，这些公司高层正在从事对"德普斯"公司不利的事情，那么他们所关注的其实并不是"德普斯"公司能不能够兴旺发达，而是他们的暗箱操作安不安全。换句话说，当他们把"德普斯"公司的账目弄

Chapter 15
"德普斯"的秘密

得千疮百孔的时候，一旦被人发现，他们第一反应就是保护自己，而自我保护的方式莫过于乱上加乱，最好让这间公司彻底倒闭，他们就彻底安全了。

再进一步去想，如果沈茵茵当初跟那位"高层"之间真的有暧昧关系，那么那个人利用她的动机就很明显了。甚至，连网络曝光事件的时间都有可能源于他的一手策划，表面上看，沈茵茵是受害者，而他是暗中被陷害的人，事实上呢？他却是最大的利益获得者！

这样的男人太可怕了，单纯善良的茵茵绝对不是他的对手。

沈茵茵看着李辰逸的样子，心里明白了七八分，他并不是不清楚内情，而是他不愿意让她知道那个所谓的"内情"。

"李辰逸，你会因为这件事，觉得我很傻很笨吗？"她转过身，用手掠了一下垂下的发丝，有些无奈地问。

"我从来都没有这么觉得，你别乱想。"看着眼前神情暗淡的她，李辰逸的心里就纠结成一团乱麻，他知道那件事是她看走了眼，交友不慎，但是她竟然走进了那样一个陷阱……她就是太容易相信别人，没有一点防人之心！

那个男人简直太可恶了！他该怎么办才好呢？

沈茵茵没有再追问什么，她托辞一个人静一静，没有让李辰逸送她，独自返回了家中。她并不是为了逃避李辰逸，而是因为她想起了一件很重要的事——就在今天上午，她的手机上曾经出现过一个人的来电，她当时并没有接听。要想知道关于"德普斯"公司的事，只需要跟这个人聊一聊，就足够明白了。

当晚十点，沈茵茵咖啡厅里见到了久违的林芷珊。

她看着林芷珊依旧如前的职业装打扮，消瘦的身材，心头竟然多了一份亲切感，也算是在一起合作过的同事，离职之后大家的心境都不同了。如今的林芷珊有些憔悴，整个人戾气全消，一副安安静静的模样，倒不如当时那么让人讨厌，沈茵茵注意到她眼角边多出的细细的鱼尾纹，还有暗黄的脸庞，一时之间不知道说什么好。

"茵茵，好久不见，别来无恙。"林芷珊的开场白很清淡，眼神也不如往日犀利，"我约你出来，就是想找你聊聊。"

"你过得还好吧，我看你瘦了不少。"沈茵茵愣了一下，随意寒暄了一句，林芷珊真的变样了，她连说话的声音都柔和了很多。

"还好，你看起来气色倒不错，新工作怎么样？一切还好吧？"林芷珊喝了一口咖啡。

"刚换了一家公司，不过不是金融领域，跟财务专业也没有关系。"出于礼貌，沈茵茵简单地回答了一下，虽然她知道林芷珊其实对她的事情并不关心，因此也不打算说得多么详细。

"其实我今天找你，是有一些事对你说。我觉得你有必要知道这些事，不然永远都会被他蒙在鼓里。"林芷珊顿了一下，将手里的咖啡杯轻轻放在台面上，眼角掠过一丝促狭的光芒，"我要说的是William……他马上要结婚了。"

叮的一声，沈茵茵手里的咖啡勺掉在了地板上，她整个人都颤了一下。

"那次在办公室里，我看见了你和他在一起……"林芷珊没说下去，只是苦笑，"当时我觉得你太傻了。据我所知，他早就有了未婚妻，身边从来不缺女孩围着他转，至于他在外面究竟有多少个女人，我们就不知道了。"

"你来就是要告诉我这些吗？"沈茵茵只觉得这一切像是嘲弄，林芷珊的话就像一柄锋利的刀子，把她刚刚愈合的伤疤又从新揭开，暴露在空气里。

"当然不仅仅是这些！"林芷珊说着，眼神中竟然迸射出愤怒的火花，她的眸子盯着虚无的半空，像是在诅咒什么一般，显得十分凶恶。

沈茵茵被她的神情吓到了，她默默地喝咖啡，等着林芷珊自己接下去继续讲。

"你知道吗？'德普斯'已经破产了，我们都从那里离开了。"林芷珊冷笑了一声，用很讽刺的语调说。

"是吗？"沈茵茵违心地假装了一声惊讶。

Chapter 15
"德普斯"的秘密

"一切都是William的计划,他利用财务部的职务之便,挪用公司的资金进行短线交易赚大钱,等到他投资的钱赚之后又回去填补损失,而这其中的时间差,他就会把它们压在手下的人头上!"林芷珊狠狠地喝了一大口咖啡,把手里的杯子压在桌子上。

沈茵茵心里如同翻腾起万丈波澜,表面上却隐忍着不动。她忽然想起来,那次公司舞会上欧阳诺文说过的话,他说凡是与莫之航关系密切的助理一段时间后都会莫名其妙地辞职,原来真的是这样。看来欧阳诺文之前就已经发现了莫之航暗中行事的蛛丝马迹,而他后来的被辞退,应该是在莫之航意料之中的事情。在她面前那么温柔正义的莫之航,背地里到底做了多少见不得人的事情?当初她依赖他,信任他,最后莫名其妙地成了牺牲品,其实她和所有人都没什么区别,不过是一样的棋子罢了。

"你经手的几笔账款,两百万,五百万漏洞全是他从中操作的,我当时知道你是无辜的,因为我看多了这种先例,我也不愿意去破坏我和他之间的默契。可我没有想到的是,他竟然会出手帮你善后,让你一再地逃脱惩罚,还顺便将欧阳诺文拉下水做了替罪羊。"林芷珊眼神炯炯,盯着沈茵茵。

沈茵茵很配合地继续露出惊讶的表情,很白痴地问:"真的吗?"

"很明显,他不想让你毫无退路,对你留了一手,所以你到现在为止,还能安安稳稳地留在上海。"林芷珊苦笑。

"我留在上海,跟他有什么关系?"沈茵茵这次是真的糊涂了。

"因为他替你把账务危机摆平了,你主动辞职离开'德普斯',也算是全身而退。而我和欧阳诺文,却要背负着被公司追索控告的精神包袱。我和欧阳诺文不一样,我是要对'德普斯'公司破产负直接责任的;我和你更不一样,我如今在业内没法生存下去了,如果要东山再起,就只能离开这个工作了十几年的地方,去国外发展!"林芷珊眼角渐湿,机械地搅动着杯子里的冷咖啡,眼睛里带着仇恨的光芒,"莫之航将我逼得走投无路了,将所有的责任都转移到别人头上,自己却一身干净,我拿他一点办法都没有!"

143

"你们是同伙，对吧？所以当初就是你暗中陷害我，对吧？"沈茵茵有些怒。

"你还记得那一天他要你留在他办公室里帮他泡蓝山咖啡吗？那个时候，我刚好够时间去破坏你存在电脑里的文件，没有想到你竟然那么马虎，文件都没有加密，于是我稍微改了几个数据，然后毁掉了你的文件。"林芷珊笑笑，嘴角是一抹苦涩，"还有后来那件事，那份调查表明明是他做的，他设法让你转到我这里，当时我看见报表上竟然有详细的投资计划和资金安排，因此对你的表现十分满意，却不知那是莫之航做好了借你的手在耍我！真是可笑，我竟然就跟着他一步一步往深渊里走。"

"你和欧阳诺文自己做得好好的，为什么一定要听他的话？"

林芷珊忍不住冷笑起来："茵茵，你确实是个天真的小姑娘，难怪他会放你一马，因为你真的什么都不懂！'德普斯'的财务系统是他一手创建的，哈尼也很信任他，我依附他只是为了自保。欧阳诺文跟着他，有对上司的畏惧，更多的是对金钱的贪婪，他们到现在为止都还是一伙的。你如果不信就去查查看，莫之航离开'德普斯'之后去了哪里。我告诉你，他就是欧阳诺文现在供职的那家公司的幕后股东之一！"

沈茵茵蓦然想起那次巴厘岛旅行，欧阳诺文在，他的公司同事们都在，莫之航恰好也去了……难道说，她并不是偶然在那里遇见欧阳诺文，也不是莫之航早就计划好要去海岛旅游，只是因为他恰好有与欧阳诺文一样的"公事"要办，所以他们才去了那里？难怪，有时候她在酒店里睡觉，他会突然消失很久，说是一个人去海边走走，结果等她到了海边，却发现海滩上一个人影都没有。

"而我，对他所做的一切太了解，虽然我知道他或许终有一天会调转枪口来对付我，但是我输在太自信了，我以为我能够识破他的所有计谋，事实上我还是算错了一步……他根本就不相信任何人，一开始他就没相信过我。其实你应该庆幸，或者感激他，因为你的不专业，让他反而对你没有下狠手。"

沈茵茵不知道是该同情林芷珊还是应该嘲笑自己，面对杀人凶手，她此时要感激他刀下留人？

Chapter 15
"德普斯"的秘密

"林芷珊，其实去国外对你来说也很好，你的英文和专业都OK，到那边发展应该没有问题。"沈茵茵看着眼角带泪的林芷珊，心里不禁对她多了一丝同情。

"这是没有退路的退路了。"林芷珊苍白的脸上没有一丝血色，无可奈何地对沈茵茵说，"William是我有生以来见过最可恶的人，他是那种危急关头到来时，就会不顾一切把身边的人往火坑里送的类型。"

"我想问你一件事。"沈茵茵轻轻地说。

"说吧，我已经没有什么可顾忌的了，对你说了这些话，我心里也舒服了很多，至少在我走之后，还有人知道他曾经做过些什么。你想知道什么事尽管问，我可以全都告诉你。"

"这件事……是他一手策划的？"她说这句话的时候，掌心里全是汗。

林芷珊并没有立刻回答，她似乎想了一想，才回答说："这个问题我不敢断定。以我对他的了解，他一向习惯于送人家下地狱，而他自己就安然无恙站在一旁看好戏的。就算他有心算计你，也没必要把自己赔进去，损人不利己的事他从来不会做。不过，如果这件事不是他做的，我倒是很欣赏那个做这件事的人，也算是他应得的报应吧。"

"你说他要结婚，是真的吗？"沈茵茵还是按捺不住心中的好奇，忍不住多问了一句。

"听说他未婚妻是个名媛，这样的人跟他最般配了。有的是让他施展本事的空间和机会。"林芷珊说完惨然一笑，转身就要离开。

"林芷珊……"沈茵茵叫住她，心里不知为何竟然有些难受，她看见林芷珊止住脚步，有些迟疑地说，"你去国外自己保重。"

"谢谢你，茵茵。我想我一定要提醒你，记得离他远一点，越远越好，不管他说什么你都不要上当受骗。你是个好女孩，将来一定会幸福的。"林芷珊说完，向着门外走去，细瘦的影子刹那间消失在人海。

沈茵茵看着林芷珊的背影，身体微微颤抖，心里瞬间思绪如百转千回。

这个世界，到底谁是可以相信的？他到底瞒住了她多少事情？当初他没有把她推下悬崖，并不是爱她，只是因为她的能力太渺小了，担不起那么大的风险，连被人谋害的价值都没有；而林芷珊不一样，她是一张危险的王牌，正如高手过招，一着不慎满盘皆输，所以莫之航非要将她置之死地而后快？

走出咖啡馆，沈茵茵独自一人在街头漫无目的地游荡着。

今天与林芷珊的谈话让她原本宁静的心又起了波澜，她原本以为莫之航只是城府比较深，行事有些不择手段，却没有想到他竟然如此老谋深算。他从来都没有认真对待过她，怪不得他家里会有现成的高档女装；怪不得他有很多生活用品都是新的；他跟她在一起的时候，也经常隔三差五地出差，而这段时间里他几乎不与她联系，她甚至天真地以为他是因为工作繁忙没有时间给她电话……却从没想到过他竟然早已有未婚妻！

沈茵茵觉得世界上几乎没有比自己更愚蠢的女人了，一直被他玩弄于股掌之间却不自知，真相原来如此残酷，远远超出她的想象力。她只觉得自己的心被戳破变成了一摊血肉，她无力呼吸，肝肠寸断，整个人毫无力气地依靠在街道边的一根柱子上，一双眼睛浑然没有聚焦，盯着对面的车水马龙。

时间在变，世界在变，原来一切都是假的……她的半颗心沉沦在地狱里，正在等待被拯救。可前方除了一片黑暗，什么都看不到。

"茵茵，回家吧。"有人在跟她说话，声音低沉，却很熟悉。

这个声音，宛如一道惊天炸雷在她头顶劈开来，她猛地颤抖了一下。正在此时，他稍微侧了一个身子，那张成熟稳重有点冰冷的侧脸！竟然是——好久不见的莫之航！

她的心像是打翻了的作料铺子，七荤八素什么味道都有，一时间脑子都转不过来，只感觉锥心的疼一点点切入她的肌肤，蔓延到心底，弄得浑身上下都一抽一抽地疼。她站立不稳，泪水逼到眼眶里，模糊了视线，她吃惊了一下，用力想要站起来，可是脚上已经麻木，挣了一下整个人就往马路上栽。

他眼明手快，一下子接住了她的身子，小心翼翼地搀扶她起来，深

Chapter 15
"德普斯"的秘密

邃的眼睛定定地打量着她。

沈茵茵万万没想到莫之航竟然会在此时此地出现，她再也无法压抑心中的愤怒，抬手就给了他一个大耳光，大叫道："你这个魔鬼，放开你的脏手。离我远一点！"

莫之航居然没有躲闪，她那一掌结结实实地掴在他的脸上，虽然她的手劲并不算很大，但她用尽全力打过去，还是留下了几道红色指痕。他依然紧紧地环抱着她，盯着她的眼睛，缓缓说道："茵茵，我知道你因为之前的事情对我有误会，我必须为一些事处理善后，所以一直没有来找你。现在时间差不多了，我会对你坦白所有的事……"

"别说了！"沈茵茵冷冷地阻止了他，她带着几分鄙夷和蔑视，恨恨地看着他，"你不用坦白，你的事情我全部都知道了。你所有的事，可以告人的，不可告人的，我都已经知道了……你不是准备结婚吗？你回去吧，我不会记恨你，也不会报复你，我会重新开始过新的生活。"

莫之航听到她说"结婚"，目光一凛，有些失控地握紧了她的手腕，追问道："谁告诉你我要结婚的？她来找过你了？她跟你说了些什么？"

沈茵茵被他钳制得手腕发痛，她以为他所指的"她"是林芷珊无疑，痛快地承认说："是的，她刚来找过我！她告诉了我所有的事，关于你的，关于'德普斯'的，还有你是怎样威逼利诱手下员工的！你有未婚妻，在外面还有自己的公司，利用'德普斯'的身份为你自己的公司谋取私利，然后把所有的罪名都推给别人……就是这些！"

他听着她一口气说完这些话，顿了好久，半晌才冷声道："这个可怕的女人，她真是彻底疯了。"

"你不要说别人，想想你自己吧，你才是自私冷漠，不择手段的人，所以，不管她怎么对你，你都是罪有应得！傻的是我，竟然一无所知地跟着你往火坑里跳……"沈茵茵仰起头，忍住心里悔恨的泪水，冷冷地注视着他。

看到她眼眶里晶莹剔透的泪珠和明显苍白瘦削的脸颊，他忍不住伸手过来摸她的头发，这种温柔的举止，是他以前经常对她做的，沈茵茵却侧了侧头，很迅速地闪避开来，眼神里带着明显的抗拒之色。

他低叹了一口气，才说："其实我以前也考虑过告诉你所有的事，但是我知道，你一定不会轻易接受那样的我。没想到，我这样处心积虑，犹豫彷徨，最后却让你对我更加误会。你不肯原谅我不要紧，但是不要虐待你自己，不管我在别人眼中是个什么样的人，至少，我对你是真心的。"

沈茵茵看着他暗淡的神情，心里不由得一阵悸动，他说的都是真的吗？还是，他又在她面前继续演戏？她不过是一枚已经失去了利用价值的棋子，他有什么必要还在骗她，对她说这一番话？难道是因为……因为林芷珊对她所说的那些真相？如果林芷珊即将出国，那么知道他所做过的事情的人已经不多了，难道他是想骗取她的信任，继续套她的话，看看林芷珊对她有没有说出什么重要的、对他不利的细节？

害人之心不可有，防人之心不可无。无论如何，对于他的话，她再也不会是全心全意地信任了。

"你对我是真心的？那么你知道，之前那么做会伤我的心吗？"沈茵茵的声音还是冷，仿佛一点都不惊讶。

他全然没有察觉她的怀疑与试探，眼里带着淡淡的愧疚与心痛，低声看着她说："我知道。可我怕的是……万一失手，你会被伤得千疮百孔，我会永远失去和你在一起的机会。"

骗子，忽悠，接着忽悠吧！她心中犹如翻江倒海，却强忍着情绪的变化，像一对情意绵绵的恋人之间对话一样，换了一个温柔平静的眼神，抬头凝视着他说："那么，William你相信这世界上有真正的爱情吗？"

"相信。"

"你觉得最长的爱情可以持续多久？"

他认真地看着她，轻声说："那要看你爱的人是不是真的会爱上你。如果是我，一旦爱上一个人，永远都不会轻易改变。"

"你爱我吗？"

"当然。"

"哦，我是不是应该觉得自己很幸福？"沈茵茵淡淡一笑。

莫之航的表情似乎有些尴尬，他停滞了一秒，才说："以前或许不

Chapter 15
"德普斯"的秘密

一定,以后一定是的。"

"太可笑了!你以为我还会相信你说的话?"沈茵茵的声音平淡似水,仿佛只是念一首短诗或者是一篇文章,那么波澜不惊,"难得你把感情看得那么神圣,简直就像幼儿园的小朋友。你以为我真的那么爱你吗?其实我和你一样,早就暗中和李辰逸在一起了,哦,忘记和你说,我男朋友是个律师,对我也很好,我们应该很快就会计划结婚,你那些话可以收起来了,或者将来对别的女人说。"

莫之航有些惊讶地看着态度突然变化的她,这一次,轮到他不知所措了。

沈茵茵打开手提包,假装拨通了手机电话:"亲爱的,你在哪儿?我刚吃过晚饭,我在……你现在来接我好吗?嗯……我等着你。"

昏黄的路灯拉长了她的影子,莫之航远远地看着她的背影,久久地伫立在原地,他之前曾经预料过她或许会拒绝他,生气地责怪他,甚至挥舞着小拳头打他……可他没有想到,她对他的怨恨和冷漠已经超出了他所预料的范畴。她根本不相信他,从她的眼神里,他看到自己的影子——他简直就是一个十恶不赦的恶魔。

Chapter16
新工作却不是新开始

沈茵茵第一次走进华威销售大厅的时候觉得有些头晕目眩，大厅足有一千多平方米，银色的地板上架着上百个高价玻璃展台，每一个展台上都有一款最新车型，甚至还有国内几乎看不到的概念车。

前几天，她为了彻底改变一下形象，特意去做了一个精致的发型，把发尾烫成了微微的小卷，看上去成熟了许多，虽然被李辰逸嘲笑老了二十岁，但是她还是满怀希望地去上班了。

沈茵茵跟着人事部的专员，向着市场部的办公室走去。市场部的经理是蔡德，一个四十来岁的精明男士，看上去一副彬彬有礼的模样，沈茵茵面试的时候跟他打过照面，她个人感觉这个新上司看上去倒是很好相处的样子，料想不会比林芷珊更难缠。

然而，沈茵茵刚走到市场部经理室门口，却发现坐在经理席位上的人并不是蔡德，而是一个陌生的女经理。

人事部的张凯特率先走了进去，对着那位女经理很恭谨地叫了一声："孙总，这是我们新招聘的市场部助理，名字叫沈茵茵。今天刚入职上班。"

那位女经理原本很冷淡地低着头，听见张凯特介绍才微微扬了扬下巴，她轻描淡写地向沈茵茵看了一眼，忽然像被什么东西吸引住了一样，双眸流露出一种掩饰不住的惊讶表情，同时身体还震动了一下。

沈茵茵觉得很奇怪，此前她与这个女人素不相识，而她的脸上分明流露出无限吃惊的神色，她从来没觉得自己是超级美女，因此决不足以

Chapter 16
新工作却不是新开始

让任何女人有"惊艳"的感觉，但是那名女经理的神情实在太让人莫名其妙了，不像见了人，倒像见了鬼。

好在那名女经理很快就恢复了镇定，她看着人事部张凯特，不冷不热地说："知道了，你带她过去办公室那边，让蔡德安排她的工作。"

离开经理办公室的路上，张凯特看到沈茵茵不知所措的模样，很及时地补充说："这是我们公司的市场总监孙小姐，华威贸易是她父亲的公司，华威除了我们这个销售公司，还有很多中高档车型代理。孙小姐是哈佛大学毕业的高才生，她回国之后一直负责整个华威贸易公司的市场部门管理工作，平时不常来我们这边，估计今天恰好有事来视察一下，所以借用了蔡德的办公室。"

沈茵茵这才松了口气，刚才她看自己的眼神实在让人有些毛骨悚然，好在这位孙小姐不是经常在这家公司蹲点，直接上级还是蔡德。

"茵茵你好，我是人事部Kitty，张凯特让我带你在公司各个部门转一转，熟悉一下环境。"沈茵茵刚从人事部的办公室里出来，突然之间眼前一花，一个妩媚高挑的大美女走过来，对着她努了努嘴，示意她跟着自己向前走。

沈茵茵看她走猫步走得潇洒自如，暗自猜想这个Kitty估计是车模出身，华威公司果然美女如云啊！

"这里是复印室，从这里走过去依次是财务部、人事科、会议厅、董事长办公室、营销部、公关部……"Kitty手臂一扬，十几个部室就这么介绍完毕，她虽然名字叫Kitty，却一点都不具备Kitty猫温柔体贴的特点，做事效率高，雷厉风行。都说每个企业都有自己的文化，难道这就是华威公司的企业精神吗？

这些天里，沈茵茵已经逐渐熟悉了市场部的工作，和几位同事也混得熟络起来，从最八卦的Lucy嘴里，她听到了关于孙婉婷的一些具体情况，比如说她本人是个极其厉害的女人，从哈佛毕业之后一直致力于家中生意，从来不交男朋友，以致年近三十还没有结婚；再比如说她的公关能力确实很强，最大的本事就是善于融资，她有着世界顶尖的前瞻性眼光，又善于利用资源和人脉，在北京豪车销售市场也算是极其年轻的风云人物之一。

不但如此，让沈茵茵倒抽一口凉气的消息很快就来了，蔡德很高兴地对众人宣布：因为贸易总公司业务调整，他荣升为总公司市场部副总监，而最近有一个大型国际豪华车展，总公司市场部总监孙婉婷小姐觉得华威豪华车销售公司的业务实在太重要了，所以决定亲自来到华威公司市场部坐镇，全面负责公司市场部工作。

学历高，家世好，有能力，有眼光，有资源，有钱，长得也精致……沈茵茵想想自己，不由得对孙婉婷万分羡慕，为什么世间总有这样完美的女人呢？仿佛所有的好运都集中在她一个人身上，老天对她们真的是太眷顾了。尤其是孙婉婷，她本来可以在家安享尊荣，却偏偏进入了职场，承担起了华威的家族生意，有这样的勇气和魄力，实在太让人刮目相看了。

沈茵茵不知不觉之间，对孙婉婷这个人竟然有了一些仰慕和好感。

更让她意外的事还在后面，孙婉婷"驾临"华威公司的第一天，就特别"提携"了沈茵茵，让她做自己的助手，负责这次国际豪华车展的具体执行工作。

面对这种突如其来的机会，沈茵茵简直受宠若惊，刚刚进入华威公司的时候，她甚至有些自卑感，担心自己的专业在这里完全派不上用场。更加让她底气不足的是，她的职位是市场部最低级的助理岗，可替换性非常强，从目前情况来看，几乎完全没有任何技术含量。她很纳闷孙婉婷为什么独独看中了自己这个门外汉当她的助理？市场部机灵的、细心的、专业的女孩多的是，随她怎么挑，也不至于挑上她啊？

然而，对于新人来讲，这样的机会却是必须好好把握的。谁都知道，一旦做好这个项目，获得总监的赏识，升职加薪也就不难了。

沈茵茵一路想着，人已经到了孙婉婷的办公室门外。

她轻轻地在办公室门上敲了两下，只听屋子里的人说道："茵茵，以后不必敲办公室的门。只要是我叫你来，你随时都可以直接进来。"

Chapter 16
新工作却不是新开始

"好的。"沈茵茵很谨慎地问,"孙小姐今天有什么工作任务给我吗?"

孙婉婷头也不抬,嗖地一下伸出手,把一沓资料递给了沈茵茵:"这里是公司推出的车展潜在客户调查表,你今天的任务就是到一个你认为可以出现潜在客户的地方发宣传页,然后邀请他们填一下这份计划调查表,下班前把报表给我。"

她的语速非常快,可见平时工作效率之高,沈茵茵努力地记下了她所说的每一个字,从她手里接过资料,问:"这些地方是由我自己去判断吗?公司之前有没有……"

"你应该从公司其他人那里了解过我的习惯了,记住,我说话从来不重复,也不喜欢别人问我一些常识性的愚蠢问题。"孙婉婷打断了她的话,"另外,你既然是会计专业的,希望你整理出来的资料能够清晰明白,体现出你的专业水平。好了,你可以出去了。"

自始至终,孙婉婷都没有看她一眼,沈茵茵不敢再问她了,抱着资料讪讪地出了办公室,心想这个女上司看起来像个名媛淑女,行事风格竟然比林芷珊还要可怕,她竟然表示自己从来不重复说话,难道说华威公司追求效率已经到了这个程度了?上司和下属说句话都嫌浪费时间?看来以后的日子也不会太好过了。

沈茵茵不敢耽误,连忙跑到复印室里打印了一百张问卷和调查表,然后脑子迅速旋转着,然后果断出发。

不过,调查问卷的发放并不顺利,沈茵茵发现她来的时间似乎不太对。

等到她好不容易忙完手里所有的问卷,再看看时间竟然已是下午四点多钟,等到她一路颠簸到公司的时候,已经快五点了。

孙婉婷粗粗地看了一眼她费心费力做回来的问卷,立刻很有范儿地说:"调查不合格。重做。"

沈茵茵顿时怔住了,这些问卷哪里不合格了?

孙婉婷此时终于抬头瞟了她一眼,说:"这些问题的设置都不太符合当下消费者的需求,你明天重新设计一份,再做一次。"

沈茵茵没想到原来是这样,心道你为什么不提前说?你是市场总监啊,这些问卷不是经过你审核的吗?你这样做,表面上是浪费了我的时间,实际上是浪费公司人力物力财力啊!但是她没有反驳,心想大不了明天再跑一趟。

　　回到家里,沈茵茵只觉得浑身酸痛,吃完晚餐,洗过澡就趴在沙发上打盹,手机响起来的时候,她一看是李辰逸打来的,随手接听了。

　　"你最近很忙吗?新公司上班怎么样?"他很好奇地问。

　　沈茵茵听到他温暖的声音,心情一下子变好了,她故意叹了口气说:"别提了,我们小职员当然不能跟你们大律师比了,每天做着打杂的事,没有成就感不说,连老板都没觉得你的付出是有价值的。"

　　李辰逸倒是很会安慰人,听完她的遭遇说:"谁不是从这个阶段过来的?你其实可以换一个角度想,也许她是想测试一下你的实际能力,至于那问卷调查什么的,恐怕都是噱头。既然改行做市场,就必须胆子大,嘴巴巧,见机行事,多做几次就熟练了。"

　　"但愿如此吧。"沈茵茵想起还没完成的调查问卷,又开始头疼了,"对了,我问一下你,哪里可以迅速拿到N多潜在消费者的调查问卷呢?守在人家家门口,实在不是一个好办法,我今天算是领教了。"

　　"这个问题,你问我算是问对人了。"李辰逸信心十足地说。

　　"那你给我介绍几个客户来,我熟门熟路好办事?"沈茵茵赶紧追问。

　　"这个可不行,工作上的事情你总是要自己办的,我插手了反倒对你不好。不过调查问卷的事,我建议去那几个特别热闹的商务会所试试。这次你做完报表,我打包票你老板不会难为你。"

　　对呀!被李辰逸一提醒,沈茵茵不禁茅塞顿开。她怎么之前没想到呢?还是生活阅历造就了不同阶层啊。

　　次日,沈茵茵照着李辰逸的提示去办了,她原本以为自己在商务会所里会一路遭人冷眼,也许是她的俏丽的短发和温柔又具有亲和力的笑容起了作用,很多人都痛快地填了表。其中有几位留下了单位名称和联

Chapter 16
新工作却不是新开始

系方式的,竟然还是京城里数一数二的房地产开发商。

沈茵茵回到公司把报表交给孙婉婷,并且按照她的要求,像做会计分录一样把一天工作统计得整整齐齐。

这一次,孙婉婷终于没有再"NG"了,她甚至还对沈茵茵说了一句"Good job",虽然她说这句话的时候脸上连一丝笑容都没有,仿佛只是习惯性地对工作出色的下属给予一句表扬,但是沈茵茵已经很满足,她第一次感觉到了从事这份新工作所带来的充实感和成就感。

她正准备离开的时候,孙婉婷却叫住了她,很难得地寒暄了一句说:"茵茵,你有男朋友吗?"

沈茵茵的思绪停顿了一秒,她在思索自己如何回答这个问题。按照公司其他人的说法,孙婉婷是个年近三十还没出嫁也没有男朋友的优质剩女,她没道理对一个普通下属的感情状况如此关心,她到底想要什么样的答案呢?

她很谨慎地想了想,模棱两可地回答说:"有一些很好的朋友,不过还不算男朋友。"

孙婉婷听到这个回答,唇角微微上扬,她没有说话,却有意识地将手腕上戴着的一个金丝镯子在沈茵茵眼前亮了一亮。沈茵茵的目光立刻被那个镯子吸引了,它是七彩色,很巧妙地镶嵌在镯子的金丝里,看起来贵气又神秘,配上孙婉婷冷艳的气质,简直完美无缺。

"真漂亮!"沈茵茵情不自禁赞道,看着她手腕上的镯子。

孙婉婷扫了她一眼,神情平静地说:"是我父亲年前送给我的结婚礼物。"

沈茵茵没想到孙婉婷居然将这么私密的事情对她说出来,她有些惊讶,但还是微微地笑了一笑:"原来您已经结婚了?恭喜孙小姐。"

孙婉婷骄傲地对她展露出一个浅浅的微笑,样子很是迷人,但是却语气清冷地说:"还没有。我们原本是计划今年结婚的,但是中间出了一点问题,恐怕我们都要改变计划了。"

沈茵茵有些不知道该怎么说了,她觉得孙婉婷今天好奇怪,一向那么注重个人形象,连公司最八卦的员工都追不出一丝绯闻的她,怎么会主动将个人的隐私坦率地讲给她听呢？况且，预定好的婚礼不能如期完成，怎么说都是一件不太令人愉快的事，她为什么毫不避讳地让她知道？

好在孙婉婷很快就接过话头："好了，我这里没事了，你先下班吧。"她说着合上了文件夹，做了个准备逐客的动作。

沈茵茵默默地走出了孙婉婷的办公室，她心里疑惑不解，却又完全没有头绪，尽管孙婉婷从来不像林芷珊那样对她呼来唤去，只是拿"制度"、"原则"之类的来暗示她，充分展示了一个家教良好的女人应有的职业风范。但是沈茵茵总是隐隐约约觉得，孙婉婷从骨子里其实是不喜欢她的，甚至带着一丝居高临下的气息，说不上是同情还是鄙夷，这一点真的让她百思不得其解。

Chapter17
他的未婚妻

从表面上看，沈茵茵来到华威公司之后颇受重用，她的这份新工作进展十分顺利，而孙婉婷似乎也很看好她，每次都让她办一些简单又容易出成绩的美差，惹得公司里的其他员工又羡慕又嫉妒。

这一天，恰好是沈茵茵的生日，华威公司的人事部很有心地送了一束花，还有一张贺卡给她，充分体现了公司的人性化关怀。沈茵茵看着那一束红艳艳的康乃馨，突然想起在"德普斯"公司的时候，李辰逸装酷戴着墨镜抱着一大捧玫瑰来找她的情形，不禁微笑起来。

"笑得这么开心，想起什么美好的事情了？"孙婉婷不知何时站在了沈茵茵面前。

"没有，只是觉得公司太关心我们了。孙小姐有事找我？"沈茵茵连忙站起身，十分客气地问。

"原来今天是你的生日，"孙婉婷的眼神很奇特，她在沈茵茵的脸上扫了一眼，"但是很不巧，今天有个德国来的大客户意向在车展上订购车，他是我们公司很重要的客户，但是因为他的中国助理有事出差了，他想让我们帮忙接送一下，你出门跑一趟，负责接他到我们预定好的酒店。"

沈茵茵点点头，接过孙婉婷递来的地址，一看上面竟然写着一个十分偏僻的地址，连她这样土生土长的上海人都从来没去过。她有些疑惑，德国来的大客户怎么会去这样的地方呢？她正要发问，却不想孙婉婷先发制人地盯着她说："听清楚了吗？不需要我重复吧？"

沈茵茵勉强地笑了笑:"没问题。"

"那就不要耽搁了,速去速回。"孙婉婷旋身走开,姿态依然端庄优雅,像一只骄傲的白天鹅。

沈茵茵几经辗转,前往孙婉婷交给她的纸片上所写的地址,这个地方在上海远郊区,需要转乘两趟地铁,再继续坐两次转站的公交车,她在车上足足颠簸辗转了三个小时,还没有到达目的地。

公交车越走越偏僻,天边暗影低沉,山川如黛。沈茵茵试着按照纸片上的电话拨打过去,号码提示却是无此号码存在。她心里一阵纳闷,按说孙婉婷一般不会办错事情啊,况且这工作还是她亲手交给她的,应该错不了。无可奈何之下,她只好打电话给孙婉婷,但是正准备拨号的时候,手机突然没了信号!可能是地方太偏僻的缘故,中国移动公司强大的信号网络没铺过来。

沈茵茵一抬头,只见司机大叔有些着急地盯着她看:"小姑娘,下车吧,到终点站了!"

她这才发现原来车上的人早就下光了,只好下了车,一看顿时傻了眼,天啊……还真是一片人间少有的荒地,这种地方,鸟不生蛋啊!那德国客户怎么出现在这种穷乡僻壤的地方?不会是孙婉婷看错地址了吧?或者是她写错了?

江南繁华地,人间四月天,这时候的气候温差相当大。

沈茵茵四处张望着,身上只穿着白天出门时一套单薄的职业套裙,她只感觉全身发冷。四周一片荒地,树林影色参差,就像一个个鬼怪,张牙舞爪地向她直扑过来。黑暗中,不知道是什么东西嗖地一下从她脚边窜了出去,她浑身发冷,只感觉远处的草丛里一双亮晶晶的绿眼睛瞪着她。不会是狼吧?还是什么野兽?那动物似乎知道她胆小,又从草丛里窜出来吓唬她,这一次沈茵茵看清楚了,原来是只野猫!

等到她看见天空的一颗星升上月边,她直觉自己可能被孙婉婷骗了。

看来,孙婉婷是一早打定主意要让她来这里,她甚至算好了这里连手机信号都没有,沈茵茵不可能轻易向人求救。可是,沈茵茵怎么都想不通,自己跟她远日无怨,近日无仇,孙婉婷为什么要这么对待她呢?

Chapter 17
他的未婚妻

沈茵茵看着不早的天色，心想再等下去绝对不是办法，万般无奈之际，她想起了112临时救援电话。她正准备按电话，却发现手机信号极其微弱，连电力显示都亮起了红灯——刚按键就没电了！她心里不由得暗暗叫苦，今天真的是她的生日吗？简直就是走背运走到极致啊！

她只能沿着来时的路，慢慢地，一步一步地沿着公路向市区的方向走，心里祈祷着哪怕能够遇到一辆过路车或者装载车也行。四周一片黑沉沉的，时不时传来几声动物的叫声，让她忍不住汗毛直竖。

不知道走了多久，沈茵茵突然发现，突然远处的路上两道耀眼的车灯光照了过来，隐约可以听见有人在喊"茵茵——茵茵——"的声音。

在这样的时刻，哪怕是听到一个活人的声音，都足够让沈茵茵惊喜了，更何况，她对这声音的主人并不陌生，而依稀灯光中，那辆车的车牌更可以充分证明来者的身份，是他，他居然找到这里来了？

"William！"沈茵茵第一次深刻地体会到，当人处于自然状态所造成的绝境之下，当求生瞬间变为最渴求的本能愿望的时候，此前的种种情绪，诸如爱，恨，喜欢，厌恶……都变得那样微不足道了，虽然她曾经与莫之航之间有过那样剪不断理还乱的感情纠葛，此时此刻看到他的身影，她仍然发自内心地试图向着那温暖的灯光靠近过去。

"茵茵——我在这里！我看到你了，你站住不要动！"他目光锐利地发现了她的踪影，迅速开着车向她所在之处冲过来，汽车在隔她还有一米距离时候猛地刹住车，车门被打开，他一个箭步冲过来，紧紧地抱住她。

沈茵茵惊魂未定地抓住他强壮的手臂，眼泪滚落下来，一句话也说不出口，只是默默地哭泣。

他长长地叹了一口气，突然躬下身子，把头埋在她的颈窝里，肩膀抖了几下，才缓缓说："茵茵，今天……我快要吓死了。如果找不到你，我真的不知道该怎么办！"

沈茵茵心中一阵颤抖，手臂轻轻抱住他的后背，成串眼泪沿着脸颊落下来，她虽然有千言万语，但是完全没有办法表达。对于这个男人，她究竟是该爱他，还是恨他呢？他明明做过那么多欺骗她，对不起她的事情，她也曾经想过和他一刀两断，但是在这样危难的时刻，他却像天神一样降临在她眼前，给予她温暖和希望，那眼神里透出的柔情和关切，一如往昔。

他用力地抱着她，伸手抚摸着她的额头，带着一丝责备的语气说："你为什么总是这么容易上当受骗？就算你相信别人，难道连一点常识都没有吗？这么远的远郊区，怎么会有人在这里等你？她明摆着就是戏弄你，算计你，你却……"

沈茵茵被他劈头盖脸地一顿数落，她心里蓦然升起了一种不好的预感，难道……难道莫之航认识孙婉婷？不然的话，他所指的"她"除了孙婉婷还能有谁呢？他和孙婉婷如果早就认识，那么他们是朋友，客户，还是……夫妻？

这个念头从她的脑子里刚一闪过，就让她不寒而栗！

林芷珊的话在她耳边又响起来，难道说，孙婉婷的未婚夫就是——莫之航！是不是早在她踏进华威公司的那一刻，孙婉婷就已经认出了她，并且早已作好准备，亲自导演了今天这一出好戏，给她一点颜色看看？

难怪孙婉婷第一次看见她的眼神那么诡异，难怪她的态度总是那样不可捉摸，原来，她心里是这样痛恨着自己啊！

沈茵茵想到这里，整个人几乎快要窒息了，寒风拂过她的发，她不由得倒吸了一口凉气，脊背上沁出一阵冷汗，她将手臂在胸脯上用力压制着，一颗心快速跳动到了极限。但脚下已经站不稳了，身体颤抖得像一片风中的落叶。

她抬起眼睛看着他，带着质疑的眼神问："你怎么知道我在这里？"

莫之航没有立刻回答，但他的神情让沈茵茵更加坚信自己刚才的判断——他与孙婉婷之间的关系必定不简单，否则，他绝不可能知道孙婉婷今天对她的这一番恶作剧，更不可能从市区开车赶过来找她。

"你为什么不说实话？孙婉婷……她就是你的未婚妻，对不对？"沈茵茵强迫自己冷静下来跟他对话，"我和你的事情，她早就知道，而且她早就认出了我，所以故意设计来整我，对不对？"

Chapter 17
他的未婚妻

他这一次没有闪避,痛快地点头说:"是的。我跟她在美国留学的时候就认识,然后我们一起回国。之前我们是准备今年结婚的,在我遇到你之前……但是,遇到你之后,我才明白,其实我对她根本不是爱,只不过是因为我们在国外的时候彼此都太寂寞,我并不适合她,她也不适合我。"

"你的意思是,你已经不再爱她了?但是,如果我没看错的话,她却依然爱着你,你这样无故悔婚,对她是不公平的。"沈茵茵终于明白了,孙婉婷那天看着金丝手镯的表情中带着凄凉和无奈,原因正在于此。

他的眼神变得有些暧昧不清,低沉着声音说:"茵茵,我和她之间的关系,决不是你想的这样简单。你根本不了解她,她的野心和权欲……甚至远远高于我,但是很可惜,我发现得太晚了。我喜欢简单纯粹的人,我不想把自己下半辈子的幸福与这样的女人联系在一起,所以无论有没有你出现,我都不会和她结婚,这件事本身和你没有任何关系!更何况,她对我们所做的事实在太过分了!"

莫之航说这番话的时候,眸光阴鸷深沉,看得出他心中潜藏着无限的愤怒与不满。

"我不明白,她对我们做过什么?"虽然沈茵茵已经猜到了可能是那件事,但她仍然需要求证一下。

他目光炯炯地盯着她的脸,指尖从她的脸颊旁边轻轻地抚过去:"其实一切都怪我,我本来只是因为太珍惜你,珍惜我们在一起的时刻,才会留下那些印迹。可是没想到,她竟然早就COPY了我的电脑密码,趁我疏忽的时候拿到了我们的聊天记录,她知道我们要去巴厘岛,也知道欧阳诺文会去,所以安排人偷拍了你们俩的照片,又找来水军在网上散布谣言……她的目的本来是逼我出手做另一件事,却不惜连累一个无辜的人,害得你承受那么大的压力。如果她只是针对我,我并不会怪她,但她这次触到我的底线了。"

原来,网络事件并不是莫之航所为,真正的幕后黑手是他的未婚妻孙婉婷。

"你说的另一件事,与'德普斯'有关?"

"是的，茵茵，"他终于不再隐瞒，将整个事实真相和盘托出，"我们俩从国外回来之后，她就告诉我，她其实并不是她父亲的亲生女儿，只是收养的孩子，所以她根本得不到孙家的任何遗产，她必须靠自己打拼出另一片天地。我们各自去了不同的公司任职，但是我们私下成立了另一家投资公司，这家投资公司的模式与'德普斯'几乎没有分别，我所要做的就是将'德普斯'账面上的流动资金分期周转进入地下公司的账户，然后由她拿着这些现金进行项目投资或融资。通常'德普斯'那边的账目不会出任何问题，即使出了问题，我也有办法解决。那件事发生之前，她急需一笔资金，要我从'德普斯'转出四百万来，我没有答应。"

"为什么？你之前不是已经做过很多次移花接木的事吗？出了事情，你也可以找到像我和欧阳诺文那样的替罪羊，你多做一次少做一次又有什么分别？"沈茵茵终于忍不住了，毫不客气地说。

"那是因为，我再也不想和她一起做这种事了。"莫之航仰头看了一眼天际的星星，"我有时候觉得，我们之间不像是在谈恋爱，倒像是在做交易，这种生活不是我想要的。或许我以前认为钱很重要，事业很重要，可是却突然发现，这一切根本没有任何意义，我真正渴望的生活，无非是能够和自己心爱的人在一起，相濡以沫，无忧无虑，安度一生。"

"当你做那么多坏事之后，再来渴望这种生活，你不觉得是一种奢望吗？就像一张被染黑的白纸，要想回复到本来的颜色，是很难很难的。"沈茵茵顿了一顿，看着他紧蹙的眉头，"就好像发生那件事之后，你也没有立刻收手，一不做二不休，干脆搞垮了'德普斯'，名正言顺地回到你自己的公司去，继续赚你们的钱，你觉得这么做没有意义，又何必做？"

他冷静地看了看她，居然沉默了。

"你说话啊，你为什么不回答我？没有话说？还是因为自相矛盾说不出口？"沈茵茵追问。

他的眉头越发紧蹙，过了好半天才说："关于'德普斯'倒闭的事情，我只能说，是不得已而为之。'德普斯'在国外的总部已经涉嫌欺

Chapter 17
他的未婚妻

诈被几家公司追诉，中国公司自身的业务系统和管理系统也已经千疮百孔，破产是最好的解决方式。"

沈茵茵心想：你说得当然没错，"德普斯"不是你自己的公司，大家都是拿薪水干活，见死不救也说得过去。可是，如果就像你自己所说的那样，你对孙婉婷已经毫无感情，也不愿意再过以前那种为钱不择手段打拼的生活，那么又何必羁留在那间公司里呢？为什么不另觅别的途径？就凭你莫之航的实力，难道在业内还找不到一份高薪的工作来养活自己吗？说穿了，还不是因为对金钱的迷恋？

这些话，她忍住没有说出口。

沈茵茵的性格一直都是没有攻击性的，她觉得毕竟他今天是来救她的，她就算不感谢他，也没必要当面给他难堪。事情到了今天这一步，该知道的都已经知道了，所有的情况也都很清楚了。

"麻烦你送我回家，我不想一直待在这可怕的地方。"沈茵茵环顾了一下四周，提出要回去。

"好。"莫之航低声回答着，扭头就往车子的方向走。

沈茵茵赶上他，坐在了副驾驶座上，这是他们分手之后她再一次坐上莫之航的车，车里的味道很熟悉，却又带着一缕陌生感。

"孙婉婷为什么肯告诉你，是她今天故意把我支使到了这里？"她心里仍然有疑问。

莫之航见她追问，这才轻描淡写地解释说："我下午给你打电话，一直打不通，也许是第六感告诉我，你出了什么事。"

沈茵茵没有再问了，她知道他为什么会在今天给她打电话，因为今天是她的生日。而他为什么竟然会有那种奇异的感应，又是怎样怀疑到孙婉婷头上，逼她说出她对自己所做的事情，就不是她所能想象得出来的了。

"不要再去华威公司上班了，做市场不是你的强项，对你将来的发展也没有什么帮助。"他镇定地开着车，"我有很多朋友，我会另外介绍一份会计师事务所的工作给你，跟着他们做一定会提升你的专业水平。"

莫之航是不是太自信了？他们之间不是已经分手了吗？从什么时候起，他又开始自以为是地安排她的人生了？

沈茵茵下意识地皱了一下眉头，说："我没有打算辞职。"

他握着方向盘的手不经意地抖了一下，加重了语气说："你这又是何必？既然她摆明了会针对你，你留在那里只会让自己难堪。听我的话，不要跟自己赌气，换一份工作，对你将来会有好处。"

"第一，不管她怎么对待我，我都会继续努力工作，因为这份工作是我自己找来的，不是她赐予我的；第二，华威市场部这份工作我很喜欢，我刚接手了很多国际车展的事务，我不想让客户们觉得我是一个不负责任的人。"她很冷静地说，"车展马上就要开始了，即使我辞职，也不能在这个时候。"

听到她的话，莫之航彻底沉默了，他不再说话，脚下却用力踩下了油门。

一路上，他的态度并不好，但是她能够感觉到，他其实还是关心她的，有一种奇异的感觉，沿着她的心，一丝一缕地蔓延到了全身。

因为一直在走路，加上没有吃晚饭，她觉得有些累，不知不觉微微闭上了眼睛。等到她感觉莫之航停下了车，睁开眼睛却发现并不是自己家门口那条马路，而是他家楼下的地下停车场。

"谢谢你，我要回家了。"她假装没有看见他的表情，从另一侧下车。

莫之航依旧很绅士地下车，走到这边替她开门，沈茵茵全无防范，却没想到他竟然迅速低头吻住她的唇，趁她惊魂未定的时机，一把将她拉入了车库直升电梯，并伸手按下了他家所在的楼层。

她全力挣扎，却发不出任何声音，加上几乎一整晚都在郊区里行走，根本没有还手之力，就被他轻而易举地拉进了家门。

"茵茵……我真的很想你，这段时间以来，我都不知道自己是怎么过来的，我不能没有你……"他用一双手臂紧紧抱住了她的肩膀，俯身吻住她的唇。

Chapter18
车祸

  沈茵茵走到孙婉婷的办公室门口,很客气地敲了一下门,手里攥着昨天孙婉婷给她的那张纸条。
  "进来。"孙婉婷连头都没抬一下。
  沈茵茵很心平气和地走进去,将那张纸条放在她的鼻子底下:"我想请问,这个地址和电话是不是写错了?我昨天去了那边,客户的电话打不通,而且地方不是一般的偏僻,根本没有人烟。"
  "这个问题,我想已经没有必要向你解释了。我只想知道,你昨天怎么回来的?"孙婉婷的声音低沉,眼睛盯着沈茵茵。
  昨天怎么回来的?沈茵茵想起昨天的事,心里就像打翻了五味瓶,本来应该是幸福快乐的一个生日,竟然搞得乱七八糟。
  她抬头与孙婉婷对视,眼神中带着几分从未有过的犀利,缓声说:"是您的未婚夫,莫之航先生接我回来的。"
  孙婉婷果然被这句话激怒了,她狠狠地盯了沈茵茵一眼:"看来他已经把所有的事情都告诉你了?"
  "你们之间的那些事,比如说浦西那家新开的投资公司……我想你应该不希望很多人知道吧?"沈茵茵突然压低声音,露出一丝淡淡的笑容。
  "你——"孙婉婷显然被吓了一跳,有些气急地说,"你想怎么样?"
  沈茵茵平静地看着她说:"我不想怎么样,我只想安安静静地工作,不希望被人家拿来利用,更不希望成为某些人私心利益驱使之下的牺牲品。之前的事情我可以不计较,但是从这一刻开始,我不会再默默接受任何毫无道理的刁难。"

"看来，你今天不是来向我辞职的，而是来宣战的？"孙婉婷脸色一冷。

"我为什么要辞职？犯错的人并不是我，在华威公司我没有做错任何事。如果你还要以老板或上司的名义来给我制造麻烦，我一定不会忍气吞声的。我会离开华威但肯定不是现在，现在我手里的工作还没有做完，我必须对信任我的那些客户们负责。"

"好冠冕堂皇的理由！不如直接说你想要多少钱吧？五万块够不够？顶你半年的工资了。"孙婉婷冷笑了一声，伸手就要开支票。

沈茵茵却摇头说："我不要你的钱，只要在我离开华威公司之前，我们能够保持正常的工作关系，这就足够了。"她并不笨，早已猜到孙婉婷会使出各种威逼利诱的手段来封住她的口，但是她也早就想好了对策，她不怕孙婉婷。

"你不要敬酒不吃吃罚酒。"孙婉婷的眼底有种即将爆发的隐隐怒气，看起来有点恐怖。

"孙小姐，中国是法制社会，你不用这样威胁我，况且知道这些内幕的人远远不止我一个。我的要求并不高，留在华威对你也没有任何威胁，我只希望我们之间的事情到今天为止，你不要再把我当做假想敌。"

孙婉婷盯着她看了足足三分钟，才将双手撑过桌子，轻声问道："你觉不觉得，我们俩其实长得很像？"

沈茵茵被她这么一问，不禁愣了一下，她和孙婉婷完全是两种气质的女人，何来相像之说？她从来都没有认真注视过孙婉婷，此刻只好把她仔细看了几眼，如果硬要说相似，顶多也就是眉眼吧，两人都是弯弯的柳叶眉和大眼睛，脸部其他的地方实在差别很大。

她将目光看向窗外，声音不大却很清楚地说："我觉得我们一点也不像。我和莫之航之间的事，也早就结束了。"

孙婉婷迎着她的目光，淡淡地说："是吗？既然你非要留在华威不可，还说是为了公司着想，我有什么理由阻止你？你的条件我暂时可以接受，不过别怪我没提醒你，东西可以乱吃，话不可以乱说，一旦违背

Chapter 18
车祸

诺言，每个人都会为他狂妄无知的行为付出代价的。"

沈茵茵听到她这么说，终于松了一口气。

她从来没有尝试过利用手里的东西来要挟别人，但是这一次她居然成功了，不管孙婉婷心里有多么不爽，至少她答应了她的要求，只要孙婉婷在这段时间里不再针对她，两人相安无事，她便心满意足。经历了昨天晚上的事之后，她已经从心底里对莫之航产生了一种排斥感，他越是对她坦白，她越是觉得他不可相信。

下午，公司开会的时候，孙婉婷点名表扬了沈茵茵，说她最近表现出色，号召公司新员工都向她学习。

沈茵茵没想到情势转变得如此之快，心想孙婉婷果然不再难为她了，她只求不挨批就谢天谢地了，孙婉婷做戏未免也做得太过火。看着孙婉婷表扬她的时候露出的红一阵白一阵的笑脸，她忍不住替她难受，此刻孙婉婷的心里一定如同在煎锅上炸，恨她恨得牙痒痒吧？

几天之后，孙婉婷随便找了个理由回总公司去了，她来华威公司的时间也逐渐变少，有了孙婉婷的当众"肯定"，加上沈茵茵本来就有会计基础，对市场方面的工作也很有天赋，她在华威公司里做得还算顺利。

这天恰好是周末，沈茵茵在家里刚睡醒，就被沈妈叫着陪同去逛街。

沈妈看上一件米色风衣，正在身上试穿，沈茵茵听见电话响起，一看是宁曦打来的。

"茵茵……"沈茵茵听见电话那边是一阵哭声，就感觉事情不妙，一定是出了什么事，宁曦为什么总是会为感情的事情流眼泪呢？

"茵茵，他回来了！"宁曦在电话那边还是止不住地哭。

"谁？"沈茵茵一时没回过神，谁回来了？

"张伟东啊。"

"什么？他回国了，又来找你了？"沈茵茵赶紧走到一个僻静的角落，商场的乐声有些吵。

"他说他后悔了，他想跟我在一起，可是……"宁曦欲言又止。

沈茵茵有些发愣，她不是很喜欢张伟东吗，如果他回心转意那自然最好，她还有什么可犹豫的？

很多事情我没对你说，我和张伟东分分合合四次，每一次都把自己弄得遍体鳞伤，不吃不睡，进医院打点滴度日。胃在那个时候就落下了病根，仿佛他在我身体上下了符咒一般，接到他的电话，我心里还是高兴的，胃却一阵阵抽搐……

"真的假的？我怎么从来都不知道？"沈茵茵一下懵了。觉得全身的血都在上涌，她们朋友一场，她居然从来不知道这些事，记得以前宁曦说不舒服的时候，她还强拉着她出来喝酒……还有上次张伟东出国的时候，她憔悴成那样，原来也是身体不舒服……难怪她会昏了头一样地爱上那个不靠谱的摄影师，试问一个女人三番五次遭受到切身之痛，还能指望她有多大的勇气去拒绝一个给予她温暖的人？她以前真的是太不理解宁曦了。

想到这里，沈茵茵不由得一阵心痛，对着电话说："你在哪儿？我马上过来看你。"

"我在医院，医生要我住院休养。"宁曦气若游丝地说。

"等着我，我这就过来。"沈茵茵一边擦泪，一边回头找沈妈，跟她打招呼。

宁曦在医院躺了三天，被沈茵茵和李辰逸接回家，继续闭门休息。

然而，就在这个时候，李辰逸告诉沈茵茵一个惊人的消息，张伟东这次回国根本就不是为了宁曦来的，因为他们家收到了张伟东父母发的结婚喜帖，张伟东马上要和一个重要人物的女儿结婚了。

沈茵茵不敢把消息告诉宁曦，怕她受不了这个打击。对于宁曦来说，张伟东的归来刚让她对过往受到的伤害释然了，现在这张喜帖，可以说是又在宁曦的伤口上撒了一把盐。

李辰逸跺脚大骂了张伟东无数遍，恨不得把他撕碎了再煮熟了然后去喂狗，还嚷着说这个婚礼他必然是要去的。

Chapter 18
车祸

张伟东结婚那天，李辰逸带着沈茵茵两人一起杀过去了，婚礼确实很豪华，人潮拥挤，半晌才迎来了新婚夫妇，新娘长得还算清秀，只是嘴唇薄，涂上口红后显得有些老气，看上去比张伟东要大好几岁。

李辰逸端着酒杯，皮笑肉不笑地踱步过去祝贺："老同学，恭喜你，留洋几年发达了，都不认得我们了。"

张伟东看看他们身边，确定宁曦没有来，仰头干了一杯酒，带着一点春风得意的表情笑着说："哪里哪里，你们两个才是我们学校的风云人物，我敬你们一杯！"他一副老同学见面分外亲热的模样，主动端起酒杯仰头一饮而尽。

"你忘记了，不止我们俩，还有宁曦，当年也很活跃哦！可惜她今天身体不舒服不能来，我代替她向你和新娘子表示祝贺！"沈茵茵举起酒杯，心里只替宁曦不值，她的人生几乎被他毁掉了，难道他对她没有一点愧疚之情吗？

张伟东眉头猛地锁住，手里的酒杯颤了一下，才说："哦，是啊，谢谢她的祝福，我也敬她一杯。"

站在旁边的新娘大眼闪烁，面带狐疑之色盯着张伟东，似乎感觉到了他们对话中的那一丝怪异气氛。

"不管怎么样，你也算是海归了，当年你走的时候我们还真是舍不得，说肝肠寸断也不为过……不过看你现在这么荣耀，你的选择也算值得！"李辰逸话中有话地说。

张伟东的脸刷地红了，新娘似乎察觉出了什么，有点不高兴地瞪了沈茵茵和李辰逸一眼，拉着张伟东就走。

天色渐渐黑了，结婚仪式和晚宴即将开始，沈茵茵和李辰逸根本没有心思吃饭，两人打算提前回去，刚走到停车场，却见新郎张伟东匆匆忙忙地追赶过来。

"李辰逸，我知道你们两个是宁曦的好朋友，之前的事情是我不对，可是我实在没办法娶她，请你们原谅！"张伟东低头道歉。

"你又不欠我们的，我们原谅你干什么？你自己向宁曦说吧。"李辰逸拉着沈茵茵扭头就走，语气里全是讽刺。

李辰逸发动了汽车，沈茵茵想起张伟东兴高采烈的表情，心里只觉得一阵凄凉。

她扭过头看着车外的街景，突然前面两道白光打了过来，一辆车径直冲着他们的车撞过来！

这突如其来的变故几乎让沈茵茵吓出一身冷汗，好在李辰逸车技娴熟，他迅速地往右转，避让开了那辆车，车身被对方狠狠地擦了一下，整个车身都震颤了，只见黑暗中，那辆黑影迅速疾驰而去。

沈茵茵屏住呼吸，刚刚那一撞把她的心脏都快要震出来了，所幸没事。她扭头看着李辰逸，只见他的额头上布满了细细的汗水。

李辰逸皱着眉头，半晌才说："我们恐怕被人盯上了。"

沈茵茵也吓得不轻，马路那么宽，刚刚那辆车显然是故意撞过来的，目标正是他们这辆车。

"所以呢，我们要打起十二分精神，千万不要迷失了方向！"李辰逸显得格外镇定，面上还带着淡淡的微笑。

"李辰逸，幸亏有你在我身边，不然我真要吓死了。"沈茵茵不知道为何，张口就是这句话，一把抓住他的胳膊。

"我倒是突然有一种你与我生死相随的感觉。"李辰逸吃吃地笑道。

沈茵茵缩了缩身体，赶紧系好了安全带，她第一次意识到死亡离自己这么近，如果那辆车真是冲着他们来的，他们的目标会是谁呢？李辰逸一向贪玩懒散，不至于有人找他寻仇，看起来目标倒像是她了。

"李辰逸，我觉得他们是冲着我来的。"沈茵茵仰起头看他，"你以后最好离我远点。"

"就你？你一个小文员，谁会跟你结梁子啊？我倒觉得是我的问题。最近我们事务所代理的一个商业案件，我查到了很多线索，里面涉及的人也不是好惹的。"李辰逸眼睛直视前方，他在律师界已经混了不少日子，自然知道水有多深。

"你得罪了谁了吗？"沈茵茵吃惊地问。

"那倒是没有，不过我那个案子很重要，对方那边很紧张。"

Chapter 18
车祸

"是什么案子？"

"一个职业病的案子，香港一家珠宝来内地办厂，因为环境指数不达标，让工人们在切割珠宝的时候都感染上了尘肺，他们谎称工人们患的是肺结核，其实不是这样的。我们这边就是那些工人的代表律师。"李辰逸随口解释了一下。

沈茵茵虽然不懂法律这方面的问题，但是她知道，这件事情估计很难办，不由得问他说："你真的能帮助那些可怜的工人吗？对方既然敢做这么伤天害理的事，说明他们根本没把别人的生命安全放在眼里，做什么都有可能的。"

"你在替我担心？你从什么时候开始这么关心我啦？我真的好感动。"李辰逸侧过脸看着她担忧的神情，伸手刮了一下她的鼻尖，开着玩笑说。

"我才不担心你，你那么厉害，车技又好，又能当律师，人又帅，简直无所不能，哪里需要别人替你担心啊！"沈茵茵开心地笑了，将脸看向窗户外。

"你放心吧，我不会让你担心的……"他发现沈茵茵突然沉默了，不由得好奇地转过头。

沈茵茵的脸色看起来很奇怪，她盯着不远处停着的一辆车和一个人，眼神异常复杂。那个男人看起来很酷，戴着墨镜，似乎在路边等人，这时候正朝他们的车看过来，因为车窗是打开的，车内的情况被他一览无余。

"他是……莫？"李辰逸很快就反应过来。

"我不认识他，快走！"沈茵茵迅速扭过头，按键合上了车窗，催促李辰逸赶快离开。不知道为什么，她现在只要看到莫之航的身影，就会产生一种极度惶恐不安的情绪，连她自己都说不清这是一种怎样的感觉，也许是潜意识中的安全感作用，她总是在强迫自己离这个男人远一点，再远一点，似乎只有脱离他的视线领域，她才能够平静下来。

Chapter19
她想干什么？

自从上次与李辰逸一起遭遇意外"车祸"事件之后，沈茵茵变得格外小心，她心头总有一种不安全感，独自乘电梯、过马路的时候特别注意，简直如履薄冰。

这天，孙婉婷难得来到了华威公司，并且第一时间就把沈茵茵喊进了经理办公室。

"这次车展的年度企划案，蔡德说你有一个很新鲜的想法，不妨说说看？"孙婉婷优雅地端着一杯咖啡，盯着沈茵茵说。

沈茵茵虽然心中严重怀疑上次意外与这个女人有关，但是苦于没有证据，也不能将她怎么样。从孙婉婷的表情和言谈中，她无法判断这件事的幕后主使人究竟是不是她，她甚至有点后悔自己当初的冲动了，明知道她不好惹，何必去惹上她呢？但是，就算她真的忍气吞声，孙婉婷肯就此放过她，不再与她为难了吗？在目前这种情形之下，她只能铤而走险，自己保护自己。

"关于车展，我的想法并不成熟。"沈茵茵觉得有些意外，当时她提出这个想法的时候，遭到了蔡德他们的一致否决，认为不太可行，孙婉婷居然会认可这个想法，太奇怪了。

"我和蔡德的判断标准不一样，你是不肯说？还是根本没有做过策划，只是信口开河？"孙婉婷放下咖啡，脸色很难看。

"之前我有做过策划案，但是因为蔡德他们的意见和我的不太一致，我想大家不会接受，如果没有团队合作的话，就算有想法也是实施

Chapter 19
她想干什么？

不了的，我在这方面没有任何经验，所以没有进一步跟进。"沈茵茵实事求是地回答，"如果当时他们没有一票否决的话，我会继续做下去的。"

"先做完再说，也许我会给你一些帮助。"孙婉婷眼神闪烁。

"好，我做完之后会发邮件给您。"

"时间紧迫，最好明天一早就把策划案给我，OK？"孙婉婷盯着她，做出了进一步的要求。

"没问题。"沈茵茵点点头，随即旋身出去。

这一天晚上，沈茵茵几乎通宵没睡，加班加点地做车展新策划案。

沈茵茵熬了一个通宵，终于把企划案做了出来，发邮件交给了孙婉婷。

孙婉婷上午来到公司立刻就找到沈茵茵，问她说："企划做得很好，那么其他预算呢？"孙婉婷指着上面不菲的价格，"你算过盈亏平衡没有？"

"有。除了公司的预算之外，我想我们还可以考虑举办一个活动，在车展上对不同的商家做一次明星车系评比，虽然是个噱头，让他们每一位商家都有奖拿，但我们可以额外收取一些赞助费。各种名目的奖项对于消费者来说，是一个有趣的互动，对商家来说，也是对他们品牌的推动。"沈茵茵已经做过市场调查，她想联合几家车商做一次名副其实的活动，同时对参赛车商颁奖。一个奖杯才多少钱？但是收到的赞助费却是不菲的，而且必然带来共赢。

孙婉婷似乎没有想到作为新人沈茵茵竟然第一次就可以拿出这么完美的企划案，她倒吸了一口气，说："很好，这个案子你继续跟进，我会让蔡德他们全力配合你，有任何问题都可以直接找我。"

下午，公司开会宣布年度国际豪华车展的企划案已经定下来，正是沈茵茵提供给孙婉婷的那一份，整个企划案的总负责人是蔡德，沈茵茵只不过是其中一个微不足道的工作人员。

"华威本年度的车展主题是——奔腾的生命，相信到时候规模一定十分宏大！"蔡德自信地做着报告，"同时我也要向孙小姐表示感谢，这次企划非常成功。"接着蔡德又对企划案发表了一下自己的意见，按照沈茵茵的想法，稍微润色了一下。

沈茵茵看了一眼孙婉婷，发现她嘴角带着一缕冷笑，而且似乎在刻意回避着她的眼神，沈茵茵顿时明白了，心知肚明这一切是孙婉婷搞的鬼，她宁可把蔡德请出来做代言人，也不肯让大家知道这份企划案的原始创意人其实是她。

孙婉婷对她的仇视，从来都没有减少。

沈茵茵假装若无其事，随着大家一起为蔡德的精彩发言鼓掌，甚至还露出一个淡淡的微笑。她并不在乎这件事功劳落在谁的头上，毕竟通过这件事，她知道了自己原来还有这样的策划能力，也算是赚到了，没有白来华威公司市场部一场，也许每一个职场女性似乎都要经历这一番历练吧！

开完会，沈茵茵约了李辰逸，她独自在咖啡馆等了好久，依然不见李辰逸的踪影，她忍不住给他打电话，那边不停地说："您所拨打的电话正在通话中……"她挂了再打，仍旧是如此。

李辰逸到底在忙什么？竟然一直在通电话。

她心里有点不好的预感，喝了一杯冰咖啡，还是觉得口渴，终于等到了李辰逸的回电，那边传来一个沙哑的声音："茵茵……"

"李辰逸，你怎么还不来？"沈茵茵不由得追问。

"今天公司事情太多，我抽不出空来，你先忙，我有空再跟你详谈。"

"可是……"沈茵茵还没说完，电话突然挂断了。

她隐约听见里面有一个奇怪的男声，似乎电话是被人抢走的一样，想到上次车祸的事，沈茵茵心里不禁更加害怕了。李辰逸平时不是这样的，他从来不失约的，难道这次真的惹上麻烦，踩到地雷了？

沈茵茵捧着咖啡杯发了一阵呆，对于李辰逸，她不知道自己是什么感情，似乎介于友情与亲情之间，但绝对不是爱情。他是她的好朋友，好兄弟，总之在她最落魄的时候，他总是义无反顾地站在她身边，帮助她，尊重她，守护她。有时候她甚至觉得李辰逸对她的感情很奇怪，是出于别的感情，还是这么多年来的呵护照顾遗留下来的习惯呢？他太尊

Chapter 19
她想干什么？

重她，哪怕一个小小的动作，微妙的眼神，他都会适可而止，那种有所保留的感情，让她不敢尝试……对于他这份感情，她很珍惜。

沈茵茵胡思乱想了一阵，刚坐上返回公司的公交车，手机里莫名其妙地收到了一条陌生来电，她犹豫了一下，接通。

"请问你是沈茵茵吗？我是李辰逸的爸爸。"电话那边声音格外沧桑，带着一种慈父的感觉。

她登时一愣，李辰逸的老爸，天呀，就是他那个做生意的老爸？他老爸怎么会有她的电话号码呢？虽然他们是好朋友，但是李辰逸从来不让她们去自己家，更不用说见他的父母了。

"我是。叔叔您好。"

"李辰逸出事了，你知道吧？"李父叹了一口气，语气既伤心又无奈。

沈茵茵的身体猛地一颤："我不知道，刚刚他给我打电话的时候突然断线了！他怎么了？"

"我刚接到消息，说他涉嫌做伪证被暂时拘留了。我生意太忙，也不清楚他平时的情况，所以想通过他的朋友了解一下他的社会交际圈，也好找人帮忙处理下。"李父叹了口气。

做伪证？李辰逸自己就是律师啊，他应该知道律师涉罪的后果是吊销律师执业执照，怕是永远都进不了律师界的门了。而且这件事听起来很蹊跷，难道与之前李辰逸说的那桩案件有关？李辰逸居然被拘留了！他是被人设计陷害的吗？他现在是不是很害怕，很担心，等着他们帮忙还他一个清白，救他出来？

"我知道他最近接了一桩案子，他说这件事有点麻烦，之前我们还遇到过一次意外事件……"沈茵茵说到这里，声音突然哽住，眼泪像是断了线的珠子一般掉下来，"李辰逸的事就是我的事，我一定全力配合您！"

"谢谢你，这样好吗？我在浦东皇冠酒店一楼等你，我们见面详谈。"李父很急切地说，"我带着律师一起来。"

沈茵茵离开浦东皇冠酒店的时候，已经将近晚上八点了。

她沿着长长的江滩，一个人慢慢地走着，她心里本来就十分烦躁，看着路旁忽明忽暗的灯火，街头的一名流浪歌手突然唱起了哀伤的歌，她往他的破琴箱里扔了一张钞票，然后大步向着附近的地铁站走去。

忽然之间，她眼神一个恍惚，一辆车在她身边停了下来，莫之航从车里走下来。沈茵茵心里一惊，她想起那天晚上的事，想要夺路而逃已经来不及，他静静地站在她面前，挡住她的去路。

"我知道你正在担心你那个好朋友李辰逸，你如果想知道更多的事，就跟我上车。"他压低了声音说。

沈茵茵心里一阵警觉，莫之航怎么会知道这件事？她看了看身旁来来往往的人群，淡淡地说："我不会跟你走的，有话你就在这里说吧。"

"这里不方便说话，李辰逸的事情只有我知道，他父亲帮不了他。"他眼神犀利地盯着她，"你现在不愿意理我也没关系，但是你千万不要把自己卷进去。如果有什么事，随时打电话给我。"

沈茵茵睁大眼睛，莫之航怎么会对这件事这么清楚？难道李辰逸所说的那个香港珠宝公司与他有关？她忽然想起来，他和孙婉婷不是有一家投资公司吗？只要查一查他们的公司与香港公司的关联，就知道他们有没有关系了！或者，李辰逸这件事根本就是一场阴谋，莫之航和孙婉婷又合伙在幕后干了什么坏事？

她全身充溢一种不可言说的愤怒感觉，之前的事情她可以不计较，如果说这一次李辰逸的事真的与他们未婚夫妻两人有关，那么她一定不惜代价，把她所知道的他们那些事情都抖露出来，让他们再也没办法在这圈子里招摇撞骗！当然，目前最重要的，就是先把李辰逸的事情弄清楚！

沈茵茵想到这里，将心底的愤怒死死压抑住，她抬头看他一眼，加快脚步从人行道穿了过去，所幸的是，莫之航并没有追上来。

Chapter20
再见又如何

沈茵茵回到家里，第一件事就是上网查询李辰逸这个案件的关联公司。

今晚李父告诉她，已经设法派人去保释李辰逸出来。他们联系了李辰逸事务所的朋友，大家对于他的事情都讳莫如深，只有一个叫做阿亮的实习生告诉他们，李辰逸在审判庭上陈词的时候，证人竟然当场翻供，连受害人也如是说，同时他们竟然在法庭上对李辰逸反咬一口，说他暗自唆使他们共谋做假证。

李父与律师怀疑有人收买了证人和被害人。因为据查那家香港珠宝公司现在只是一个空壳，根本没有太强的赔偿能力，被害人就算胜诉也不见得会拿到太多钱，证人就更不用说了，他多年前在公司里做检察员，生活很是窘困，自然容易被收买。现在受害人和证人同时翻供，虽然没有更多证据证明李辰逸是做假证，但是暗地指使的人绝对不会放过他。这件事显而易见是那家香港公司故意栽赃陷害，而对方的目标很明确：就是要让他们所在的律师事务所停止为那些工人做代理。

沈茵茵总觉得这件事不简单，尤其是莫之航的言行更让她心生疑窦。

她毕竟是财务专业的高才生，顺藤摸瓜下来，果然发现了一个重要的讯息——那家香港公司曾经在某一年与华威公司有过极为密切的合作，不排除两家公司之间有互相掌控股份的可能性。她心里顿时清楚了七八分，看来，这件事不仅与华威公司有关，也可能与孙婉婷、莫之航二人有关。

沈茵茵正在思索下一步该怎么办，宁曦给她打电话来了。张伟东举行婚礼的事情终于还是让宁曦给知道了，而那位摄影师也彻底和她摊牌了，他表示自己不可能跟她结婚。

"茵茵，你知道李辰逸这几天在干什么吗？我有点事情找他，但总是打不通他的电话，打去他公司，同事都说他没来上班，不清楚人去了哪里。"宁曦的语气有点焦急，六神无主。之前幸亏李辰逸的帮忙，她才能找到一份网络兼职摄影师的工作，活儿不重，薪水还不算低，这份新工作也是为了让她有个新的开始。

"他……有事去外地出差了。"沈茵茵不想让她跟着担心，只好撒了个谎，然后紧接着问，"你自己怎么样，考虑好了吗？"她指的是宁曦怀孕的事情。

"茵茵，我没事。其实感情这件事，没什么是过不去的。属于我的总会在某个地方等着我，不属于我的，想留也留不住。"

"我不知道该怎么劝你，因为我自己也不算一个感情的成功者，但我能感觉到孩子带给你的幸福。"沈茵茵叹息，她有很多话她想对宁曦说，却吞吞吐吐欲语还休，这个时候她不想影响孕妇的心情。

"你有心事对吗？是不是与那个叫莫之航的人有关？"宁曦很好奇地追问。

"小曦，你相不相信有人可以做很多坏事，但是做得一点痕迹都没有？"沈茵茵沉吟了一下。

"我相信天网恢恢，疏而不漏。"宁曦轻声回答，语气微冷，"这种人迟早会有报应的。"

"莫之航今天找我，说他知道一件事情的内幕，而这件事对我来说很重要，关系到一个朋友的安危。可是，我真的不愿意再看见他。"沈茵茵心绪烦乱，大略将事情经过对宁曦吐了一下苦水。

"我不知道你说的是什么事，但是我很奇怪他居然还会找你，一个男人如果对你完全没有兴趣，他根本不会在意你的任何事情，更何况是你的朋友啊？这样看起来，他对你还是有感情的，而且之前那些不利于你的事，我总觉得不会是他自己做的，这样对他根本没有任何好处。"

Chapter 20
再见又如何

宁曦的话,听起来简直像是在为莫之航做辩护,但是每一句似乎都有点道理。

沈茵茵吸了一口气:"那件事确实不是他做的,但是跟他有关系,是他未婚妻做的。"

"原来是这样,那就更容易理解了!"宁曦仿佛情感分析专家一样,帮她做着推理,"也许之前莫之航确实对你不过是只有好感,但是后来他真的喜欢上你了,所以那个女人出于妒忌或者其他理由,逼迫他离开你,但她没有达到目的,所以不择手段。莫之航那边呢,一方面失去了喜欢的人,另一方面被前女友摆了一道,如果你是他,你还会跟那个女人在一起吗?我告诉你,稍有血性的男人都不会轻易咽下这口气的,他之所以还肯来找你,八成是因为他看到那个女人的自私与狠辣,他们之间肯定没戏了。"

"你的意思是,他们之间现在的关系其实很僵?可是,他们明明还在一起啊。"沈茵茵仿佛突然开了窍。

"你用脑子想想,如果莫之航觉得那女人做得对,他要趁此机会和她重修旧好,又何必回头来找你?如果说他们表面上还在一起的话,恕我把人想得再复杂一点,"宁曦有些恨恨地说着,"也许他是在逢场作戏,准备给那个女人一点颜色看看也说不定。男人不都是这样的吗?"

听完宁曦一席话,沈茵茵突然觉得,她之前是不是把莫之航想得太邪恶了?林芷珊临走之前对她说的一席话,她一直认为可信度高达百分之百,她为什么没有想到过林芷珊其实也有可能是痛恨莫之航的,她的话也不一定都是事实?而孙婉婷更是一只深藏不露的狐狸,她对沈茵茵的痛恨不言而喻,对她的态度和行为从来都谈不上友好,他们的话,她居然都当真了?况且,正如宁曦所说,如果莫之航真的是一个彻头彻尾的坏蛋,他现在的一些行为确实难以解释。

这个夜晚,沈茵茵一直坐立不安,她担心李辰逸的情况,他究竟怎么样了?

李父一直与她保持着密切联系,刚刚又打来电话,说他和律师已经查出了证人的住所地,正往那个证人居住的小区里去。他说这次,准备先探探证人口风，只要可以让证人说实话，他什么都愿意做。然而李父的行程并不顺利，到了证人家之后，他们只看见孤儿寡母老弱妇孺，原来那名证人自从在法庭上翻供之后，就再也没回来过，连他们一家都不知道去向，线索几乎全部中断了。

沈茵茵听着李父愁苦的叹息声，料想他这两天来一定很是担忧憔悴的样子，想着李辰逸平日里对她的好，她再也按捺不住了。

夜色浓重，天空沉得一颗星星都看不见，时钟已经指向夜晚十一点了。

沈茵茵握着手机，一遍又一遍地踌躇，她知道李父目前正是心急如焚的时候，她必须要把李辰逸救出来，他每被多关押一日，她就一日不得安宁。她犹豫了半晌，终于拨通了那个曾经无限熟悉的号码。虽然她发誓过再也不要打通这个号码，可是想到李辰逸，她觉得无论如何都必须弄清楚真相。

"茵茵，我知道你一定会打给我。"电话那边，莫之航的声音很清晰，他显然也没有入睡。

"你知道的，我找你是为什么事。"沈茵茵语调僵硬，不由自主地紧张起来。

"李辰逸的父亲这时候一定在想方设法为他洗脱罪名吧？"他倒是很镇定。

"他是我最好的朋友，我一定要救他出来。如果你手里有能够帮助他的一些证据，我希望你能够……帮我……们。"

"我没必要帮一个素不相识的男人，如果要帮，也仅仅限于对你。"莫之航的声音听起来有些冷漠无情，沈茵茵甚至可以听到他房间内悠扬的蓝调音乐。"茵茵，你不用太担心，既然你开口找我，我会想办法助他父亲一臂之力。但结果不是我能控制的，我只能说尽力而为。"

"谢谢你，"沈茵茵咬了一下嘴唇，"如果李辰逸能够平安出来，以前的事……我都不会再跟你计较。"

莫之航听到这里，竟然在电话那端笑了一声说："是吗？就算你不计较，我却是要计较的，否则我何必做这么多事？不如我们来做一个约定吧，如果李辰逸能够出来，你到我家来给我做一顿饭，怎么样？"

他居然还有心情开玩笑，沈茵茵斟酌了一下，才不置可否说："只

Chapter 20
再见又如何

要他没事，我想我们可以至少重新做回朋友。"

"一言为定。"莫之航很爽快地承诺。

沈茵茵拿着挂断的电话，迟迟没有挪动姿势，从这个电话开始，她心中的天平有些倾斜了。

次日，李父很兴奋地打电话给沈茵茵，告诉她那个关键的证人找到了，律师正在积极活动，李辰逸很快就可以被保释出来。

沈茵茵总算松了一口气，她刚准备下班回家，却收到了莫之航的短信："你朋友没事了，记得你答应我的事情，我会在家等你。"

她像往常一样，踏上了前往莫之航家的路线，只不过这一次的邀约让她觉得很纠结，似乎离莫之航近一点，她浑身的细胞就要挣扎一次。

沈茵茵走到他家门口，刚刚准备按下门铃，门突然打开了，迎面而来的是莫之航熟悉的面容。

她低着头走进去，发现餐桌上已经摆好了各种各样的菜式，烤鸭，鸡汤，茄子煲，蘑菇笋片，很多都是她喜欢吃的菜，莫之航不会做饭，这些菜想必是他请钟点工阿姨提前做好的。

"茵茵，过来吃饭。"莫之航一副主人的姿态，很绅士地给她拉椅子。

沈茵茵坐在餐桌前，看着他开了一瓶红酒，倒进两只高脚杯里，除此之外，他还特地从冰箱里拿来一瓶她最喜欢的冰冻柳橙汁，给她倒了满满一杯。这种情形让她不觉有些恍惚——他们有多久没有这样好好地坐下来吃一顿饭了？如果不是因为那件事，她还会一直被他蒙在鼓里，虽然现在这种关系很让人难受，但毕竟她是明白的，不再是一个任人欺骗和摆布的道具。

"你记不记得，我们是怎么走到一起的？"莫之航放下红酒，带着淡淡的笑意。

"别说了，那么久以前的事情，我都忘了。"沈茵茵打断他，"我今天来，只是因为你帮我救了李辰逸，不是来听你叙旧的。"

"那你想知道，我当初是怎么注意到你的吗？"他自说自话。

"我没兴趣知道。"沈茵茵垂下头。

"你不想知道我也要说,我喜欢的女孩子就是你这种类型,从始至终都是。"莫之航喝了一口红酒,看着沈茵茵道,"我跟孙婉婷,是在美国留学时候认识的,那时候我觉得她很单纯,很可爱。"

孙婉婷!

沈茵茵心头如小鹿乱撞,他想说什么?来讲他们俩的罗曼史吗?还是所谓的男才女貌一见钟情,他既然这么爱她,为什么不跟她好好过日子呢?

"可是,她一回到中国就变了,野心越来越大,从小鸟依人变成了女强人,她想掌控的不仅仅是一家公司,而是整个华威集团。除了这个目标之外,她对什么事都不感兴趣。我们本来是准备回国那一年就结婚的,但是一拖再拖。而我,恰好在那时候碰到了你。"莫之航的眼底突然涌过一阵暗流,接着把酒杯往桌上一放,目光灼灼地盯着沈茵茵,"因为有你,我不愿意和她在一起了。"

沈茵茵避开他的视线,心里隐隐作痛,桌上的晚餐虽然丰盛,她却一口都吃不下去。不知道为什么,她对他曾经的怨恨与忿怒,此时此刻竟然全部消散了。

"茵茵,我们可不可以重新开始?"莫之航说着,将手伸过来按住她的手。

沈茵茵没能挣脱,便任由他覆盖着自己的手,她的眼泪缓缓地掉下来,一颗一颗滴在雪白的餐巾上。

"我知道你曾经非常恨我,那些我都能理解,但是请你相信,我当初并不想将事情变成那样。"他突然起身走过来,一直走到她身旁,从背后靠近她说着话。

沈茵茵觉得眼前的景物有些模糊,头也有些昏昏沉沉的,仿佛有一种奇怪的力量驱使着她,向着他温暖的身体依靠过去,当莫之航张开手臂从后面环抱住她的时候,她不由自主地斜倚着他宽阔的肩膀。

他低头过来亲吻她的脸颊,她手一颤,不小心打翻了桌上的红酒,冰凉的液体顺着桌面一直流到她的脚背上,让她原本模糊的神经忽然一震。

沈茵茵顿时清醒了一下:她这是怎么了?她并没有喝酒,怎么就像

Chapter 20
再见又如何

醉了一样？难道刚才她喝的果汁有问题……

"放手！"她心中怒火上升，大叫着推开他。

"茵茵！"他的脸色有点变了。

"卑鄙，你在我喝的果汁里放了什么？"沈茵茵还没说完，身子就被人扳了过来，面向他。

"你放开我！"沈茵茵大叫，手上加了一份力，"人都说江山易改，本性难移，你为什么总是做一些让我对你失望的事？"

"别胡闹了，我什么都没放！"莫之航很诧异地去抓沈茵茵的手，沈茵茵哪里肯放手，二人扭打在一起，可是莫之航本来就比她力气大，加上又喝了酒，他一把握住她的手腕，压住她不断颤抖的身体。

"不是你放的还能有谁？"沈茵茵怒目瞪着他，忽然之间她意识到了什么，立刻停止了反抗。

莫之航的眉头紧紧地蹙了起来，看着沈茵茵剧烈地喘息，脸蛋通红，他迅速拿过手机拨打了医院的急救电话。沈茵茵倒在沙发上，她手脚无力，一时间嗓子里只冒火，竟然喊不出声，她心里什么都清楚，就是说不出话来。

"茵茵，对不起，我忘记了她一直都有这里的钥匙……"等待医院救护车来的空隙，脸色苍白的莫之航立刻将沈茵茵抱起来，向门口直冲过去，平时最注意形象的他甚至连拖鞋都来不及换。

沈茵茵此时只感觉脑子发胀，神经也越来越麻痹。

不一会儿，110、120带着一堆人马全都到了，大家手忙脚乱地抬着已经不省人事的沈茵茵上救护车，另外一拨人则到莫之航家里调查取证。

警察在莫之航家中仔细看了一阵，询问事发经过，简单做了一个笔录，就带着那瓶喝了一半的柳橙汁离开了现场。

等到所有人都走掉了，莫之航脸色铁青，立刻给孙婉婷打了电话："你在果汁里放了什么？"

孙婉婷听见他失魂落魄的声音，愣了一下，随即冷笑了一声说："怎么，东窗事发了？"

他带着怒意说:"果然不出我所料,上次你派人撞他们的车,这次在我家果汁里下毒,下一次你还想干什么?"

"你不要乱加罪名在我头上,撞车的事我承认,但这次的事情只能怪你自己,谁让你去招惹她?你从来不喝甜味剂的饮料,家里怎么会有果汁?我一看就知道你是为别的女人准备的!"

莫之航沉默不语。

"她不会死的,顶多声带受点儿影响。我不过是给点教训而已,还不至于要谋财害命!"孙婉婷的声音突然哽了一下,"是我做的又怎么样,你心疼了?你去警察那里举报我吧,我不怕坐牢!"

他终于忍无可忍地说:"我之前已经对你说过,不要再碰我的底线!我和你之间的事情,迟早会有个了断,但不是现在。"

孙婉婷不禁笑出声来,声音却带着一种令人毛骨悚然的凄凉感:"莫之航,你在威胁我吗?你不要忘记,那家投资公司你也有份的,香港的珠宝项目里有我们的注资,如果这次劳工事件败诉,我们都会血本无归,之前你在'德普斯'做的那么多事,我在华威苦心争取来的融资机会,全部都没有任何意义,你愿意抛弃这一切从零开始吗?让我们这么多年的心血都化为乌有吗?好,那你去吧,你去起诉我,把所有的事情从头到尾都告诉所有人!我敢保证,你第一个会被'德普斯'的哈尼以挪用公款罪告上法庭!"

"如果我要起诉你,一定不是为了公司和金钱,你暂时不用担心。你最好祈祷茵茵没事。否则,"莫之航冷冷回言,他顿了一下,加重了语气,"我不惜玉石俱焚。"

"太可笑了,太可笑了!我才是你未来的老婆,沈茵茵她算什么东西?"孙婉婷听到他挂断电话的声音,愤怒地将手机紧紧攥在手心里。她烦躁不安地站起来,在办公室里不停来回踱步。

Chapter21
被忽略的爱

沈茵茵迷迷糊糊昏睡到半夜,她梦中隐约感觉自己被人扔在了一个陌生的地方,哭着请求前面的一个人带她回家,不想那人背着她越走越快,到最后竟然消失不见,她追赶着他走到了一个悬崖边,很快就要掉下去。她立刻惊醒过来,恍惚中去摸枕头旁边的手机,却发现它不在这个位置,抬眼看去,周围一片雪白,根本不是自己的家。

这里是哪里?她隐约中回忆起来,之前她不是在莫之航家里吗?后来她喝了那杯橙汁,然后整个人陷入迷离状态,最后好像有救护车赶来,很多人一起将她推进了那个车厢里……莫之航呢?他在哪儿?

她迅速地坐起身四处张望,一阵凉风从半敞开的房门吹过来,透过门缝,依稀可见门口的走廊处站着一个细长的人影,他背对着门口伫立,微风吹着他的黑色风衣衣领,簌簌地抖动。

沈茵茵立刻睡意全无,她披了一件衣服下床,朝着他走过去。

莫之航发觉身后的动静,立刻警觉地回过头来,他走过来拉着她的手,感觉像触到了冰块!他用一只手撑住她,另一只手抚着她的额头,她的额头烫得像火炉一样。不知道孙婉婷在橙汁里究竟放了什么东西,之前她突然昏迷并且高烧到三十九度,医生说可能是轻度食物中毒,给她洗胃打针,并且告诫她还需要留院观察几天。

"你好不容易醒过来,先回病床上躺着。"他低声命令她。

沈茵茵缓过神来,她盯着莫之航忧郁的侧脸,轻声地说:"我觉得没什么不舒服,就是有点头疼而已,你不用担心。"

她纯真的神态像极了一个孩子，他眼底绽放出光彩，说："现在已经是晚上九点多了，这一觉你睡得够长，烧到三十九度多，差点成傻子了。"

"其实你没必要来这里陪我，我知道……这件事不是你做的。"沈茵茵依稀记得自己误喝了橙汁之后他心急如焚的表情，依照她对他的了解，他人品再坏，也不至于在她的饮料里投毒让她住院。

"关于这件事，我会处理的。"他眉头蹙了一下，露出一抹阴郁，然后很快速地说，"医生说你的白血球偏高，血压也不太正常，要在这里多休息几天。你听医院的话，早点把身体养好，我明天还有几件重要的事情要办，今晚要回去准备下，我先走了。"

沈茵茵无可奈何地回到病床上躺着，心想华威公司车展过几天就要开幕了，她前一段时间协助蔡德做了不少工作，现在突然住院，蔡德一定急得要跳脚，但这时候也没办法，只能暂时羁留在医院里。

住院已经整整三天，莫之航总是匆匆来见她一面就走，沈茵茵怕父母亲担心，依然故技重施告诉他们自己出差了。她独自一人百无聊赖地坐在床头，她突然听到一个熟悉的声音，似乎是在向值班护士询问她的名字。

她心里一动，向来人看过去，果然看见李辰逸向这里跑过来，他穿着一件灰色的毛衫，左手抱着一个大棕熊，右手提着一袋水果，阳光洒在他身上，给他的头发上镀了一层金黄，看不清他的表情。

"才几天不见你，你竟然住到医院来了！"这是李辰逸见到沈茵茵时候说的第一句话。

沈茵茵一阵惊喜，立刻从床上跳下来，她接过他手里的棕熊，仔细打量了他一阵。

李辰逸明显瘦了，胡子看起来有点扎人，还有他的头发，乱糟糟的十分狼狈，身上还残留着一股淡淡的肥皂味，想必是刚刚被放出来，没来得及刮胡子，也没去做头发，匆匆忙忙地洗了一个澡，换了一件干净的衣服，就赶来了医院。

"你也好不到哪里去，跟非洲难民差不多！"她的眼睛顿时起了一

Chapter 21
被忽略的爱

层雾，他总算平安无事回来了！

"听爸爸说，你帮了我们很多忙，我真的很感谢你！"李辰逸把她和大熊抱在了一起，一副想哭又想笑的样子，"这次终于有人帮我作证了，老天有眼没冤枉好人，我是清白的！"

"你回来就好了。"沈茵茵只替他高兴，又恢复了以前的活泼劲儿，"你不知道那几天我真的很害怕，怕你一辈子关在里面出不来了呢！"

"哎，你不要这么损我好不好？"李辰逸翻了一个白眼。看到他这样的表情，沈茵茵这才彻底放心了，李辰逸依然还是李辰逸，看来那几天他并没有遭受重大打击，依然这么乐观。

李辰逸扫了一眼周围的环境，皱着鼻子说："我已经'解禁'了，你还要在这里待多久？我看你脸色红润身体健康，可以出院了吧？"

沈茵茵点了点头说："可不是吗？我就等着你来接我。"

李辰逸一听她这么说，立刻叫来护士要求办理出院手续，医院方面因为沈茵茵坚持要出院，也就顺水推舟同意了。

沈茵茵重获自由，坐在李辰逸的车上，看着窗外的风吹过嫩绿的叶子，轻松快乐的感觉一点点沁入心间。她想了想，用手机给莫之航发了一条短信，告诉他自己已经离开医院。

李辰逸带着沈茵茵来到一家他们最常去的火锅店，两人面对面坐下。

沈茵茵看到身边空荡荡的位置，不由自主想起了宁曦，心头一阵黯然，带着几分无奈说："以前是三人组，小曦现在身体太差不能出门，只剩下我们两个了。"

此前，宁曦意志很坚定地告诉她，自己一定会把肚子里的孩子生下来，沈茵茵以为她是赌气说话，但是看样子宁曦是真的吃了秤砣铁了心，她已经开始为小宝宝做各种打算了。

"如果她需要我们帮助，一定会来找我们的。"李辰逸自信满满地说。

沈茵茵知道他的心思，既然无法阻止宁曦作这样的决定，那么作为朋友，唯一能够做的就是无条件地帮助她，支持她，不问理由不问原因。李辰逸和宁曦一直都是这么对她的，现在假如他们两个有难，她也

187

绝对会义无反顾地这么做。

"我听小曦说你进了医院，立刻就赶了过来。不过我不知道事情的经过是怎样，你怎么会突然食物中毒？是不是跟那个叫莫之航的人有关？"李辰逸终于按捺不住，开始"审问"沈茵茵了。

沈茵茵发现他在提到"莫之航"这个名字的时候，平时看起来温柔帅气的眸子底下竟然升起一层格外冰冷和仇视的意味，心里不由得一沉，有些答非所问地说："说说你的事情吧，我的事没什么可说的，就是不小心吃坏东西了。"

李辰逸似乎张口要解释，犹豫了一下才说："我的事情也很简单！不说这个了，看看菜单，你想吃什么？鸭腿还是鸭翅膀？"

"李辰逸，别岔开话题，我是怕你惹上什么事，对你不利。"沈茵茵看着李辰逸错愕的神情，感觉很不是滋味。很明显，李辰逸是有事情瞒着她的，正如她也有事情在瞒着他一样。可是，好朋友之间不应该是无话不谈的吗？就像他们多年以前那样，毫无顾忌，她和宁曦甚至连某些男生写给她们的情书都可以给他大声念出来，从什么时候起，他们开始对彼此遮遮掩掩，不肯讲出心底里的话了？这样还算是朋友吗？这种感觉真的很不好。

想到这里，她不禁抬起了头，鼓起勇气看着他说："这样吧，我们来玩一个游戏，还是和以前一样夹鹌鹑蛋定输赢，输一次就回答赢家一个问题，不管是什么问题都必须回答，而且不许说谎，不许有顾忌，你敢不敢玩？"

李辰逸仿佛明白她的心思，他豁出去地笑了笑说："你敢，我就敢。"

"那好，一言为定。我数一二三，我们就开始！"沈茵茵眼疾手快地下了命令，虽然以前夹鹌鹑蛋这个游戏总是李辰逸和宁曦两个人玩，她来当裁判，但是时间一长她也看出了很多诀窍，想赢他还是不难的。

两人各自动手，从滚烫的火锅里夹着鹌鹑蛋，数秒完成的时候，沈茵茵比李辰逸多了四个。

"我赢了，我来问你。"沈茵茵斟酌了一下，尝试着开口，"你们事务所代理的那件香港公司的案子，是公司要接的，还是你坚持要接的？"

Chapter 21
被忽略的爱

　　李辰逸的神情有些错愕，他看了她一眼，终于承认说："是我自己坚持要接的。"

　　沈茵茵完全不给他喘气的机会，紧接着追问说："你之所以坚持接这个案子，并不是因为这个案子打赢后的获利可观，因为你根本不在乎这些；我想你也不是因为一腔热血想立功，亲自帮那些劳工伸张正义，因为他们即使得不到你们的帮助，也可以得到其他律师事务所的法律援助；你接这个案子的真正原因是什么？是因为你查到了什么吗？"

　　其实这已经是第二个问题了，但是这个疑问萦绕在沈茵茵心头很久了，她不能不借这个机会向李辰逸问个清楚明白。

　　"是，我承认我接那个案子是有目的的。"李辰逸似乎也忘记了游戏规则，他原本是可以不回答这个问题的，但是此时此刻，看到沈茵茵带着质疑的眼神，他再也按捺不住了，"我查到了，那间香港珠宝公司里面有大陆股东，而最主要的两个人，就是莫之航和他的未婚妻孙婉婷！"

　　"所以，你要打赢这个案件，不仅仅是要让你们的代理人赢，更重要的是必须让他们两个人输，对吗？"沈茵茵步步紧逼，眼睛里却有了泪痕，"你跟他们俩素不相识，远日无怨，近日无仇，为什么要这么做？"

　　"茵茵！别问了，你不要问了！"李辰逸开始躲避沈茵茵的眼光，他的表情带着一抹痛苦的神色，甚至都不敢将目光对准她的视线。

　　沈茵茵看着近乎咆哮的李辰逸，她仿佛突然之间明白了一些什么，默默地低垂下头，脑子里却不断地回忆着跟李辰逸在一起的那些时光片段。

　　她清晰地记得，李辰逸第一次掉眼泪的情形。那是他生日的时候，她第一次送了他礼物。这么多年来，他每年都会给她送一些很精美的生日礼物，而她却只送过他一本书，当年她还傻气十足地在扉页上写下自己的名字和祝福语，嚷嚷着以后她要是出名了就拿着这本书来找她，权当是友情的见证！"送给天下最帅的李辰逸，祝你二十岁生日快乐！我们的友谊至死不渝！"落款是"天下最美的茵茵"。她原本以为他看到这一条落款的时候，会忍不住捂着肚子笑起来，但是，那天他却哭了，以至于生日照片里的他看起来有点落魄。事后，李辰逸解释说，他之所以照相不笑，是因为那样看起来很没大脑，他反而鄙视沈茵茵每次照相都笑得跟朵花似的，用他的话说，对着镜头笑像个傻瓜。

她还记得，他们毕业之后到处帮宁曦找出租屋，李辰逸不但满口答应，还给她买了一张单人床回来，很殷勤地摆在卧室里。当时他还自嘲说是"为人民服务"，沈茵茵快笑死了，宁曦却爆料说："他是心里愧对我！你不知道，我当年还跟李辰逸告白过呢！没想到那家伙一脸冷漠地把我拒绝了，要不我也不会找上张伟东，我觉得他其实连李辰逸一半都比不上！"

这件事连沈茵茵都觉得惊讶，想当年宁曦也是院系里数一数二的一朵鲜花啊，只是性子野，没有太多男生敢招惹，要不那高高在上不可一世的张伟东怎么会拜倒在她的石榴裙下？

"不过，好马不吃回头草，现在李辰逸就算是抱着我的大腿痛哭，我也不会答应的！好在他也从来没想过转回头来追我。"宁曦眨眨眼睛笑着。

火锅还在翻滚着，服务生送来满满的两大杯奶茶，沈茵茵心里很纠结，丝线一般柔软的头发翻转在脸上，一阵凉风从窗户旁边吹过来，把落在她脸颊上的乱发轻轻地分开，露出颤抖的长睫毛和闪烁的眸子，因为骤然而来的寒冷，她不由得颤抖了一下。

她还没有抬起头来，一只手已经悄然扬起，将一杯奶茶递过来。

"这是你以前最喜欢喝的奶茶，蓝莓味道的。我没记错吧？"李辰逸的声音十分低沉，紧绷的唇角看起来十分倔强。

沈茵茵静静地坐在椅子上，大眼睛盯着沉默的李辰逸，她的脸因为室内的暖气变得红扑扑的，细瓷一般的肌肤在温暖的室内灯的照耀下闪烁着晶莹的光泽，有些失神的眸子缥缈在半空中，打量着李辰逸的神情。

"喝一杯奶茶，这样身子会暖和一些。"李辰逸将手心里捧着的一杯热奶茶推到她面前。

"李辰逸，我不想再隐瞒你了。"沈茵茵搅着杯子里的热茶，"其实我跟莫之航，我们曾经……"

Chapter 21
被忽略的爱

"你是要坦白吗？我想我早就知道了。"李辰逸的脸上有些冷，手指紧紧扣住奶茶杯，似乎用了很大的力气，"我有一次下班后去你们公司找你，本来想到了门口再通知你，好吓你一跳，结果我看见你上了他的车，两个人还很亲密……之前我曾经提醒过你要你辞职，那个时候我就已经暗中调查过莫之航，虽然我并不知道你跟他好到什么程度，但我就是觉得他对你不怀好意，而且据说'德普斯'公司的状况很混乱，我才想要你避开风头。你却不肯听我的话。"

"对不起……"沈茵茵没想到他竟然什么都知道，却一直假装毫不知情的样子，他之所以不肯说，无非是为了维持她在朋友面前的尊严，她顿时感觉自己快要卑微到地底下去了。

李辰逸说话间，紧锁的眉眼看得出他十分心痛，但他却假装若无其事地笑了笑："这些事都过去了。"

"你不用安慰我，我已经走出来了，倒是你让我很担心。"沈茵茵低声说着，"我知道你很关心我，替我抱不平，可是你没有必要拿自己的事业前途去跟他们赌。莫之航和孙婉婷筹谋那间投资公司很多年了，他们绝对不允许别人破坏他们的心血，所以我怕……"

"你别乱想了，上次我被他们害得进了看守所，以后我会多留一个心眼，再也不会傻到被他们生生陷害，你放心吧。而且我爸答应我了，他会力挺我做完这个案件到底，我毕竟是他的儿子，如果我真的不办这个案子，或者输得灰溜溜的，爸爸在圈内也面上无光。"李辰逸很认真地说。

沈茵茵有些着急地说："不是，你不知道孙婉婷的手段，她不是光明磊落的人！上次我们撞车的事，很可能是她做的！"

李辰逸忍不住哈哈笑了起来，说："可是她并没有得手啊，对不对？我的车技很好的！"

"你不要存侥幸心理，无论如何一定要小心点！虽然我不确定香港珠宝公司这件事跟他们有多少关联，但是他们手里一定有不少透漏资金的行为，你还记得他的手下'德普斯'公司的林芷珊吧，前一段时间林芷珊被当成替罪羊只好远走去美国了，我怀疑她手里掌握了很多证据。"沈茵茵极力回忆着当初在"德普斯"公司里工作时候的情景，以及到后来见到林芷珊时候她清冷的样子。

"我查这件案子已经很久了，他们的集资手段也略知一二。孙婉婷利用华威公司来洗黑钱，其中很多资金都是通过莫之航来操作的，他们玩的是风险投资，从来是赢了就大赚，输掉了就挪用资金填补漏洞，前几年有一个跳楼自杀的老板就是因为资金全部泡沫化才走投无路的。"李辰逸的瞳孔一缩。

"你说他们在做非法生意？"沈茵茵眉心微蹙，莫之航究竟在干什么？他不知道这些事是违法的吗？

"不能完全这么说。虽然孙婉婷的资金是来源于莫之航，但是我们调查过莫之航经手的那些资金，全部都是正常渠道来的，顶多就是一个职务谋私的行为，不至于构成犯罪，如果当事人比如'德普斯'公司不追究，他就会安然无恙。所以据我猜测，莫之航这个人虽然喜欢钱，但是却不愿意冒险违法，他的野心没有孙婉婷那么大。"李辰逸叹了一口气，"目前看起来孙婉婷也留了后手，那间投资公司最近有很多资金变动的行为。我怀疑，如果莫之航到时候因为某些原因，承受不了压力跟她撇清关系，她对付他的办法就是让他的资产灰飞烟灭，一无所有。"

沈茵茵听完李辰逸说的情况，顿时倒抽一口凉气，她忽然有些理解莫之航了，如果说两个人之间的感情已经彻底变成了用金钱和利益来维系，就算结婚了坐拥万贯家财又怎样？这样的婚姻能够有幸福吗？

"我们这边的律师秘密调查过华威公司的业务，最近也有很多莫名其妙的变化，明显是后来加上去的。"李辰逸盯着沈茵茵，"看来我又要打击你了，如果你不想再卷入另一个破产风波里，不如赶紧辞职算了。"

"看来我又要准备找新工作了。你说，是我运气不好，还是我应聘的那些公司运气不好？"沈茵茵带着几分自嘲意味地撇撇嘴。但是，她总不能半年就换一家公司吧，说实话她还是很喜欢华威公司市场部这份工作，而且时间久了就会积累许多经验，升职空间也很大。

"当然是他们运气不好，你永远都是最好的。"李辰逸微笑着，喝了一口奶茶，"最好的朋友，最美的茵茵！"

Chapter 21
被忽略的爱

听到他口里说出"最好的朋友、最美的茵茵",沈茵茵忍不住被他逗笑了,她随即又叹了口气:"其实还有一点你忽略了,华威公司不是孙婉婷一个人说了算,我想,董事长对她应该还没有百分之百的信任。"

李辰逸愣了一下,眼睛闪了一闪说:"如果是这样,我想我更加能想通一点了,那就是孙婉婷是怎样利用华威公司来做幌子的……也许事情没有我说的那么糟糕,我们会继续追查这件事,孙婉婷再厉害也是一个人,现在他们许多把柄都抓在我们手里,我们是有胜算的。"

火锅与奶茶都在热腾腾地冒着气,沈茵茵看着眼前的李辰逸,心头升起一阵温暖,久违的甜蜜微笑又回到了她的脸上。

Chapter22
正面交锋

沈茵茵回到华威公司上班，恰逢国际豪华车展拉开序幕。

沈茵茵听着台下人声鼎沸，车展的所有经销商都使出了各种令人眼花缭乱的手段。

孙婉婷打扮得光彩照人，只是偶尔会陷入深思，有些心不在焉的样子。蔡德热情洋溢地主持大局，他反复交代每个人。

因为车展的效果很好，闭幕那一天，华威公司董事长，也就是孙婉婷的父亲，将亲自到场为大家鼓劲，并且还准备了庆功的晚宴。沈茵茵知道这次晚宴孙婉婷必定是众人瞩目的主角，心里别扭，本来不打算去，但碍于蔡德一而再、再而三地强调不许请假，每个人都要准时到，不得不前去应付一下。

庆功晚宴七点钟准时开始，耀眼的灯光，缓缓流出的音乐，女人们华丽的裙摆和精致的高脚玻璃杯交相辉映，色彩艳丽的鸡尾酒在不断闪耀的舞台灯里迸射出夺目的光彩。华威公司的员工和客户们都兴高采烈，频频举杯，热情地聊着天。

因为这个晚宴讲明是可以携带朋友和意向客户参加的，沈茵茵提前将消息告诉了李辰逸，约他到时候一起前来，李辰逸觉得这个是个好机会，或许可以查到一些华威公司客户与孙婉婷之间的蛛丝马迹，特地精心打扮了一下来赴约。

沈茵茵穿着超高的鞋子，跟李辰逸躲在角落里，一个人手捧着一杯

Chapter 22
正面交锋

鸡尾酒假装聊天。她今天为了应景也打扮了一番，穿着一件翠绿色的吊带小礼服，薄纱细碎的裙摆下露出她穿着黑色丝袜的双腿，灯光打在她的肩膀上，竟然折射出数道美丽的亮度。

"你看，这里全是市场部邀请来的已购车客户和潜在客户。"沈茵茵小声地提示，"跟孙婉婷谈话的那个人，就是她的父亲，华威的董事长孙总了。"

李辰逸与沈茵茵躲在角落里嘀嘀咕咕，冷不防走过来一个人。

"抱歉，我打搅到你们了吗？"孙婉婷端着一杯酒，眼睛直视着沈茵茵，虽然嘴上说打搅了，可是脸上一点愧色都没有，"茵茵，我有点事找你。"

"茵茵，我先去那边看看几位朋友，等结束的时候我来找你。"李辰逸假装十分审时度势而知趣的帅男模样，他亲密地拍拍沈茵茵的肩膀，潇洒地旋身离去。

"孙小姐有什么事情吗？"沈茵茵深吸了一口气。

"这里环境氛围都不错，我想趁这个机会和你单独聊聊。"孙婉婷轻轻靠在吧台上，冰蓝色的灯光洒落在她的脸上，蓝调的色彩勾勒出她消瘦性感的身材，竟然有种说不出的魅惑。

"是公事还是私事？如果是公事，董事长说了今晚不谈公事，只要大家开心的。"沈茵茵聪明地试探着她的意图，"如果是私事，抱歉我真的不知道孙小姐和我之间有什么别的话要说。"

"我们当然不谈公事。"孙婉婷侧身挡住她的去路，双目炯炯地盯着她，"就说说我和你，还有另外一个男人的事。"

"对不起，我觉得没有什么可以说的。"沈茵茵想从旁边绕过去。

"站住，"孙婉婷一手拽住了她胳膊，"就算是看在我之前没有把你从华威公司赶出去，留你在公司上班，给你展示自己才能的机会的面子上，你都应该听我把话讲完吧？"沈茵茵只好停下了脚步，孙婉婷撤回了手，从吧台上拿下来一杯烈酒，递到她的手里："喝下去，我们好好谈谈。"

沈茵茵冷着脸说："抱歉，我不会喝这种酒。"

孙婉婷根本不理会她，自己仰头一饮而尽，带着几分冷笑的意味，单刀直入地说："你以为，莫之航会真的爱上你吗？我跟他在美国的时候互相就很相爱了，没想到在'德普斯'竟然会跑出来一个你！像你这样的女孩子很多，我也从来不在乎。"

沈茵茵早知道她痛恨自己，听着孙婉婷难听的指责，她心里愤怒得要爆炸，表面上却很平静地说："我想你搞错了。当时在'德普斯'，我们都没有听说过他结婚或者订婚的事，现在我们也没有任何关系。"

"你不用装了！我从他的电脑里看到那些相片的时候就知道你们之间关系匪浅，他那段时间很反常，经常避开我做一些事，每次约会都是急匆匆地离开，我查过他的邮件和那个被他称为'茵茵'的女孩，果然就是你！"

"所以你就报复我？"沈茵茵压低了声音，握着酒杯的手在颤抖。

"开始我是这么想的，可是看你也很窘迫的样子，突然觉得你也挺可怜，于是就放过了你。可是没想到你竟然哪里都不去，恰好闯到我的地盘里来，简直是老天给我机会让我出这口气！"孙婉婷冷冷一笑，面有得意之色。

"然后你就故意安排我去郊外，想让我吃点苦头？甚至包括那件事，我们参加张伟东的婚礼意外被车撞，也跟你有关吧？"沈茵茵环视了一下周围，幸好气氛很热烈，并没有人发现她们俩之间"聊天"的异样，人群中的李辰逸频频向这里张望，留心着她们的动静。

"你是说你那个律师男朋友？"孙婉婷的面色一凛，朝李辰逸看了一眼，露出一抹阴沉的眼神，"中国有句古话叫做'不是冤家不聚头'，我想我终于明白它的意思是什么了！"

沈茵茵再也压抑不住心底的愤怒了，她注视着孙婉婷，一字一句地说："孙婉婷，你真的太卑鄙了！你失去了莫之航的爱，跟我们有什么关系？跟李辰逸有什么关系？我没有抢走你的任何东西，一切都是你自己造成的！你明白吗？所以，收起你的报复心，直截了当地找你应该找的人谈一谈，而不是在我们背后捅刀子！"

Chapter 22
正面交锋

她话音刚落，只听哗的一声，孙婉婷把手里的酒全部洒在了沈茵茵脸上，她眼睛冒火，盯着她道："是我捅刀子又怎么样？你去告发我啊？你有证据没有？如果没有证据，我会叫我的律师起诉你毁谤。"

李辰逸一直远远观望着，他一看到沈茵茵这边出了状况，立刻穿越过人群，飞快地走过来拉住沈茵茵，"茵茵，我们走。"李辰逸揽住沈茵茵的身子，警惕的目光打量着孙婉婷，走出了会场。

刚刚上车，沈茵茵就抱住了头，伏在车上呜咽。

"李辰逸，都是我的错！那辆要撞我们的车……百分之百是孙婉婷派来的，是我连累了你，都是因为我！"沈茵茵的眼泪全部落了下来，尽管当初她怀疑过，可是当残酷的事实呈现在眼前的时候，她还是有点无法接受。

"我说都过去了，别哭！"李辰逸眼神复杂，搂着沈茵茵拍着她。

"还有很多事……我都没有对你说过，孙婉婷恨我的程度远远超出了我的想象，我感觉她快要疯了。"沈茵茵突然觉得，孙婉婷现在的状态很奇怪，她和莫之航之间似乎出了什么问题，只有受过剧烈刺激的女人，才会将自己的痛苦转嫁到别人身上。

李辰逸安慰着她说："不要怕啊，有我做你的保镖，看谁敢欺负你！那个案子我们还缺一点点关键证据，只要拿到就可以上庭了，他们嚣张不了多久的。"

沈茵茵看他发动了车子，听见一曲熟悉的歌声响了起来，顿时精神大振。大学时代的青葱岁月顿时在她的脑海中来回徘徊，那个时候，总是有一个男孩子，躲在她们宿舍楼下唱情歌，而且全部挑在她们要睡觉的时候，于是宿舍的一个性子特别火暴的女孩倒了一盆洗脚水下去，从此楼下就再也没有歌声了。

"开心一点吧，我保证很快就会雨过天晴。"李辰逸很轻松地说。

沈茵茵看着他快乐地哼着歌谣，温暖的感觉又涌了上来，心里也不再害怕了。

车展过后，沈茵茵莫名其妙地被华威公司辞退了。

她知道这是为什么，但是她早有心理准备，因此并不觉得多么意外，孙婉婷不想再看见她，两人既然已经谈到这个地步，相处下去也很尴尬。好在她刚投出简历，立刻就有好几家公司市场部约她面试。

这天她刚从一家公司面试出来，经过一个僻静的公园回家，隐约听见身后有急切的脚步声，她一惊，忙转身来看，可是身子还没扭过去，头发就被一双手狠狠拽住了，把她扯得在地上滚了好几圈，手里的资料顿时撒了一地。沈茵茵痛得捂住头，也看不见后面是谁在施暴，正挣扎着想要爬起来，腰上又给人狠狠地踢了一脚，她觉着自己的五脏六腑都要被震碎了，憋了一口气，开始下意识地喊救命。那些人不分青红皂白地拳打脚踢，沈茵茵试图看清那些人的脸，但看着都很面生，一时间竟然分不清是谁，她扭过头的时候，腰间又被那人重重地踢了一脚，身子还没站稳，又被人一拳打倒在地。

"你们是什么人，为什么打我？"她看着他们大叫出声。

那些人根本不理会她，拳打脚踢一番后，将她扔在地上，扬长而去。

沈茵茵伏在地面上，忍痛从包里掏出手机，对着那些人背影连续拍了好几张照片，虽然他们跑得很快，连背影都已经有些模糊不清了，但有证据总胜过没有证据，就算日后找李辰逸帮自己打官司也要留点资料下来才行。

放下手机，沈茵茵觉得全身的骨头痛得像要断掉一样，她看着手机，本来想拨打李辰逸的号码，犹豫了片刻又挂断了。她明明知道这件事可能是谁做的，但就是没有证据告她，怎么办？怎么办？把李辰逸拉下水，只会让他更危险，暂时还是不要让他知道比较好。

她考虑了一会儿，拨打了110报警电话。

在警察那里录完情况说明，走出来的时候，沈茵茵在电梯间的玻璃镜子里看见自己的脸颊摔破了，她一瘸一拐地上了一辆出租车，径直奔向宁曦的家。

宁曦开门看到她狼狈的模样，顿时吓傻了，坚持要送她去医院。沈茵茵说自己只想睡觉，宁曦无奈只好让她先进了门，反复追问她究竟怎

Chapter 22
正面交锋

么回事。

"小曦，我觉得我们这次真的麻烦了，孙婉婷太可怕了，李辰逸的处境恐怕比我更危险。"沈茵茵转过身，用冰凉的毛巾掩住了脸庞，心里很是担忧。

"别慌别慌，你先歇口气再说。"宁曦看到沈茵茵这副惨状，吓得目瞪口呆，心里也是一团乱麻。对于沈茵茵之前那件事，她大略是知道的。宁曦又恨又难过，她作为朋友应该去鼓励她支持她，可是她竟然一点办法都没有……太可气了！

"记住，千万不能告诉李辰逸。"沈茵茵反复叮嘱她。

"知道了。"宁曦从柜子里拿了一些止血化瘀的药膏，她小心地帮她掀开衣服，看着她手臂上、小腿上被踢得乌青的瘀痕，心里又酸又痛，那些家伙太狠了，竟然这么狠命地踢她！她一连帮着她把身体上的伤痕都一起涂抹了，叹息了一声，咬牙切齿地说："这种人如果不坐牢，真是天理不容啊！你先告诉我这是怎么回事，我现在都糊涂了，是那个男人派人打你的吗？"

"我想应该不是他。"沈茵茵觉得没有必要再对宁曦隐瞒下去了，就将事情原委和盘托出。

宁曦听沈茵茵讲完，眼睛转了一转说："我明白了，你先休息一下，我去打电话叫两份外卖来。"

沈茵茵躺在宁曦的床上，只觉得自己浑身酸痛，宁曦给她涂的那些活血化瘀的药虽然有效，但是副作用也很强大，她隐隐感觉身体一阵阵发麻。

她听到宁曦在外面收拾她的手提包，然后拿起电话唧唧咕咕讲了一通，以为她是在订餐，结果过了没多久，忽然听到一阵门铃响，宁曦奔跑着去开门，门口传来一个熟悉的男人声音说："茵茵在这里吗？"

这个声音，沈茵茵已经很久没有听到过了。自从上次医院一别，莫之航已经在她生活里消失了很久，但是无论时间隔得再久，她还是能辨别得出他的声线。

她隐约听见宁曦回答了一句"她在房间里",还有人的脚步声向着卧室这边走过来。沈茵茵看着自己伤痕累累的身体,慌乱不迭地挣扎着起来,她顺手掠了一下头发,却发现手边黏黏的,竟然拉下来了一大把黑色的发丝,她吓了一跳,忙把头发丢到了垃圾桶里。梳好了头发,沈茵茵对着镜子瞅了一眼,脸颊上一片青紫,还涂着紫红色的药膏,看起来简直惨不忍睹。

　　"茵茵!"听到背后传来他熟悉的呼唤,她的眼泪顿时无声地落下来。

　　"茵茵,是我叫他来的,解铃还须系铃人。这件事你不让我告诉李辰逸,我想至少应该让这个人知道,别人对你做过什么事,总不能让你白白被人欺负。我去看看刚刚炖的粥……"宁曦很贴心地站在门口,轻声解释着。她说完意味深长地看了莫之航一眼,侧身转了出去。

　　他久久地注视着她,看着她脸上淤青的伤痕,什么都没有说,只是轻轻地走过来,将她揽进怀里。他的胸口剧烈地起伏着,一遍又一遍地抚摸着她的头发,那些掉落的发丝缠绕在他的指尖,又一缕缕地飘坠到地面上。

　　沈茵茵忍住了眼泪,她脑子里乱成一片,事到如今,该和他说什么呢?说什么才有意义?

　　"把李辰逸的电话给我。"在经历了长久的沉默之后,他突然开口。

　　"什么?"她还有些回不过神来。

　　"你那位朋友,他不是正在调查香港珠宝公司的案件吗?"他的语气很轻描淡写,一点看不出内心的纠结和痛苦,"把他们律师事务所的电话给我。我这里,有他们所需要的一份重要证据。"

Chapter23
爱之疯狂

　　明明是接到沈茵茵打来的电话，李辰逸却意外地听到了一个男人的声音，他起初有点诧异，但是很快就反应过来：这个人正是他一直以来暗中调查的，曾经和她在一起的那个恶魔。

　　"我是莫之航，我想和你见面谈一谈。"对方的声音十分冷静。

　　"哦，你想和我谈什么？钱，还是女人？"李辰逸忍不住出言讽刺，"不过你所真心喜欢的女人和我所喜欢的，恐怕不是一个类型。至于谈钱嘛，俗话说，道不同不相为谋，我可不希望被你拉下水。"他特地强调了"真心喜欢"这个词，他相信莫之航不是笨蛋，应该听得出他的弦外之音。

　　"是茵茵给我你的电话。"莫之航皱了皱眉，很好脾气地接着说下去，"我之所以肯来找你，并不是因为你的见习律师身份，而是因为你是她的好朋友。你如果相信我是为了茵茵才来找你，我们才有见面的可能性。"

　　"好啊，我也早就想找你谈一谈！时间地点你定，我一定奉陪。"李辰逸很爽快地答应了。

　　"我现在就在你们公司写字楼的天台上。"莫之航抬头看了一眼天边火红的云彩，"你上来就可以见到我。"

　　走上天台之前，李辰逸特地将自己桌面上的文件收拾了一番，还对着镜子审视了一下自己，这才理直气壮地走了上去。

201

其实，即使莫之航不找他，他也觉得有必要亲自跟莫之航面谈一次。他们之间现在夹杂的不仅仅是沈茵茵的感情问题了，从"德普斯"公司，到华威公司，香港珠宝公司，还有莫之航与孙婉婷合资开设的那一间上海FC国际投资公司，每一家的资料他们这边都做过详细的调查，然而越往下查，他们就发现这些公司之间有着千丝万缕的利益联系，就像一团乱麻，牵扯其中的人只能不断地往下陷落，彼此缠搅不清。现在，香港珠宝公司非法伤害劳工案件掀起了冰山一角，这是一个彻底打败他们的最好机会，只要这个案子他们败诉，就可以顺藤摸瓜，一举捣毁他们洗钱的大本营，彻底打败莫之航。

宽广的天台上，莫之航面色冷峻地盯着李辰逸，交叉着双手静静地站在那里，浑身带着一股拒人于千里之外的冰冷气息，不像是审视一个对手，倒像是欣赏一个走入网中的猎物。

李辰逸看到他那副模样就按捺不住怒火，这个混账男人，他竟然忍心伤害那么多单纯善良的女孩，这次一定要他好看！

"说吧，你要谈什么？"李辰逸故作轻松地一笑，把手撑到栏杆上，看着天边被火烧红的大朵白云。

"你最想知道的是什么，我们就谈什么。"莫之航一脸不在意，简直就是挑衅着李辰逸的底线。

"生意场上只谈生意，你也算是在投资行业打拼了很久的老江湖了，应该知道我们事务所一直在查FC国际投资公司的情况。"李辰逸把双手插在口袋里，"我最想知道的，就是你们跟那间香港珠宝公司之间的股权交错。"

"你确实很聪明，已经盯上了FC。"莫之航的眼睛里闪过一丝不易察觉的冷光，"既然你盯了这么久，应该知道它是一个空壳公司吧？"

"那又如何，它不是你和你未婚妻名下的企业吗？你名义上是'德普斯'公司的财务总监，实际上却是一个国际大型皮包公司的幕后老板，利用职权为自己谋私，我真的很佩服你。"李辰逸嘲弄般地笑笑。

"我今天来，是为了茵茵。"莫之航干脆利索地接过话头，"没必要和你进行口舌之争。你自己心里也很清楚，你们查了这么久，都查不

Chapter 23
爱之疯狂

到任何相关的有力证据，足以证明你们不是我的对手。我愿意提供一些你们永远找不到的资料，助你们打赢这场官司，不是为了别人，只是为了一个无辜的人不再被卷入这件事情里。"他说着话，从随手携带的黑色公文包里取出一大叠文件，递到李辰逸的面前。

李辰逸有些意外地听着他说话，他摘下墨镜，用带着质疑的眼光看着他说："你为什么要这么做？"

莫之航顿了顿，才缓缓地说："我只想让她能够重新过回安静的生活，因为这是我欠她的。"

"我想我明白你的意思了。"李辰逸向前一步，把文件夹接过来。

穿着黑色风衣的莫之航没有说话，他冷冷地转过身，大步向着大厦天台通往楼下的出口走过去。

"莫之航，我们做一个交易吧，或者说你帮我和茵茵一个忙也行。"李辰逸眯起眼睛，对着他的背影说。

莫之航果然停下了脚步，他没有回头，静待着李辰逸开口。

"这次我们肯定会赢，这就意味着你们会输得一败涂地，不管你今天这么做是出于什么目的，我都很欣赏你。我和你所说的交易基于一个前提，就是像你所说的，让茵茵重新过回安宁快乐的生活。你不了解茵茵，她真的是一个特别简单的女孩子，可惜的是你残忍地摧毁了她对男人的信任感，你或许以为你是爱她的，但是你仔细想一想，你所给的是不是她想要的？尤其是现在，你和他还能够回到从前吗？"

莫之航低着头，深吸了一口气，冷冷地说："你可以直接讲条件。"

"以你的智商和手法，一般情况下相信很难被人找到把柄，但是不排除被人咬着不放的时候，就算你要自保，也很难全部撇清。"李辰逸带着浓厚的恨意盯着他，"只要你答应我从此以后不再纠缠茵茵，我可以保证，绝对不会把你从这个案件里扯出来，让你彻底置身事外。"

莫之航听到这句话，忽然转过身来，看了李辰逸一眼。

"怎么样？你是不是想对我说，你现在就后悔了，想拿回这些资料？"李辰逸扬了扬手里的文件夹，挑衅地弯起了唇角，"不过我不会还给你的，除非你来抢！你千万别对我说，我真的高看你了？"

"茵茵不是赌注,跟我们的事情没有关系。"莫之航深沉地扫了李辰逸一眼,"至于我自己,如果你真的发现关于我从事非法勾当的蛛丝马迹,大可不必留情。我自己做的事,自己会承担后果。"

"好,那么我们法庭上见。"李辰逸很自信地笑了笑,接着威胁道,"不管你同不同意我的条件,从此不许再纠缠茵茵,否则我一定对你不客气。"

"她要跟谁在一起,是她的事,任何人都无法干涉。"莫之航丢了一句话,大步走了出去。

"你这个人渣!"李辰逸盯着莫之航的背影,狠狠地捏了一下拳头,如果不是看在莫之航今天约他出来的原始动机,他真想打得他满地找牙,无论如何也要先替沈茵茵出了当初被暗算的那口气再说!

沈茵茵这次被伤害得不算轻,虽然不至于骨折,但是全身到处都是软组织瘀伤。

她在宁曦家躲了几天,等到脸上的伤痕基本复原了,才敢趁黑夜偷偷摸摸回家见父母。沈家爸妈平时各有所忙,只发现沈茵茵好像瘦了些,精神也不好,以为她是减肥减过头了,随便唠叨了几句。

沈茵茵应付完了父母,好不容易回到自己房间,手机立刻响起来,她一看是莫之航的电话,心里犹豫矛盾了很久,因为电话一直不停地响,她终于还是接听了。

"茵茵,你在哪里?我现在……很想见你。"电话另一端莫之航的口音听起来有些含糊不清,好像是喝了很多酒。

"我在家里……还是不见了吧。"她隐约有点担心他,但心头百感交集。

"我知道你一定回家了。有一件事告诉你,"他好像忽然清醒了,一字一句地说着,"我最近准备离开上海。"

沈茵茵觉得心头一震,莫之航要离开上海,为什么?他不要他的事业了吗?就算他要抛下FC投资公司不管,那么孙婉婷呢?他们不是协商好了准备今年结婚的吗?难道他们已经分手了?想到这里,她有些犹豫

Chapter 23
爱之疯狂

地问:"你准备去哪儿?"

"可能去美国,也可能去别的国家发展。"他轻声笑了一下,"茵茵,愿意跟我一起走吗?"

怎么可能!如果换做以前,她或许会义无反顾地跟他一起走,去巴厘岛也好,去美国也好,英国也好,她绝不会皱一下眉头,可是现在……他的提议不但不切实际,而且不合时宜。

沈茵茵不由得从心底里叹了一声,用长久的沉默代替了回答。

"虽然我知道你不愿意再相信我,也不会再像从前那样让我安排你的生活,但是我必须再问你一次,否则我真的不甘心就这么离开。"那边的莫之航又仿佛进入了半醉半醒的状态,带着些许无奈的叹息,"我以前觉得我的人生是很完美的,要风得风,要雨得雨,事业一帆风顺,几乎没有遇到过任何阻碍。但是自从遇到你之后,一切都改变了。不管你怎么看我,我还是要说,茵茵我是真心爱你的。也许你不相信,可能连我自己当初都不敢相信……但这就是事实,是你改变了我的整个人生。"

沈茵茵心想:究竟是我改变了你,还是你改变了我的人生呢?然而她什么都没有说,话筒里特别安静,他们甚至能够听到对方轻微的呼吸声。

"跟我走吧,我会努力让你恢复对我的信心。给我一次机会,好不好?"莫之航的声音带着一种无力感,就像明知道结果,却在做无力的挣扎一样。

"我不能跟你一起走。"沈茵茵终于开口了,她咬了咬嘴唇,轻声而又坚定地说,"也许你还爱我,但是我已经不再爱你了。对不起。"

电话那端的人听到这句"对不起"之后,沉默了大约三秒钟,才说:"我知道了。那么我祝你和李辰逸在一起能够幸福。"

他挂断了电话。

沈茵茵有些茫然地听着手机里传来断线的嘟嘟嘟声,良久都没有回过神来,她的眼泪已经溢出了眼眶,往日那些甜蜜的情景又浮上心头,从心的位置传来一阵阵真实的痛楚感。

香港珠宝公司的案件终于开庭了，李辰逸所在的律师事务所完胜。

法庭判处那间珠宝公司停业整顿，另外给予每名劳工一笔高额的补偿金，与此同时，律师事务所还查出这家公司与上海FC投资公司的几桩非法股权交易，以及与华威集团之间的关联，新闻媒体甚至还爆出华威集团涉嫌地下钱庄交易，也即将停业整顿的消息。

沈茵茵知道，这次宣判意味着上海FC投资公司的彻底失败，难怪莫之航要离开上海，事实上他已经失去了这家公司，留下来也挽救不了它破产的命运。据李辰逸说，莫之航给过他一份很重要的资料，而这份资料对这个案件中起诉上海FC投资公司起到了关键性的作用，所以换而言之，正是莫之航这种自杀式的行为，彻底摧毁了他和孙婉婷苦心经营多年的企业。很明显，莫之航与孙婉婷已经彻底决裂了，也许他在利用这件事来向她做最后的清算和了断，他们不再是亲密的未婚夫妻、合作伙伴，而是彻彻底底的敌人。

她不知道他为什么要这么做，但是她突然明白了他临走之前给她打那通电话的意义。他很清楚地知道，要恢复一个人对另一个人的信心有多难，他已经竭尽全力，希望重新做回原来的自己。

李辰逸打来电话，希望"三人组"一起庆贺，沈茵茵不忍心扫他的兴，答应了邀约。她出门的时候，恰好有一辆的士等在那里，她伸出手臂将司机喊了过来，打开车门坐进去，接着跟司机说了地址。

可是，她毫无戒心地坐了一阵，低头看着手机，等到她再抬头的时候，却发现竟然越行越偏！司机是不是听错地址了？沈茵茵左右环顾了一下，纠正说："师傅，你开错了吧？我是要去浦西，这不是去那边的路。"

"你坐好别动，要不然出了事可别怪我。"司机突然变得一脸蛮横，语气阴森森的，盯着沈茵茵道。

沈茵茵心知不妙，她迅速拨打了李辰逸的电话，刚接通说了一个"喂"字，司机从后视镜里警觉地看到她在打电话，他立刻一脚急刹车，回过头来抓过沈茵茵的手机，直接扔向了窗外。

"你是孙婉婷的人？"沈茵茵看到司机一脸横肉，猜到了幕后指使的人。孙婉婷，像她那样心高气傲的人，怎么甘心输得一败涂地？就算

Chapter 23
爱之疯狂

她明知道是莫之航在暗中提供证据,此时此刻她也会把恨怒转嫁到沈茵茵头上。

"你猜对了,是孙小姐要见你。"男人冷冰冰地说,锁死了四周的玻璃窗,车像离弦之箭一样开出去。

沈茵茵发现这辆出租车玻璃竟然贴满了黑色的太阳膜,她怎么会这么粗心呢?现在她被困死在车厢里,手机也被司机扔了出去,眼看汽车驶上了开往郊区人烟稀少的高速公路,就算她叫破喉咙,也没有人看得见。

"中国是法制社会,你们这是非法绑架……"沈茵茵大叫,司机根本就不理睬她,只是飞快地向前行驶。

风吹动着草丛,沈茵茵突然看见前方的大树旁坐落着一个灰旧的工厂,墙壁上剥落了许多漆,冒着滚滚黑烟,看起来像是一个工厂。

"下来吧!"她还没有反应过来,身子就被人从后面钳制住了,司机架着她的双臂,押着她往工厂里走去,越是靠近工厂,一阵刺鼻的皮革味道扑鼻而来。工厂里走出了几个人,其中果然有孙婉婷。

她的脸色看起来非常难看,像是发自内心的寒冷,她盯着沈茵茵,声音低哑地说:"我问你的话,你最好照实回答,不然我不会对你客气的。"

沈茵茵看到孙婉婷,心中反而不害怕了,说道:"你问吧。你让人把我带到这里来,我也没有别的选择了。"

"告诉我,他在哪里?"她凑近过来,厉声逼问。

"你是说莫之航吗?我不知道。"沈茵茵抬头看着她,"我早就说过,我跟他没有任何关系。如果你因为输了官司找人晦气,要找的人也不该是我。"

孙婉婷的脸色暗了一暗,又问了一句说:"你是不知道,还是不肯说?"

"我确实不知道他去了哪里。"冷风吹过沈茵茵的面颊,她摇了摇头,又回想起莫之航在电话里所说的话。他为什么要带她一起走?难道他猜到了孙婉婷是个性格极端的女人,会在接下来的时间里对她做一些过分的事情?

"他突然失踪了,带走了FC公司所有有价值的客户资料,我不相信,他会不想带上你,甚至会不告诉你他去了哪里。他连我都瞒住了,就这样没有丝毫留恋地离开了我！论学历，才能，相貌，我孙婉婷哪一点比不上你？"孙婉婷的脸有些扭曲了，眼泪顺着脸颊滑下来，"我真的不明白，他为什么要这么对我？"

"他确实有打电话给我，要我跟他一起走，但是我没有答应。他没有告诉我他的去向。"沈茵茵看到孙婉婷情绪失控，眼泪如同倾盆大雨一样，心里不禁对她有了些许同情，看着她说："虽然你一次又一次刁难我，欺负我，我心里也恨你，但是我跟你不一样，我不会随便撒谎。有就有，没有就没有。"

"他要你跟他一起走？他要你跟他一起走？"孙婉婷歇斯底里地叫了出来，"他为什么要对你这么好？你在骗人！你在骗人！"

孙婉婷身后的那名司机一直盯着他们，他的脸色突然变得很难看，他上前一步，似乎想打沈茵茵，却被孙婉婷制止了，她伸手掠了一下飘在面前，混合了泪水的长发，深深地吸了一口气说："你送她回去，去她原来想去的地方。"

她说完又转过来，盯着沈茵茵说："我没什么要问的了。你到市区尽可以打110报警，我不在乎多一重罪名。"

沈茵茵什么都没有说，她在那名司机的挟持下坐进了来时的出租车，透过幽暗的玻璃窗，隐约可见孙婉婷将身体依靠在一棵梧桐树上，用双手捂住面门，伤心欲绝地号啕大哭。

司机一进市区就将沈茵茵放下车，风驰电掣地溜之大吉。

沈茵茵走到附近的一个公用电话亭，给李辰逸打电话，大致将事情经过说了一遍。过了没多久，李辰逸就载着宁曦赶来了，他一下车就将墨镜摘掉，飞快地拉着沈茵茵上车，然后一路狂奔。

"我听李辰逸说你的电话突然断掉，快要吓死了！"宁曦很担心地看着沈茵茵，发现她看起来还好，并没有丝毫损伤。

沈茵茵微笑着开玩笑说："我没事的，反正这已经不是第一次了，我都被惊吓出经验来了！"

"对不起，都怪我，因为调查香港珠宝公司的事，一次又一次把你牵扯进来。"李辰逸带着歉意说，深不见底的眼睛里看不出表情。

Chapter 23
爱之疯狂

"这件事跟你没关系，孙婉婷明显是冲着我来的。"沈茵茵忽然发现身后有一辆警车呼啸而来，紧跟着他们，而且鸣起了警笛，她不由得惊讶地看了李辰逸一眼。

"警察来了。"李辰逸的唇角上扬，脸上是一抹笑意。

"你报警了？"

"当然，难道任由那个女人逍遥法外？再说，她的罪名已经足够让她在监狱里过十年。孙婉婷除了利用华威公司洗黑钱之外，还投资了一个郊区的皮革厂，专门从事假冒伪劣产品的加工，顺便为那些黑钱找到合法来源。虽然这个皮革厂的名字是用一个外国人的名义办的，里面的工人也全部都是临时工，但这些情况已经证据确凿，就等着下逮捕令了。"

沈茵茵想起孙婉婷依靠着大树掩面大哭的模样，心里有一种说不出的滋味，其实正如她自己所说的那样，她出身名校，有着良好的家庭背景和超人的智慧，优越的职业地位，还有志同道合的未婚夫，但是仿佛在一夜之间，这些东西全部都灰飞烟灭了，她从高高伫立在云端的公主，一下子变成了阶下囚。

而这一切，不过是源于她内心的欲望太多。

人的欲望就像魔鬼一样，它会彻底毁灭一个人，而莫之航可能正是预先看到了今天这一切，才下定决心与过往的经历一刀两断。

想到莫之航，她仍然有些担心，试探着问李辰逸说："这件事，还跟别的人有关联吗？"

"暂时没有牵连到其他人。"李辰逸一脸淡然，不过紧蹙的双眉仍然可以看出他的失落感，他叹息了一声，扭过脸盯着沈茵茵苍白的脸颊，"我想她在外面的时间应该不多了，你不用害怕。"

"这世界上竟然还有这么恐怖的女人，我真是闻所未闻，光天化日之下玩绑架啊！好在恶有恶报，赶紧让她进监狱，你也不用担惊受怕了。"宁曦深吸了一口气，为沈茵茵刚才的遭遇捏了一把汗。

沈茵茵怔怔地看着窗外，暗自想着心事，仿佛根本没有听见宁曦的唠叨。

Chapter24
新生

时光如流水，三个月很快过去了。

华威公司已经彻底没有了孙婉婷留下的痕迹，从另一家公司高薪聘请了一位叫Elle的市场总监，蔡德也升职为副总监。因为上次国际豪华车展的良好表现，在蔡德的鼎力推荐下，沈茵茵又重新回到了华威公司，回到了她所喜欢的市场部岗位上。

这段时间里，沈茵茵得到了前所未有的平静，除了正常的业务交往，几乎没有人来烦扰她。她偶尔去宁曦家里，陪她聊聊天，等待新生命的降临。李辰逸来看她们的时间相比以前少了很多，每次见面都显得格外匆忙，还不时地看手机，看手表。据宁曦根据他的种种行为猜测，他可能恋爱了。她从心底里替李辰逸觉得高兴，他是个很好的男人，应该有一份很好的爱情。

秋天到来的时候，沈茵茵终于等来了一个升职的机会，被公司破格提拔为市场部副经理。

虽然职位的提升伴随着压力增大，每天都要开好几次会议，但沈茵茵依然很开心。最近，市场部员工们都很辛苦，蔡德特地为他们向公司申请了一次飞机旅游，沈茵茵却拒绝了这次难得的机会，她告诉蔡德自己这周与一名外国车型设计师Mark约好了见面，不能失约于人。

华威公司最近正在努力转型，试图打造自己的品牌，而不仅仅是从中间代理，市场部的行动直接关系到很多计划的推进，因此沈茵茵的想

Chapter 24
新生

法也得到了蔡德的默许和大力支持。

Mark居住在上海郊区的一个别墅区里，周围山清水秀，风景宜人。沈茵茵一大早就从市区出发往Mark的家中赶过去，眼看着巍峨的山川，青葱的树林，她不由得暗自赞叹这个美国人的生活方式。

这位Mark的故事其实很富有传奇色彩，沈茵茵听说过一些关于Mark的事，据传他到中国以后竟然爱上了一个年长他十岁的阿姨，当时的Mark才三十多岁，那位心地善良的阿姨曾经是他家里的保姆，老家是四川的，来到上海打工。后来两人的感情公开，因为妻子总是被人指指点点，Mark干脆辞职，不再出来工作了。沈茵茵记得以前华威公司的一名资深技师曾经感叹着说，Mark是个深藏不露的顶级车型设计师，他身怀的技艺是无人能及的，中国目前不缺劳动力，缺的就是新颖的设计与创新。如果可以把Mark请到公司，必定是提高竞争力的一个秘密武器。

沈茵茵低估了这个别墅区的范围，她从公交车上下来，走了大约二十分钟，才看到了几处稀稀拉拉的别墅，一看门牌号码，距离Mark家还有很远一段路程，她穿着半高的高跟鞋，实在有些受不了了，临时在一块石头上坐了下来。

阳光暖洋洋地照射在她的头顶，她翻开随身带的资料，看了一下Mark的照片，他是个美国人，长着一头深棕色的头发，但是碧蓝的眼睛还是宣告了他不一样的血统。她从包里拿出一瓶矿泉水，正要喝的时候，忽然眼前一亮。

一个长相明显很西方化的男人，骑着一辆脚踏车从她面前飞快地穿过去，他身上穿着一件普通的蓝色外套，灰色的运动裤，白色的球鞋，跟普通早锻炼的上海居民几乎没有两样，只是高挺的鼻梁和白皙的皮肤使得他看起来格外与众不同。

"Mark！"沈茵茵低头看了一眼照片，忍不住欢呼着叫住他。

咣当一声，Mark刹住了车，他显然被吓了一跳，差点被自己的车绊倒。

"Mark先生，是您吗？我是华威汽车公司市场部的茵茵，之前和您通过电话的！"沈茵茵没想到竟然在路边上碰见要找的人，今天运气真不错，看来她不用再继续跋涉走完别墅区的另外半边了。

Mark愣了一下，摸摸脑门，然后恍然大悟地冲着沈茵茵笑了笑说："哦，哦，你好！茵茵！"

沈茵茵没想到Mark竟然这么热情好打交道，心情顿时轻松了不少，掏出名片递给他说："我能和您具体谈谈吗？"

Mark也很爽快，将脚踏车横放在一旁，坐在石头上说："你说吧。"

沈茵茵简单介绍了一下华威公司的情况，直奔主题地道："Mark先生，我们想邀请您加入华威公司担任我们的车型设计师。"

她的话刚刚说完，Mark欢笑的脸色立刻暗淡下去，张口就拒绝了："No！"

"请您听完我的建议。"沈茵茵知道机不可失，如果这次被Mark拒绝，以后可能再也没有见到他的机会了，立刻着急地说："我知道您不喜欢上班才会来这里，我们公司也考虑到了这一点，我们的本意只是请您为我们公司工作，并不需要您朝九晚五来到写字楼上班。"

"是吗？"Mark低头沉思，眼神中隐隐泛着一丝微光。

沈茵茵赶紧趁热打铁地说："您在我们公司工作，工作时间和工作地点都是自由的，我们会有专门人员与您联络。我知道您是行业里数一数二的设计师，您的才华和学问如果一直被埋没，实在太可惜了。人生时光短暂，如果能够用自己的智慧为社会提供一些新的创意，造福人类，不也是一件很有价值的事情吗？"

"让我考虑看看吧，我短时间还不能答复你。"Mark很认真地想了想。

沈茵茵一听心就沉了一半，看样子Mark八成会找理由拒绝，没想到Mark小心翼翼地接着补充说："我同意了也没用，我是你们中国人说的'妻管严'。我需要回家问过我太太，等她同意了，我才能同意！"

沈茵茵没想到Mark这么可爱，竟然真的像个怕老婆的中国男人一样，忍不住笑了起来，说："您这么在乎您太太的想法啊，她真是一个令人羡慕的幸福女人。"

Mark听了她的话，摇着头说："不，你不知道，我的太太当年因为我遭了不少白眼，受了不少委屈，我觉得我很对不起她。其实我觉得我

Chapter 24
新生

们男人并不是真的怕她们，应该说，是尊重和爱她们，所以才会害怕成这个样子！"

沈茵茵微笑着点头说："您说得很对。"

Mark看着沈茵茵发笑，不由得耸耸肩道："说实话，我太太是支持我工作的，但是我也要考虑她的感受。我怕我每天上班她会很寂寞，我不能抽时间陪伴她，那样太得不偿失了。"

"所以说Mark你更应该接受我们的建议，既能发挥你的一技之长，也有充分的时间在家里陪太太。"

Mark听着沈茵茵的话，半晌，郑重地点了点头。

次日，沈茵茵去公司上班的时候，她先把这件事告诉了蔡德，蔡德却说董事长要亲自见她面谈这件事。

沈茵茵不知道这位孙董事长、孙婉婷名义上的父亲会怎么对待自己，不觉有些犹豫。倒是蔡德不停地给她打气说："你大胆去吧，董事长是个很明事理的人，不然也不可能将事业做这么大。他就是因为一直很信任孙小姐，所以才会放手让她做了那么多事，其实他一直都被蒙在鼓里。你的工作能力是大家有目共睹的，我想董事长应该不会把孙小姐那种偏见带到你的身上。"

沈茵茵听了蔡德一席话，心里才安定了一些，朝着孙董事长的办公室走去，她一路上不停地鼓励自己，就算有最坏的事情发生她也要顶住。

"茵茵，说说你和Mark面谈的情况吧。"孙董事长看起来很和蔼。

沈茵茵将Mark那件事从头到尾详细说了一遍，她心里还是有点忐忑，毕竟他和孙婉婷还有那么多年的父女情谊，他会像孙婉婷一样恨她吗？

"好的，这件事我知道了。我今天找你来，是想问问你，这些资料都是与你有关的吗？"孙董事长说着，示意她去看桌面上的一堆资料。

沈茵茵走近他的办公桌，刚一打开那些资料，她就像被雷击中一样愣在当场。

那份资料简直就是一份关于她的"黑色档案"，里面记载的全部是她在"德普斯"的"劣迹"……林林总总，每一个字都像一根钉子，将沈茵茵钉在耻辱柱上。

一失足成千古恨，她是跳到黄河都洗不清了。

沈茵茵的眼泪忍不住掉落下来，是的，这些都是曾经发生过的"事实"，纵使她有再大的委屈和理由，也抵不过这白纸黑字，证据确凿。

"是，这些事情都和我有关。"沈茵茵压住发颤的声音。

"蔡德给我看过你的简历，你知不知道，对于一个身在职场的新人，这些'历史'是非常可怕的？任何一家公司都会害怕有负面新闻的员工，一旦有人想要抓住你的把柄，只要把这些东西抛出来，你就会无立足之地。"孙董事长的神情很复杂。

"董事长，这些事背后都是有原因的，我不知道该怎么解释……但是我真的很喜欢华威这份工作，如果因为我的事情……影响到华威公司的声誉，我愿意引咎辞职。"沈茵茵低下头，心里开始隐隐作痛，孙董事长果然来翻旧账了，她该如何是好？

"就算不是一个公司的员工，作为一个女孩子……"孙董事长指了指资料，"你不觉得对你也是一种巨大的伤害吗？"

"董事长，对不起。如果以后有人问起这件事，我会自己承担责任，绝不连累华威公司。"沈茵茵忍住眼泪，将目光转向一旁。

"你理解错了，茵茵。我想和你说的是，即使有人将这份资料送到我的办公室里，华威公司也一直在给你时间和机会，让你展示自己的能力。现在你完全做到了，而且还做得很出色，所以我们希望你可以一直在公司里做下去。"

沈茵茵完全没料到孙董事长竟然说出这样一番话，她有些惊愕抬起头，看着他那张带着惋惜的面容，她忽然明白过来，忍了很久的眼泪终于不争气地落了下来。

"相信自己，不要为过去的包袱所累。那些都只是历史，都过去了。"孙董事长说着，将那叠资料放进了手边的碎纸机里。

碎纸机发出一声声清脆的吱嘎吱嘎的声音，沈茵茵又惊又喜地看着那叠资料变成纸屑，心中既高兴又难过。有多久了？这个阴影伴随着她多久了？她至今还清晰地记得当时那件事爆发之后她的心情，她看到人

Chapter 24
新生

就觉得害怕，每天都提心吊胆。今天，她终于可以摆脱那些可怕的噩梦，终于可以摆脱从"德普斯"公司带来的阴影，做回一个崭新的茵茵了！

想到这里，她不禁心头发痛，眼泪啪啦啦地往下掉。

"年轻人只要大方向没有错，偶尔走一点弯路，是不要紧的。"孙董事长看着沈茵茵泪流满面的样子，脸上浮起一抹慈祥的笑容，眼底却又同时出现了一缕淡淡的愁绪，似乎是想起了另一个与她年纪相仿的女孩。

下班后的沈茵茵一个人走在大街上，她舒畅地吐了一口气，沿着人行道上的小格子，一步一步低着头走着，太阳光透过发出嫩芽的梧桐树，碎金般照耀下来，在她灰色的棉裙上落下了斑斑点点。

幸福的感觉一点点沁入心间，她第一次觉得，上海的傍晚是这样美好，人生是如此充实。

尾声
重逢

　　冬天快过去了，沈家父母提前响应沈茵茵远在美国的二叔的邀请，飞往洛杉矶旅游兼度春节。沈茵茵因为公司事情太忙，一时走不开，蔡德又恳请她不要临时请假，因此只能孤孤单单地留在上海过年。

　　上海过年的气氛照例十分热闹，李辰逸和新交的女朋友一起去了未来的岳父母家，宁曦的新工作顺风顺水，被派去巴黎拍时装周去了。大年三十的夜晚，沈茵茵给远在美国的爸爸妈妈打完越洋电话，亲自去超市里采购了一堆食物，还特地买了一包冰冻水饺，准备作为自己的除夕晚餐。

　　她打开电视机，里面正在播放着经典的春节联欢晚会，看着上面合家欢聚的景象，又看了一眼自己煮烂的饺子，沈茵茵不由得叹了一口气，一个人的春节真的是太寂寞了，家里到处都空荡荡的。

　　沈茵茵正要去冰箱里拿水果，忽然听见手机滴地响了一声，她走到沙发旁边，拿起自己的皮包，打开手机一看，立刻愣住了，竟然是一个久违的电话号码发来的短信："茵茵，我已回上海，如果你有空的话，今晚请到海上花咖啡厅来，我会一直在那里等你。"

　　是莫之航？他回来了吗？

　　沈茵茵有些意外地捧着手机，不知道这条信息是真的，还是他在跟自己开玩笑？海上花咖啡厅是他们以前经常光顾的一家西餐馆，但今天是大年三十，差不多所有的餐厅都打烊了，他们还会开业么？

　　她忍不住回了一条信息说："今天是除夕啊！"

尾声
重逢

然而，她刚将短信发出去，甚至还没来得及放下手机，暮然听见客厅那边传来一阵轻轻的叩门声。

沈茵茵唯恐自己听错了，她迅速跑到门口，从猫眼里探头向外张望，竟然再一次看到了他的身影。

果然是莫之航，他真的回来了，此时此刻正站在她家门口。

沈茵茵颤抖着双手去开门，她有些不敢相信自己的眼睛，不禁微微闭合了双眼，等到她睁开眼睛的时候，看见一张喜忧参半的脸。

"茵茵，离开上海的时候，我一直很想你。"他颤着声音道。

沈茵茵不知道说什么才好，看着他熟悉的面孔，她心头百感交集，他缓缓地向前走了一步，握了握她的手，他脸上的表情看起来很复杂，有惊喜，有愧疚，还夹着痛楚、懊恼等等情绪。

她看着他深邃的眼眸，心头一颤，竟然落下泪来。

"别哭，今天不是除夕吗？"他抓她的肩膀，拿面巾纸给她擦眼泪。

"你之前去了哪里？你知道这里发生的事情吗？"沈茵茵睁大眼睛，看着眼前久违的他，虽然在他消失的这段时间里，她一直努力工作，希望借此来遗忘以前的种种，只有在夜深人静的时候，她才会一个人在黑夜里仰望着天花板，暗暗地思念那个让她深深爱过，深深恨过，强迫自己忘记他的男人。

"所有的事都在我意料之中……我之所以提前去美国，是因为我不想看到FC投资公司走到穷途末路的那一天，毕竟它也凝聚了我的心血和努力。"莫之航紧紧握着她的手，轻声解释着，"但是没关系，我可以重新开始。"

莫之航的痛苦，沈茵茵完全能够理解。FC投资公司对于他的意义，就像一个人辛苦养育着一个孩子，看着他一天天成长，最后却不得不因为某些原因，亲手残忍地扼杀了它。更何况，这间公司还凝聚着他的年轻时代奋斗的记忆，成功的历程，以及……曾经美好的一份感情。虽然励志的故事永远都有，但实际上，有多少人有勇气将一切归零，让自己从头再来一次？

沈茵茵知道，其实，他当时是可以有另一种选择的。

假如当时不是莫之航亲手将那叠内部资料交给李辰逸，以他的精明和孙婉婷的狠厉，李辰逸那边根本不可能赢他们赢得那么彻底，孙婉婷并不是输给了律师事务所，而是输给了莫之航。而促使他这么做的真正原因，并不是因为他与孙婉婷之间的恩断情绝，而是为了——保护她不再受到威胁和伤害。就算一个男人做过再多的错事，至少在那一刻，他是真心想悔过，想得到她的谅解。

她仰头看着他，眼泪止不住地流下来，千言万语都说不出口。

他看着她，低声说："我寻寻觅觅了那么久，也经历过打击和痛苦，但是这些大风大浪过后，我反而更加明白了，爱情不是要轰轰烈烈，而是一点点凝聚起来的理解与珍惜。我只是担心你嫌弃我一无所有，不肯再跟我在一起了。"

她再也忍不住扑进他的怀里，眼泪在笑容里化为喜悦，像以前一样用信任的眼神看着他说："我从来都没有在乎过你是不是有很多钱，是不是有自己的公司！我只要你不再骗我，不再躲着我，其他的我根本都不在乎！"

莫之航深吸了一口气，用一种深沉的语调，像是承诺一般地说："我保证，我在你面前，再也不会有任何秘密。这次回来就是彻底与过去做个了结，希望以后能开始新的生活……婉婷与我走到现在这一步，也不全是她的错，公司的经营与决策我都有份参与，我把资料给了李辰逸然后一走了之，目的是为了让她不再伤害你，她最后也做到了这一点，我很欣慰。但该我承担的责任还是得我承担，我不会推给任何人。我走得急就是为了处理我与她当年留学时通过自身努力创办的第一家公司，希望她出狱以后能好好管理那家公司，想想我们创业时那份美好、单纯的心境，心里少一些恨。"

沈茵茵看着他，眼泪直往下流。莫之航又深吸一口气，双手扶着茵茵的肩膀，正色道："我们开始的时候错在我，即使我和婉婷之间没了爱情，只剩下合伙人的关系，但我仍是他的未婚夫，不是自由之身，却依然爱上了你。现在，我选择回来，就是为了去自首，我又要失

尾声
重逢

去自由了,不知道你还会接受我吗?我觉得,如果我没有和过去好好说再见,没有担当起一个男人应当担当的责任,那就不配让你去原谅,去爱……"

茵茵微笑起来,擦了擦眼泪说:"你不用站在门口了,进来吧!今天是除夕夜,不过我这里没有好东西给你吃,顶多只有泡面和韩国泡菜,虽说有些寒酸,但好歹吃饱了去迎接新的一年,我们一起……"

她转身去厨房的时候,莫之航却一把拦住她,说:"一直都是你做饭给我吃,今天让我来做吧。"

沈茵茵点点头,把自己安静地埋坐在沙发里,听着家中厨房里传来的声响,忽然感觉到了一种久违的幸福感,哪怕是知道两人马上又要分开一段时间,但感觉心却比以前更近了。

人与人之间的缘分,就是这么奇怪,两个人从素不相识到成为恋人,更需要经历各种各样的磨砺。一段感情稍有不慎,就会支离破碎,如果可以继续,就继续走下去,不可以的话,就只能分开……在这么多事情发生后,她从来没有想到过,自己和莫之航竟然还能有破镜重圆的一天。

缘分,一部分是天意,更有一部分是人为。

如果有后悔药吃,她一定会重新来过,将那些可怕的记忆抹去,虽然路走偏了就是走偏了,有些污点永远也洗不掉。但既然世界上不存在时光穿梭机,那么不如忘记过去种种的不愉快,勇敢抬头迎接新的生活。

记得有人说过,原谅别人的错误,其实就是对自己的宽容。莫之航可以原谅孙婉婷所做的一切,依然为她的将来做出妥善安排;孙婉婷也最终放弃了报复自己,原谅了莫之航有了新的恋情;那么自己呢,有什么不可以原谅?

"茵茵,开饭了,我在面条里面加了胡萝卜,很有营养。"莫之航将两大碗热气腾腾的面条端了上来,他小心翼翼地哄着她,关切的神情溢于言表。茵茵从自己的思绪里抽身出来,将情绪调高,笑脸盈盈地迎了上去。找回曾经的爱人却又马上要分离,心里可以说是五味杂陈,但她知道莫之航此时必定比她更难受。在这个传统节日里，每扇窗口的后面都是家人围坐、合家欢宴的情景，他们今天即使吃得再简单，心里再伤感，但他们却是第一次一起过除夕，第一次视彼此为家人，是值得纪念的日子，她一定要给莫之航留下温暖的记忆，在未来一段分离的日子里，这可能就是他唯一支撑的力量了。

　　"这就是我们的年夜饭了，是不是太简陋了一点？我争取明年做出一桌传统家宴，成为传说中，出得厅堂、入得厨房的美厨娘。"沈茵茵调皮地说道。

　　莫之航从背后轻轻地揽过茵茵，将下巴轻轻地搁在她的肩头。他感觉自己的眼睛有些潮，所以这样的姿势能很好地避开茵茵那深邃的目光，让自己的眼泪不滑入到她的心里。他知道，茵茵这是在给出自己的承诺，却没有让气氛变得更加凝重，没有让分别显得很悲戚，真是个聪明善良的姑娘。他暗暗下定决心，以后一定不会让她再流泪，再伤心。

　　恰在此时，窗外黑沉的天幕中忽然升起了一片大朵大朵的彩色焰火，他们俩手拉着手一起走到窗边，她轻轻转过头，与他相视一笑，凝望着窗外的风景和远处天际那些五彩斑斓的图案。

　　今夜的上海看起来格外清新动人，恰如她此刻的心情。